권능의 반지

권능의 **반지 6**

초판 1쇄 인쇄일 2016년 2월 22일 I **초판 1쇄 발행일** 2016년 2월 26일

지은이 김종혁 I **펴낸이** 곽중열 I **담당편집 팀장** 이범수
편집부 신연제 이윤아 김은경 홍현주

펴낸곳 (주)조은세상 I 출판등록 제 2002-23호
주소 경기도 연천군 미산면 청정로 1355
TEL 편집부 02)587-2966 I FAX 02)587-2922
e-mail bukdu@comics21c.co.kr

ⓒ김종혁 2015
ISBN 979-11-5832-454-4 I ISBN 979-11-5832-320-2(set) I 값 8,000원

권능의 반지

김종혁 현대판타지 장편소설

6

NEO MODERN FANTASY STORY

북두
(주)좋은세상

권능의 반지

124화 탈출.

NEO MODERN FANTASY STORY

"꾸어엉!"

곰이 전속력으로 달려오기 시작했다.

멀리서 봤을 때도 커 보였거늘, 가까워지니 더 커 보였다.

길이 약 3M에 몸에는 덕지덕지 돌 같은 장갑이 붙어있는 걸 봤을 때 다이어 베어가 분명했다.

"어떡해!?"

칼콘이 외쳤다.

다이어 베어의 속도는 낮게 잡아도 시속 50Km.

애초에 육안으로 확인 가능한 순간, 도망치기는 글렀다.

"싸워야 한다. 막을 수 있겠냐!?"

"한 번 해볼게!"

퍼즈즈즈즉!

칼콘이 달리던 걸음을 멈추며 방패를 내려놓았다.

들고만 다녀도 칼콘의 몸 반을 보호해 주는 절대적인 보호막이자, 걸어 다니는 벽이었다!

쾅!

순식간에 높이 1.5M, 너비 75cm, 두께 2.5cm짜리 가시 벽이 나타났다!

"가벡, 지훈. 도와줘!"

그 무엇에도 밀려나지 않을 것 같은 위상과 달리 칼콘이 급히 도움을 청했다. 아무리 저 방패가 단단하다고 한들, 그걸 들고 있는 칼콘까지 철인은 아니었기 때문이었다.

둘 다 달려가서 칼콘의 어깨를 강하게 밀었다.

꾸우욱!

민우가 자기는 어쩌냐고 물었지만, 하지 말라고 답했다.

괜히 충격에 뼈라도 부러지면 큰일이기 때문이다.

"권총 들고 엄호해! 마법 물품이라 쓸만할 거다!"

정신이 나간 거로 보였던 홍궈 역시 위험한 상황이 되자 본능이 발동했는지 들고 있던 총을 곰에게 겨눴다.

탕! 탕! 탕!

타앙- 타앙- !

박힌 것인지, 튕긴 것인지 알 수 없었다.

곰은 속도를 전혀 늦추지 않고 계속 달려왔다.

쿠궁, 쿠궁, 쿠궁, 쿠궁!

남은 거리 약 10M!

칼콘이 소리를 질렀다!

"충돌 대비해!"

뻐어억!

가시 벽이 거세게 흔들렸다.

차라도 와서 들이받은 것 같은 충격!

원래대로라면 날아가야 정상이었지만, E등급인 칼콘과 가벡 그리고 B등급인 지훈이 힘을 합쳐 막을 수 있었다. 만약 조금만 더 힘이 부족했다면 셋 다 방패째로 날아갔으리라.

"끄어어어!"

칼콘이 고통을 호소하며 무릎을 꿇었다. 그와 동시에 가시 벽도 기울어지기 시작했지만 괜찮았다.

이미 공격권은 이쪽으로 넘어왔다.

맹수의 돌진을 피할 수만 있다면,

맹수를 한 자리에 묶어둘 수만 있다면,

맹수가 근접 공격을 하게 만들 수만 있다면,

이쪽의 승리였다.

"가벡, 달려들어! 원거리에서 원호한다!"

"으롸! 피가 끓는구나!"

가벡은 왼쪽, 지훈은 오른쪽으로 튀어나왔다.

"꾸어어!"

적이 양쪽에서 동시에 튀어나오자 멈칫거리는 다이어 베어!

'이능 사용, 집중.'

표! 표!

그 짧은 틈 사이에 집중 이능을 이용, 곰의 오른쪽 눈에 총알을 박아넣었다.

제아무리 다이어 베어라고 해봐야 동물. 눈알에까지 장갑이 달려있을 리 없다.

곰이 끔찍한 비명을 지르며 도리질을 쳤다.

후웅! 후웅!

눈먼 일격.

보기에는 우스웠지만, 방심해서 한 대라도 맞았다가는 온몸이 피떡으로 변할 게 분명했다.

손톱?

그딴 건 갑옷에 막힐 테니 상관없었다.

단지 능력치로 환산하면 B~A는 족히 될 미친 근력이 문제였다. 목에 맞으면 머리가 뽑혀나가고, 몸에 맞으면 내장이 걸레가 되며, 사지에 맞으면 뼈가 가루가 된다.

둘 다 그 사실을 알았기에 섣불리 다가가지는 않았다.

단지 10초 정도 곰이 발광하길 기다렸다가….

곰이 제힘을 이기지 못하고 앞발을 내려놓은 순간!

가벡은 곰의 턱을 올려쳤고,

지훈은 곰의 겨드랑이를 사선으로 내려 벴다.

퍼억!

스걱!

치명적인 일격이 동시에 틀어박혔다!

아래서 위로 올려친 두부 공격은 뇌를 흔들었고,

위에서 아래로 내려 벤 사지 공격은 앞발을 끊어냈다.

쿠웅—

곰이 고통에 겨운 신음을 냈다.

아직 죽지 않았지만 무시했다.

"다시 달려!"

어차피 저 정도 상처라면 따라올 수 없기 때문이었다.

◆

그 시각.

"끄아아아…"

비명 하나가 시끄럽다가 뚝 끊겼다.

우적, 우적, 우적.

정글의 주인은 이름 모를 고기를 씹다가 퉤 뱉었다.

타액과 함께 피, 천, 철편 등이 기괴하게 섞여 있었다.

- 모조리 죽여버릴 테다. 털 없는 오만한 원숭이들!

정글의 주인이 분노를 담아 그르렁거렸다.

그 모습을 본 헌터가 입을 꾹 틀어막고, 소리 없이 눈물만
흘리고 있었다.

'그냥 가라. 제발, 제발, 제발.'

정글의 주인은 그 헌터를 멍하니 바라봤다.

피비린내 섞인 침묵이 5초.

정글의 주인이 헌터를 내려다봤다.

이내 그와 눈높이를 맞췄다.

사람 머리만 한 거대한 눈동자에 겁에 질린 피포식자의 모습이 비쳤다.

"크르륵."

인간이 알아들을 수 없는, 짐승의 그르렁거리는 소리임에도 헌터는 이상하게 그 뜻을 이해할 수 있었다.

– 살고 싶어?

"사, 살려주세요… 껵… 잘못했습니다. 제발…."

헌터는 미친 듯이 고개를 끄덕이며 울부짖었다.

공포에 질려 숨도 제대로 쉬지 못했다.

정글의 주인은 그런 헌터를 바라보다 말했다.

– 내가 왜?

"으아아… 아, 아아…."

헌터가 도망도 가지 못하고 자리에 앉아 오줌을 지렸다.

절대적인 포식자 앞에서 인간의 존엄은 너무나도 쉽게 구겨졌고, 최상위 포식자로 군림하던 인간은 순식간에 움직이는 먹이이자, 고깃덩이로 떨어졌다.

– 네 종족이 살려달라고 애원하던 내 첫째 아들을 죽였다. 내가 왜 너를 살려줘야 하지? 말해 봐.

인간은 아무런 말도 하지 못했다.

논리적으로 설득한 말이 생각나지 않아서가 아니었다.

공포에 뇌가 녹아서 아무것도 할 수 없기 때문이었다.

– 오만하구나, 아주 오만해. 내버려 둔다고 해서 너희가 이 정글의 주인이 아니거늘, 진정한 공포가 무엇인지 모른 채 해서는 절대 안 될 짓을 저지르는구나.

정글의 주인이 이를 드러내며 적의를 드러냈다.

이에 헌터는 미쳐서 웃기 시작하더니….

"으어어… 어어억… 히익! 히히히!"

재빨리 품에서 권총을 꺼내…,

탕!

자살했다.

정글 주인의 눈에서 싸늘한 분노가 묻어났다.

이후 그 분노는 시체를 오체분시하는 것으로 표출됐다.

서걱, 서걱, 서걱.

미니어쳐 장난감을 다루듯 조심스럽게, 아주 정성 들여 시체를 모독했다. 그렇게 작업이 거의 다 끝나갔을 때 쯤….

타앙–

쫑긋!

총소리와 함께 정글 주인의 귀가 발딱 섰다.

소리가 난 방향은 그의 영역.

인간들은 될 수 있으면 들어오지 않는 곳.

그녀의 육감이 찾고 있는 목표가 저기 있다고 외쳤다.

"그르르르!"

이를 드러내고 여과없는 적의를 표현하기도 잠시.

쿵, 쿵, 쿵, 쿵!

정글의 주인이 소리가 난 방향으로 달려가기 시작했다.

지훈 일행이 있는 방향이었다.

◆

저 멀리서 무슨 일이 일어나는지 따위 알 수 없었다.

단지 페이스를 조절하며 달렸다.

"허윽… 헉… 끄으….."

민우는 슬슬 한계에 닿은 듯 숨을 못 쉬기 시작했다.

아마 내장이 뒤틀리기 시작하는 모양이었다.

시간을 확인했다.

차까지 남은 시간 약 4분.

곰 때문에 생각보다 시간과 체력을 너무 많이 뺏겼다.

결국 어쩔 수 없이, 속도를 감속해서 민우와 맞춘 후….

"허… 형님?"

그대로 적당히 힘 조절해서 로우킥을 찼다.

턱 소리와 함께 앞으로 넘어지는 민우!

그에 맞춰 몸을 적당히 숙이며 기울인 뒤 왼손은 민우의 고간에, 오른손은 뒷목을 잡았다.

"꺼억! 억… 형님, 저 괜찮습니다! 진짜!"

민우가 버둥거리며 저항했지만, 놓아주지 않았다.

이대로 뒀다간 분명 뒤처져서 칵톨레므나 기타 맹수들의 밥이 될 게 분명했다.

"너 좋아서 해주는 거 아니니까, 닥치고 있어. 씹새끼야."

가속을 이용해 일행을 따라잡은 뒤 해제했다.

"후우… 후우…."

심장이 미친 듯이 요동쳤다. 금방이라도 멈춰버릴 것 같은 불안함이 스쳤지만, 모조리 떨쳐버렸다.

잡생각 할 시간 따위 없었다.

지금은 무조건 달려야 했다!

타타타타탓!

얼마나 달렸을까?

질척이는 땅을 박차는 소리, 숨에 겨워 헉헉대는 소리, 장비들이 부딪치며 내는 쇳소리 그리고 그사이에 괴상한 소리가 하나 섞이기 시작했다.

질퍽퍽, 질질퍽… 쿵!

헉, 쿵… 쿵!

쿵… 철컥, 철컥!

'가까워지고 있다?'

격한 운동으로 온몸에 땀이 나고 있음에도, 이름 모를 한기가 느껴졌다.

공포.

공포였다.

지훈은 정글의 주인이 오고 있다는 걸 깨달았다.

"정글의 주인이 오고 있다! 전력 질주해!"

주인이 오고 있다는 말에 홍귀가 제일 먼저 반응했다.

"흐이이이익! 죽을 거야! 우리 모두 죽을 거야!"

말은 그렇게 하면서도 살고 싶었는지, 있는 힘껏 달리는 홍귀였다. 이후 가벡과 칼콘도 홍귀를 따라 속도를 높였다.

속도가 제일 느린 민우를 짊어진 덕에 이제 낙오를 우려할 필요가 없어졌다.

'이능 발동, 가속!'

여러 번 껐다, 켰다 해서 몸에 무리가 갔지만 무시했다.

뒤를 봐줄 필요 없기에 전속력으로 질주했다.

빠른 속도로 뒤처지는 일행!

'먼저 가서 시동을 걸어놓고, 차 문을 모두 열어두자.'

강도 및 냄새를 우려해서 차 문을 전부 잠가놓은 상태.

무조건 먼저 도착해서 시동을 걸어놓고, 모든 차 문을 열어놔야 했다.

탑승에 걸리는 시간은 겨우 30초 남짓이라고 한들, 이런 상황에선 그 30초가 생사를 가를 수도 있었다.

…쿵, 쿵, 쿵, 쿵!

차에 가까워지면 가까워질수록 걸음 소리는 더욱 커졌다.

죽을지도 모른다는 끈적한 불안감이 온몸을 핥았다.

'차에 못 타는 순간 죽는다고 봐야 옳다.'

어차피 이 정글에서 주인 행세를 하는 놈이라면, 이 정글 어디에 숨든 위험할 게 분명했다.

죽음을 향해 달리는 기분이 이럴까?

곧 죽을지도 모른다고 생각하자, 뇌에서 엄청난 양의 엔돌

핀이 뿜어져 나왔다.

저 멀리 차가 보이기 시작한다.

더더욱 속도를 가속했다.

질퍽, 질퍽, 질퍽, 질퍽!

발이 거의 10cm씩 빠져 들어간다.

마치 보이지 않는 손이 바짓가랑이를 잡는 기분.

그뿐만 아니라 원혼들이 어깨를 짓누르듯 몸이 무겁다.

하지만.

속도는.

줄이지.

않는다.

삐걱, 삐걱, 삐걱, 삐걱!

찌걱, 찌걱, 찌걱, 찌걱!

날카롭게 날이 선 감각에 뼈와 근육이 뒤틀리고 찢어지는 소리와 함께 심장이 미친 듯이 펌프질 하는 소리가 들려왔다.

마치 머릿속에 뇌 대신 심장이라도 들어있는 기분도 잠시.

"으아아아-! 씨발!"

순식간에 차 앞에 당도했다.

집어 던지듯 민우를 내려놓고, 당장 문에 차키를 꽂았다.

퍼억!

드르륵, 철컥!

살짝 시야를 돌리자, 드문드문 보이는 노을 뒤로 거대한 뭔가의 실루엣이 보였다.

쿵쿵쿵쿵쿵!

엄청난 속도로 달려오는 사신!

몸이 굳을 정도로 엄청난 공포가 밀려왔지만, 악으로, 깡으로 견뎠다.

"민우! 차 문 전부 다 열어! 트렁크도 열어!"

"알겠습니다!"

민우와 함께 모든 문을 연 후, 시동을 걸었다.

부르르르릉―

시동을 걸자 민우가 급히 조수석에 탑승했다.

'이제 준비는 끝났다.'

앞유리 너머로는 정글의 주인이 달려왔고, 룸미러에는 가벡과 칼콘 그리고 홍궈가 달려오는 게 보였다.

대충 속도를 계산했다.

'정글의 주인 속도가 훨씬 빠르다.'

이대로 기다리면 다 죽을 상황!

"안전띠 차!"

민우가 당황하며 안전띠를 당겼지만, 원래 세게 잡아당기면 잘 나오지 않는 법. 하지만 다시 뽑을 때까지 기다려 주지 않았다.

기어를 후진으로 놓고….

'이능 발동, 집중.'

그대로 엑셀에 발을 올렸다.

끼기기기긱!

엔진이 급격하게 RPM을 높임과 동시에, 차가 빠른 속도로
뒤로 달려나간다!

"으아아! 뒤에 나무밖에 없는데 뭐하시는 거에요!"

"닥쳐, 새끼야!"

길이 없다는 건 알고 있다.

후진으로 밟아봐야 얼마 가지도 못한다는 것도 안다.

나무를 피해서 지그재그로 가봐야 100M.

하지만 그 정도면 충분했다.

허리를 반쯤 돌려 시선을 후방으로 향한 채 왼손으로 핸들
을 돌렸다.

끼이익! 끼익!

나무가 가까워지는 걸 핸들을 꺾어 피했다.

등이 쫄깃해지는 곡예 운전!

차가 소음을 내며 방향을 바꿀 때마다, 일행이 조금씩 가까
워졌다.

그렇게 약 5번 정도 방향을 틀었을 때….

"으롸차!"

칼콘이 달리는 그대로 트렁크 쪽으로 몸을 날렸다.

쿠웅!

연이어 가벡도 몸을 날렸다!

쿠웅!

마지막으로 홍궈가 점프했다.

쿠웅!

"지훈, 밟아!"

함성을 신호로 바로 기어를 바꾸고는 엑셀을 밟았다.

부르르릉!

앞을 바라보자 건물만 한 짐승이 포효했다.

"그워어어어!"

– 내 아이를 돌려줘!

머리에 소리가 울렸지만 그딴 거에 집중할 시간 없었다.

순식간에 왔던 길을 되돌아갔고,

쿠웅!

내려 찍히는 주먹을 피해 드리프트!

끼이이익!

"끄아아악!"

열려있는 트렁크 문으로 튀어나가지 않게끔, 손잡이를 꽉 부여잡은 칼콘과 가벡이 버럭 소리를 질렀다.

그 중 홍궈는 미친 듯이 소리를 질렀으나, 그나마도 가벡이 두 다리로 엮고 있던 탓에 버려지진 않았다.

"끄워!"

거대한 울림과 함께 사람 손바닥만 한 손톱이 주변 나무들을 최다 쓸기 시작했다.

'이런 미친…!'

화가 나다 못해 어이가 없을 정도로 엄청난 힘!

감탄하고 있을 사이도 없이, 엑셀을 밟았다.

부으으웅!

덜컹!

SUV가 심하게 덜컹거리며 정글 주인의 다리 사이로 지나갔다. 그렇게, 목숨을 건 레이스가 시작됐다.

권능의 반지

125화 죽음이 쫓아오다.

NEO MODERN FANTASY STORY

정글의 주인은 미칠 노릇이었다.

잃어버린 제 새끼와 부재중이었던 안식처를 작살을 내놓은 범인이 눈앞에 있는데도 함부로 작살 낼 수 없기 때문이었다.

"그워워워!"

– 내 아이를 내놔, 아이를 내놔!

혹여 제 새끼가 저 차 어딘가에 들어있을까, 공격에 휩쓸려 죽어버리진 않을까 겁이 난 까닭이었다.

SUV가 시속 80km로 달려나갔다.

비포장도로와 구불구불하게 형성된 정글 도로.

원래대로라면 얼마 못 가 나무에 들이박아야 했지만, 지훈의 숙련 된 운전 솜씨와 집중 이능으로 아슬아슬하게 피해갔다.

지훈은 눈을 굴리며 룸미러와 앞유리를 번갈아 봤다.

'아직도 쫓아오고 있다!'

전속력으로 달린다면 칼날 정글 외부까지 약 2시간이면 나갈 수 있는 거리. 다행히 기름은 충분했다.

속도만 유지할 수 있다면 살 수 있다는 뜻이었다.

엑셀에 얹은 발에 힘을 꾹 줬다. 엔진 울음소리가 들리며 주변 나무들이 순식간에 뒤처지기 시작했다.

일반인이었다면 진즉에 죽었을 트릭 드라이빙!

각성자도 웬만큼 운전에 자신 있는 사람이 아니면 하지 않았을 기행이지만, 지금은 그딴 거 가릴 처지가 아니었다.

조금이라도 속도를 늦추는 순간 따라잡힐 게 분명했다.

쿵, 쿵, 쿵, 쿵.

"그워워워워!"

– 빠르게 움직이는 쇳덩이를 막아라! 저 쇳덩이가 밖으로 나간다면, 이 정글 안에 살아있는 모든 생명체를 죽여 버리겠다!

순간 머릿속으로 불길한 말이 울렸다.

누군가가 두개골을 열고 뇌에 언어를 직접 때려 박는 것 같은 찌릿한 두통이 동반됐다.

'씨발… 이게 뭔…'

순간 연속된 위험에 홍귀 꼴이 나는 게 아닐까 싶어 옆에 있던 민우에게 물었다.

"나만 들렸냐?"

"으아아아악! 네!?"

"나만 들렸냐고, 새끼야!"

정신 못 차리고 비명만 지르는 민우에게 욕설을 내뱉었다.

그제야 녀석은 질문받은 걸 깨닫고는 급히 대답했다.

"저도 들었어요. 저도… 어, 어! 형님 앞에!"

다행히 미치지는 않은 모양이었다.

안도감도 잠시. 주행 방향으로 뭔가 일렁거리더니 2M 남짓 되는 인영이 불쑥 나타났다.

칵톨레므였다.

심장이 입에서 튀어나올 만큼 깜짝 놀랐다.

반사적으로 브레이크를 밟으려던 발을 멈칫거렸다.

말 그대로 진퇴양난!

앞에는 칵톨레므가 있었고, 뒤에는 죽음이 있었다.

둘 중 뭐가 더 무서울까?

당연히 대답할 것도 없었다.

"꽉 잡아, 새끼들아!"

브레이크 주변을 서성이던 발을 다시 엑셀로 가져갔다.

부우으으으릉!

있는 힘껏 밟아, 쥐어짜듯 속도를 올린다.

들이받기로 결심한 순간, 속도 1km가 중요했다.

어중간하게 박았다간 천장 혹은 옆면에 매달리거나, 바퀴에 끼는 최악의 상황이 발생할 수도 있기 때문이었다.

"으아아아, 씨발! 니미 좆 같은 인생!"

마음속에 있는 말을 그대로 뱉어냈다.

이런 상황이 되자 마지막으로 안전한 임무를 한 게 언젠지 기억도 나지도 않았다.

불평도 잠시.

콰직!

텅- 쿵, 더렁컹!

칼톨레므의 정강이에 앞범퍼가 부딪친 걸 시작으로,

앞유리에 빨려들듯 충돌,

이후 밀어내는 힘을 이기지 못하고 붕 떴다가,

중력에 따라 다시 천장에 충돌,

정신을 잃고 뒤로 떨어져 나갔다.

앞유리를 바라보자 숨이 터질 것처럼 밀려왔다.

"허억, 허억…!"

충돌 직전의 아주 짧은 시간. 칼톨레므가 손을 뻗어 운전석을 노렸기 때문이었다.

그 증거로 앞유리는 충돌에 의한 균열과 동시에, 칼톨레므 손톱이 긁고 지나간 흔적이 남아있었다.

30cm.

사무용 자 하나 거리.

딱 그만큼만 왼쪽으로 왔다면 정확하게 목에 틀어박혔다.

'미치겠네, 진짜!'

칼톨레므를 확인하기 위해 룸미러를 훑었다.

녀석은 바닥에 쓰러져 꾸물거렸으나, 얼마 후 쫓아온 정글 주인의 발에 짓밟혀 버렸다.

비명도, 고기 터지는 소리도 나지 않았다.

절대적인 무게와 힘으로 짓누르는 쿵! 소리만 났을 뿐이다.

"그워! 끄워어어어!"

— 쇳덩이를 멈추는 녀석에게도 내 보호를 약속하겠다! 누구든 상관없다, 목숨을 걸고 막아라!

정글의 주인이 다시 한 번 포효했다. 그걸 신호로 저 앞쪽에 사슴 한 머리가 튀어나왔다.

보통 사슴은 멍하니 보고 있다가 차에 치였지만, 이번에는 달랐다. 고개를 숙여 큼지막한 뿔을 차 쪽으로 향했다.

명백한 적대감과 함께 막겠다는 의지가 엿보였다.

'이런 미친!'

사슴은 칵톨레프와 달리 충돌 시 위험했다!

몸무게의 80% 이상이 다리 위에 쏠려있기 때문에, 뒤로 넘어가지 않고 앞으로 튕겨 나가기 때문이었다.

그 과정에서 저 육중한 육체가 차 앞면을 그대로 우악스럽게 잡아먹어 버릴 테고, 그 과정에서….

뾰족한 뿔이 정확하게 조수석과 운전석에 꽂힌다.

그냥 사슴도 아니고 칼날 정글에 사는 사슴이었다.

뿔 역시 최소 F등급. 그딴 육중한 물건이 시속 80km 속도로 꽂힌다?

손톱만 한 탄두와는 차원이 다른 위력일 게 분명하다.

"씨발, 저거 쏴!"

민우가 창밖으로 권총을 내밀고 사격했다

탕! 탕!

권총 사격에 능숙하지 않은 까닭에 세 발 다 빗나갔다.

결국 민우는 명중률을 높이려고 상체를 창밖으로 내밀었으나, 치명적인 실수였다.

스거거거걱!

"끄아아아아!"

민우가 비명을 지르며 몸을 끌어당겼다.

오른쪽 어깨부터 가슴까지 피가 새어 나왔다.

칼날초에 긁힌 거였다.

그냥 걸을 때는 옅게 베이는 정도로 끝났지만, 시속 80km로 달릴 때는 얘기가 달랐다.

그나마 방탄복이 대신 찢어져 줘서 망정이지, 맨몸이었다면 곧 죽어도 이상하지 않을 중상이 됐을 터.

불행 중 다행이었으나, 전혀 안심되질 않았다.

사슴은 여전히 가까워지고 있었다.

차를 돌려 옆면으로 들이박아야 하나 고민하기도 잠시.

가벡이 뒷 자석으로 몸을 쑤셔 넣더니, 이내 안전띠를 로프 삼아 그대로 차 밖으로 몸을 던졌다.

쿵!

차 오른편에서 약한 충격도 잠시.

가벡이 95식 소총을 그대로 휘두르며 갈겼다.

녀석의 손을 따라 사선으로 총알의 비가 쏟아진다!

타타타타타타타타―

타타타타타타타탕!

마치 채찍처럼 땅을 긁고 지나가는 탄두!

이내 그중 몇 발이 사슴의 몸에 명중했다!

퍼벅 소리와 함께 사슴이 휘청거리며 고개를 들었다.

그와 동시에 뿔 역시 하늘을 향했고….

그 순간 있는 힘껏 가속했다.

"바쁘니까, 꺼져 이 새끼야!"

쿵!

와장창!

충격 때문에 앞유리가 깨져나갔다.

다행히 뿔에 찔리지는 않았다.

하지만 안심하기는 일렀다.

약 10km나 갔을까?

코뿔소 비슷해 보이는 짐승 2마리가 길을 막고 있었다.

직감으로 알 수 있었다.

이번에는 무슨 수를 써도 못 뚫는다.

딱 봐도 1T은 그냥 나가 보이는 코뿔소가 2마리였다.

소총으로 뚫을 수 있는 상대가 아니었거니와, 폭탄이나 유탄발사기를 써도 날려버릴 수 없는 놈들이었다.

충돌하기 싫으면 멈춰야 했다.

'하지만 멈추면 죽잖아, 씨발! 나보고 어쩌라고!'

쿵, 쿵, 쿵, 쿵.

뒤에선 죽음이 모든 걸 박살 내 버릴 기세로 달려오고 있다.

멈추는 순간 저 우악스러운 발에 짓밟혀서 전부 터져버리겠지. 그럴 바에는….

'부딪친다. 차라리 그쪽이 그나마 살 확률이 높아!'

"안전띠 매. 안 매면 죽는다!"

안전띠 매라는 말에 차 안이 아수라장이 됐다.

칼콘과 홍궈, 민우는 재빨리 안전띠를 맸지만… 가벡은….

"이거 왜 이래!"

로프로 사용했을 때 박살 났는지, 띠가 말을 듣지 않았다.

"이런 씨…."

삐걱, 삐걱, 삐걱!

안전띠를 아무리 세게 당기거나 집어넣어 봐도, 띠는 축 늘어져서는 고정될 생각을 하지 않았다. 결국 가벡은 어쩔 수 없이 늘어진 안전띠를 제 몸에 칭칭 감았다.

"부딪친다! 준비해!"

현재 시속 약 100km.

코뿔소가 충돌 직전에 고개를 쳐들었다.

콰직!

차 앞부분이 들림과 동시에, 앞으로 나가던 속도의 관성을 이기지 못해 차가 공중에서 한 바퀴 돌았다.

원심력에 의해 몇 배나 가중된 중력이 모두를 후려쳤다!

빙글

콰아아앙!

지지지지지직- 쿠웅.

전복된 차가 바닥을 쓸다 나무에 부딪혔다.

◆

위이이이이이이잉-

충격과 함께 엄청난 굉음에 오감이 고장이라도 난 듯 아무것도 느낄 수 없었다.

눈앞은 물속에 있는 것처럼 희미하고, 귀에는 따가운 이명만 계속됐으며, 통각은 찢어지듯 비명을 지르고 있었다.

"끄어어어…."

반쯤 걸레가 된 감각이 죽음이 다가오고 있다고 소리쳤다.

'도, 동료는…?'

칼콘과 흥궈는 괜찮았지만, 민우는 어지러운지 신음을 내뱉고 있었고, 가벡은 반응이 없었다.

'죽었나?'

만약 죽었다면 어쩔 수 없었다.

슬퍼할 여유도 없이 안전띠를 맨손으로 찢어버렸다.

쿵 소리와 함께 천장으로 떨어졌다.

"켁!"

잠깐 숨을 몰아쉬며 진정한 뒤, 밖으로 기어 나왔다.

주변을 확인할 시간이 없었기에, 바로 반대편으로 이동해 민우를 끌어내려 줬다.

"으… 머리가… 머리가 아파요."

두부에 출혈이 있긴 했지만, 생명에는 이상이 없어 보였다.

다음으로 가벡을 끄집어냈다. 팔이 기괴하게 비틀어져 있었지만, 일단 외관상으로는 숨이 붙어있는 듯했다.

이후 둘을 질질 끌어 차에서 어느 정도 떨어진 후, 바닥에 주저앉았다.

"끄어어… 억…."

시야가 여전히 흐려 아무것도 볼 수 없었다.

이마가 끈적해서 훑어보니 피가 묻어나왔다.

충격과 동시에 핸들에 머리를 부딪친 것 같았다.

'빨리 회복해야 한다….'

– 신체를 재생합니다. 신진대사 가속됩니다.

온몸에 힘이 빠져나가는 것 같은 착각이 들었다.

끼이이익– 퍽!

뒤이어 칼콘과 홍궈가 내리는 소리가 들렸다.

"히이이이익! 아, 안돼!"

"허, 헉… 어째서…."

이후 숨을 집어삼키는 소리.

무슨 일이 일어난 걸까?

애써 눈을 떠봤지만, 여전히 흐릿하게 보일 뿐 상황을 파악할 수 없었다. 칼콘과 홍궈의 실루엣이 점점 이쪽으로 다가오더니, 옆에 풀썩 주저앉았다.

'정신 차려야 한다! 무슨 일인지 알아봐야 해!'

미친 듯이 고개를 흔들었다.

머리를 믹서기에 넣고 돌리는 것 같은 느낌. 하지만 그 강렬한 고통이 늘어져 있던 감각들을 팽팽하게 잡아당겼다.

흐릿했던 시야는 또렷해지고, 이명이 있던 귀는 얌전해지며, 고통을 부르짖던 통각은 조용해졌다.

그리고 그와 동시에….

두 개의 붉은 달이 떠 있는 게 보였다.

아니, 달이 아니었다. 높디높은 나무로 하늘 대부분이 가려진 정글에 달이 뜰 수 있을 리 없었다.

'눈…? 저게 눈이라고?'

정글의 주인이 눈을 시뻘겋게 물들인 채 일행을 내려다보고 있었다. 정신을 차리길 기다리고 있는 것처럼 보였다.

온몸에 소름이 돋았다.

절대적인 포식자는 무슨 이유에서든지 일행이 깨어나길 기다리고 있었고, 주변에는 동물들이 도망가지 못하게 길을 막았다.

사슴, 곰, 소, 멧돼지, 칵톨레므.

평상시라면 서로 생존경쟁을 해야 했거늘, 지금은 오로지 주인이 내뿜는 절대적인 공포에 굴복해 명령에 따를 뿐이었다.

커다란 붉은 눈동자가 지훈을 내려다봤다.

온몸이 보이지 않는 칼날에 꿰뚫리는 것 같은 기분.

공포에 짓눌려 미쳐버릴 것만 같았다.

아마 홍궈가 저 모습을 보고 맛이 가 버린 거겠지.

오들오들.

온몸이 떨려 아무런 말도 나오지 않았다.

그렇게 공포에 짓눌려 있기도 잠시.

정글의 주인이 입을 열었다.

"그르르르…."

— 네 녀석에게서 내 아이의 냄새가 난다.

머릿속에 울리는 말을 듣자 정신이 퍼뜩 들었다.

'새끼. 그래, 새끼 때문에 우리를 살려둔 거다!'

애초에 저 덩치에 민첩해 보이는 동작으로 시속 100km 남짓한 차를 따라잡지 못한다는 게 말이 안 됐다.

아마 본인이 힘 조절을 잘못했다가는 새끼째로 짓눌리거나, 정보를 얻어야 할 인간들이 몰살당할 수 있었기에 하지 않은 것뿐이겠지.

애초에 저 녀석의 손바닥 안이었다는 얘기였다.

허탈함과 함께, 이제 곧 죽을 거라는 생각도 잠시.

등 뒤에 있던 가방에서 뭔가가 꿈틀거리는 것이 느껴졌다.

주인의 새끼였다.

권능의 반지

126화 살기 위해서라면 악당 그 이상도 될 수 있다.

NEO MODERN FANTASY STORY

죽음을 마주 보고 있는데 유쾌할 사람은 그 어디에도 없다.

특히 당장에라도 자기를 잡아먹을 수 있는 화나고 굶주린 짐승 앞에 있을 때는 더더욱.

– 내 아이를 돌려줘. 그럼 너희들에게 가장 안락하고 편안한 죽음을 선사해 주겠다.

고통스러운 죽음과 편안한 죽음.

처음부터 생존이라는 선택지는 없었던 것 같은 말투였다.

그 모습에서 유아기를 제외하고는 항상 다른 짐승들을 먹이 그 이상, 그 이하로도 보지 않은 포식자 특유의 자신감이 묻어났다.

"흐이이익! 히힉. 내가 말했잖아, 우리는 다 죽을 거야. 도망? 전부 다 헛짓거리라고. 그 동굴에 가만히 있었다면 적어도 죽지는 않았을 걸!"

홍귀가 실성해서 헛소리를 짖어댔다.

정글의 주인은 그런 홍귀를 분노에 찬 눈빛으로 쳐다봤다.

─ 그래, 네놈. 나는 너를 기억하고 있다. 분명 내 아이를 잡아간 인간들의 우두머리였지.

목소리에서 당장이라도 뚝뚝 떨어질 것 같은 농도 짙은 살기가 흘러나왔다. 홍귀는 그 모습에 오줌을 지렸다.

"히히히, 히익… 히히히히…."

돈에 미쳐 선을 넘은 자의 최후였다.

─ 당장 내 아이가 있는 곳을 말하지 않으면, 한 놈씩 산채로 찢어 죽여주마.

그 말이 끝나자마자 주인이 민우를 집어 들었다.

찢어질 것 같은 날카로운 비명이 울려 퍼졌다. 단순히 쥔 것뿐인데도 뼈가 으스러지는 고통이 느껴졌겠지.

"사, 살려주세요! 으아아!"

민우가 금방이라도 눈을 까뒤집을 것처럼 비명을 질렀다.

그 비명에 정신이 혼미했던 지훈이 정신을 차렸다.

'자칫 잘못하면 민우가 죽는다!'

생각해야 했다. 여기서 살아나갈 방법을, 저 압도적인 생명체와 거래할 방법을 말이다!

꾸욱, 꾸욱.

– 끼애애.

그 순간 등에 메고 있던 가방에서 울음소리가 들렸다.

운전, 충돌, 전복 등의 격한 움직임에서도 살아남은 것이 꼭 제 어미를 닮아 강인한 듯싶었다.

지훈은 순식간에 백팩을 앞으로 맸다. 이미 빈토레즈는 차가 전복되며 떨어져 나갔기에 걸릴 것도 없었다.

지퍼를 열었다.

지직 소리와 함께 새끼 짐승이 고개를 내밀었다.

"끼에–"

큰 눈동자에 날개 마냥 쭉 펴진 귀, 보는 이를 견딜 수 없게 만드는 애처로운 울음소리.

평상시라면 당장 집에서 키우고 싶을 정도였지만, 현재 이 상황에선 그 누구도 움직이지 않았다.

짐승, 사람, 이종족.

너나 할 것 없이 숨을 죽이고 정글의 주인을 지켜봤다.

"끼이이잉…."

주인이 애처로운 울음소리를 내뱉었다. 포식자의 단단한 가죽과 날카로운 손톱 뒤에 숨겨진 모성애였다.

– 내 아이… 내 아이가 거기에 있었구나! 아가야 이리 온, 어서 어미에게 오렴. 이제 집에 가자. 나쁜 사람들은 이제 모두 죽었단다.

마치 영화 속 평화로운 모자 상봉장면 같았다.

모두 숨죽인 체 정글의 주인이 제 새끼에게 손을 뻗는 걸 지켜봤다.

곧 있으면 강제로 떨어졌던 새끼와 어미가 만나고, 정글을 떠들썩 흔들었던 전대미문의 사건은 종결되겠지.

그리고 그 사건에 중심에 있던 인간들은….

죽는다.

지훈 역시 그 사실을 알았기에, 정글 주인의 손이 새끼에게 닿기보다 앞서 글록을 꺼냈다.

이후 왼손으로 새끼의 멱을 부여잡고 오른손으로는 녀석의 관자놀이에 총을 겨눴다.

움찔!

정글 주인의 눈에 어울리지 않는 감정이 스쳤다.

당황스러움과 공포였다.

– 지, 지금 뭐하는 거야! 그만둬!

애처로운 울음소리를 무시하고 슬라이드를 당겼다.

글록에 장전된 게 일반탄이라도 상관없었다.

아직 덜 여문 가죽은 쉽게 뚫릴 게 분명했고, 혹여 뚫리지 않는다고 해도 두부를 뒤흔들어 뇌를 박살 내기에는 충분한 위력이었다.

"영화 찍고 앉아있네, 빌어먹을 짐승 새끼가!"

영화 같은 모자 상봉?

그딴 거 알게 뭔가.

당장 내 모가지 날아가게 생겼는데, '어이구 드리겠습니다.'

하고 마지막 교섭 카드를 넘기는 건 머저리도 안 할 병신 짓이었다.

악당에 가까운 더러운 협잡질이었으나, 상관하지 않았다.

이 사건에 있어, 지훈은 그저 제삼자 그 이상 그 이하도 아니었으며, 원치 않게 휩쓸려버린 피해자였다.

살아나갈 수만 있다면 이보다 더한 일도 할 수 있었다.

그게 지훈이 여태까지 살아온 방식이었고,

앞으로도 계속 살아갈 방식이었다.

"더 다가오면 죽인다."

– 그깟 장난감으로 내 새끼를 죽일 수 있다고 보는가?

정글의 주인은 말은 그렇게 하면서도, 섣불리 다가오지는 않았다. 기저에 불확신이 깔린 행동이었다.

"쏴 보면 알겠지."

만약 글록이 안 먹힌다 해도 가속 발동하고 업을 짊어지는 자로 베어버리면 그만이었다.

– 꼭 그렇게 고통을 자처해야겠나? 나는 너희에게 자비로운 죽음을 약속했다.

"이러든 저러든 뒈지는 건 똑같잖아. 자비로운 죽음 같은 소리 하네. 좆이나 까 잡숴."

평생 한 번도 들어보지 못한 지독한 모욕에 정글의 주인은 온몸을 부들부들 떨었다.

하지만 제 새끼를 위해 섣불리 다가오지 않았다.

– 마지막 경고다. 내 아이를 놔 줘. 그렇지 않으면 이 인간

을 죽여버리겠다.

꽈악.

"으아아아!"

정글 주인의 손에 잡혀있던 민우가 비명을 질렀다.

순간 민우가 죽어버릴까 봐 손에 힘이 풀렸지만, 애써 마음을 다잡았다.

'여기서 삐끗하면 다 뒈진다.'

만약 민우가 가치 있는 존재라는 걸 안다면, 정글의 주인 역시 민우를 인질 삼아 위협하기 시작할 터.

마음을 굳게 먹어야 했다.

민우가 일행에 쓸모없는 사람처럼 보이게 만들어야 했으며, 최악의 경우 차선책 역시 고려해야 했다.

'민우를 포기해야 할 수도 있다.'

속이 미친 듯이 쓰렸지만 어쩔 수 없는 선택이었다.

모두가 죽을 상황 속.

일행 중 누군가가 희생해 나머지가 살 수 있다면?

그리고 그 역할이 지훈에게 떨어진다면?

지훈은 기꺼이 본인을 희생해 일행을 살릴 거였다.

그리고 물론 그 논리는 남에게도 똑같이 적용됐다.

"죽여. 그깟 놈 죽여봐야 내가 눈이나 깜짝할 것 같던가?"

눈 하나 깜빡하지 않고 덤덤히 말했다.

진짜 죽는다면 그건 어쩔 수 없는 운명이겠지.

하지만 정글의 주인은 눈에 띄게 동요하기 시작했다.

포식자로 살며 오로지 적을 잡아먹기만 했던 입장이었던지라, 이런 교섭에 익숙하지 않은 듯했다.

"그 자식 내려놔."

정글의 주인이 망설였다.

재촉이 필요해 보였다.

글록으로 새끼를 후려쳤다.

빠악!

"끼에에에엑!"

새끼가 비명을 지르며 고통을 토해냈고, 정글 주인은 그 모습이 충격을 받은 듯 신음을 내뱉었다.

– 아, 안 돼! 네 말을 들으마! 제발 그러지 마!

정글 주인이 유리조각 다루듯, 조심스럽게 민우를 땅에 내려놨다.

"으아아아… 악!"

민우는 양팔이 부러진 듯 누워서 꿈틀거렸고, 칼콘이 조심스럽게 다가가 민우를 질질 끌어왔다.

저쪽이 마지막 카드를 버림으로써, 교섭이 일행 쪽에게 월등히 유리하게 돌아가기 시작했다.

"잘 들어, 이 빌어먹을 짐승 새끼야. 우리가 원하는 건 단 하나다. 우리가 안전하게 돌아가는 것. 네가 뭐든 네 새끼가 어떤 가치를 지니고 있든 상관없다."

안전하게 돌아갈 갈 수만 있다면 이딴 물건 백번이고 천 번이고 넘겨줄 수 있었다.

– 그 말을 지킬 수 있나? 내가 널 어떻게 믿지?

의심의 말에 행동으로 대답했다.

허공에 대고 글록을 발사했다.

타앙 하는 날카로운 총성이 고요와 함께 정글 주인의 마음을 갈기갈기 찢어놓았다.

"이건 약속이 아니라 통보다. 네 새끼 목숨가지고 장난질치고 싶으면 마음대로 해."

이후 어느새 정신을 차린 가벡에게 눈짓해, 뒤쪽을 보호해달라고 요청했다.

비록 왼팔이 부러진 것처럼 보였으나, 오른손 하나로도 충분히 위협적이었다.

침묵이 일행을 무겁게 짓눌렀다.

살짝이라도 두드리면 깨질 것 같은 위태로운 상황.

정글의 주인이 무겁게 입을 열었다.

– 길을 열어라, 저 녀석들을 보내줘.

일행을 둘러쌓고 있던 짐승들이 길을 터줬다.

그뿐만 아니라 칼톨레므 한 마리가 앞장서서 걷기 좋게끔 칼날초까지 정리했다.

일행을 위한 건 아니었다.

혹여라도 제 새끼가 칼날초에 긁혀 상처라도 날까 싶은 염려와 일 초라도 빨리 제 새끼를 다시 품에 안고 싶은 모성애 때문이었다.

서걱, 서걱, 서걱.

얼마 전까지만 해도 죽이려고 달려들었던 녀석이 지금은 앞장서서 길을 뚫어주니 기분이 묘했다.

그렇게….

지훈은 새끼 머리에 총을 겨눈 체 뒷걸음질 쳤고,

가벡은 지훈과 등을 맞대고 길을 안내했으며,

칼콘은 부상당한 민우를 질질 끌었고,

민우는 질질 끌려갔다.

약 3시간쯤 걸었을까?

앞에서 사람 소리가 나기 시작했다.

중국어, 영어, 한국어, 러시아어 모두 섞인 소리였는데, 큰 소리를 내는 거로 보아 누군가를 찾고 있는 것 같았다.

이 상태로 정글 주인을 저기까지 끌고 갔다간, 겁먹은 인간들의 사격을 시작으로 피바람이 불 게 분명했다.

"넌 여기서 멈춰라."

– 싫다. 나는 너를 믿을 수 없다.

곤란했다.

사실 정글 주인을 끌고 가봐야, 인질로 새끼를 잡고 있으니 일행은 안전했으나… 저 멀리서 누군가를 찾고 있는 인간들은 아니었다.

딱 봐도 대규모 인원.

사상자만 50명이 넘게 나올 게 분명했다.

"좋다, 그럼 내가 선물을 하나 주지."

조용히 듣고 있는 정글 주인에게, 옆에서 히히거리고 있던 홍궈를 발로 차서 밀어버렸다.

철푸덕.

홍궈는 안면으로 낙법을 치고는, 흙범벅 된 얼굴을 들었다.

그런 홍궈를 거대한 붉은 눈동자가 내려다봤다.

"아… 아?"

홍궈의 눈에 절망의 그림자가 스친다.

반면 정글의 주인은 이쪽을 쳐다본다.

— 무슨 의미지?

"그 녀석이 일의 원흉이다. 네가 좋을 대로 해라."

홍궈가 비명을 지르며 목숨을 구걸했지만 무시했다.

— 동족을 버려도 상관없다는 건가?

"인두겁 쓰고 있다고 전부 다 인간은 아니지."

새끼를 인질로 잡았다는 미안함에서 온 행동은 아니었다.

단지 홍궈 때문에 쓸 대 없는 일에 휘말렸다는 짜증과 도를 넘은 인간에 대한 증오 때문이었다.

"약속하지. 네 새끼는 어느 정도 안전한 지점에서 내려놓겠다. 원한다면 감시를 붙여도 좋다."

— 난 네 얼굴을 기억하고 있다, 인간. 그 약속을 꼭 지켜야 할 것이다.

그 말이 끝나자마자 주변에 있던 칵톨레프 몇 마리가 흐릿해지더니 자취를 감췄다.

얼핏 눈에만 보였던 녀석만 5마리. 시야 밖에 있던 녀석들까지 합친다면, 거의 10마리가 달라붙었다는 얘기였다.

아마 얕은수를 쓰는 순간 동시에 달려드리라.

얕게 그르렁거리는 주인을 뒤로하고, 일행은 느린 속도로 이탈했다. 사람 소리가 들린 방향이었다.

약 30분 정도 이동하자 사람 목소리가 들려왔다!

"We are Rescuers. If you are humanoid, Show yourself! (저희는 구조대입니다. 만약 휴머노이드라면 모습을 드러내십시오!)"

이에 매고 있던 백팩을 빠르게 땅에 내려놓았다.

그러자 약 10M 쯤 뒤에서 바로 칵톨레므가 나타나더니, 재빨리 가방을 들고는 다시 사라졌다.

그 모습이 가방만 공중에 뜬 것 같아 기묘했다.

이후 별다른 공격 조짐이 없었기에 사람 쪽에 대답했다.

"Don't shoot! We have wounded! (쏘지 마, 부상자가 있다!)"

말이 끝나자마자 눈꺼풀을 뚫어버릴 정도로 강렬한 빛이 일행에게 향했다.

눈을 가린 채 천천히 전진하자, 하얀색 배경에 붉은 심장이 그려진 보호복을 입은 남자가 보였다. WRO(World Rescue Organization, 우로, 국제 구조 기구)의 표식이었다.

"Who is wounded!? (부상자는 누구입니까!?)"

칼콘이 양손을 흔들자, WRO측의 의사로 보이는 사람이 다가와서 살펴보더니, 들것을 요청했다.

이후 일행은 장갑차에 탑승했다.

중국 개척지 행이었다.

덜컹, 덜컹, 덜컹….

오로지 보호만을 위해 만든 물건인지라, 승차감이 굉장히
불편했지만… 피로에 물든 몸은 그나마도 엄청나게 편안하게
느껴졌다.

'빌어먹을… 더럽게 힘드네.'

한숨과 함께 눈을 감았다.

몸이 녹아드는 것 같은 착각과 함께 피로가 몰려왔다.

[정산]

획득.

D등급 폐품 4개, C등급 폐품 2개. (약 4,500만 원)

칵톨레므 손, 발톱 40개(5X8, 약 2억 원)

기타 판매 가능한 폐품 (5,000만 원.)

활력초 (1,000만 원)

총 3억500만 원.

지출.

중국 개척지, 렌트 등 모든 이동비 (약 900만 원)

렌트카 손실에 따른 배상 (보험비 포함 1,100만 원)

식량 및 미끼 구입비 (550만 원)

동작 감지 터렛 (300만 원)

기타 잡비 (50만 원)

총 2,900만 원

총액.

2억7,600만 원 획득.

4인 분배 시 1인당 6,900만 원 획득.

[결과]

[지훈]

– 장비 손상 : 빈토레즈 분실.

– 부상 : 가벼운 피로, 심장 통증(재생됨)

– 능력 : 민첩 +1, 이블 포인트 +1, 티어 +2.

[칼콘]

– 장비 손상 : 없음.

– 부상 : 없음.

– 능력 : 근력 +1, 티어 + 2, 이블 포인트 + 2

[민우]

– 장비 손상 : MP5 분실.

– 부상 : 양팔 골절, 근육 파손.

– 능력 : 이능 +2, 근력 +1, 민첩 +1, 저항 +1

[가벡]

– 장비 손상 : 가벼운 갑옷 손상.
– 부상 : 얕은 자상 여러 개, 왼팔 골절.
– 능력 : 근력 + 1 저항 + 1, 티어업 1번.

권능의 반지

127화 다시 장씨에게

NEO MODERN FANTASY STORY

기절.

플러그가 뽑힌 가전제품 마냥 의식이 끊기는 것.

보통 사람은 살면서 다섯 번도 겪기 힘든 일이었지만, 지훈에게는 아니었다. 기록하진 않았지만, 근 반년 사이에만 다섯 번은 넘게 기절을 했다.

남들과 다른 특별한 사람이라는 게 기쁠까?

개뿔. 절대 그럴 리 없었다.

◆

희끄무레한 빛이 느껴졌다.

눈꺼풀을 뚫고 들어오는 형광등 빛이었다.

"으…."

눈을 뜨고 둘러보니 바쁘게 움직이는 의사와 간호사, 고통스러운 신음을 내뱉는 환자가 보였다.

응급실인 모양이다.

느긋이 정신을 차리고 몸을 점검했다.

팔, 다리, 손가락, 발가락 잘린 곳 없고, 가슴 통증도 전혀 없었다. 지극히 정상이다.

특이점이 있다면 오른팔에 바늘이 꽂혀있다는 것 정도?

비닐 안에 누런 액체를 보니 영양제인 모양이다.

'다행히 이능 부작용은 없나 보군.'

슬쩍 왼손에 낀 반지를 쳐다봤다.

이능을 증폭하는 금속, AMP. 가공 문제로 소량만 사용했음에도 부작용이 눈에 띄게 줄어들었다.

만약 AMP 없던 시절 이런 움직임을 했다면?

지금쯤 가슴 통증 때문에 골골거리고 있을 게 분명했다.

몸이 찌뿌둥했기에 바늘을 조심해서 기지개를 켰다.

"끄으-"

시원함을 목소리로 표시하고 있자니 왼쪽 가림막이 홱 열리며 칼콘이 모습을 드러냈다.

칼콘도 별다른 부상이 없었기에 영양제를 맞고 있었다. 하지만 그걸로는 부족한지 마파두부를 퍼먹는 모습에서 식탐이 묻어났다.

"일어났어?"

가볍게 고개를 끄덕이고는 물었다.

"민우랑 가벡은?"

"뼈 부러진 곳 치료하는 곳으로 갔어. 마법사 불렀던데?"

– 우드드득!

뼈가 부러졌다는 소리에 머릿속으로 정글의 주인이 민우를 장난감마냥 으스러뜨렸던 기억이 떠올랐다.

뼈가 작살났으니 고통도 고통이거니와, 회복 시간도 길어질 걸 우려해서 그냥 마법사를 부른 모양.

이번에 번 돈 대부분이 치료비로 나갈 테지만, 민우에게 있어서는 지출보다는 고통이 더 견디기 힘들었나 보다.

시간이 지나니 민우와 가벡이 기브스를 차고 돌아왔다.

"마법 치료받았다면서. 그건 뭔데?"

"모르겠어요. WRO 쪽 사람이 부작용이랑 마법 오염 운운하면서, 강제로 채우던데요?"

가벡은 영 불편한지 기브스를 이빨로 잘근거렸다.

그 모습이 치료용 머리 고깔을 쓴 개처럼 보였다.

"수치다. 뼈 따위 가만히 있어도 붙거늘, 뭐 한다고 이딴 족쇄를 채우는지 모르겠군."

일행의 치료가 끝났기에, 맞던 수액을 그냥 뽑아버렸다.

몸에 이상 없었기에 굳이 맞을 필요 없기 때문이다.

밖에 나와서 밥을 먹고 있자니 민우가 물었다.

"이제 뭐 하나요? 바로 한국 개척지 가나요?"

평소 같았다면 빠른 정산을 위해 그렇게 했을 테지만, 지금
은 아니었다.

장씨에게 맡겨놓은 AMP를 찾으러 가야 했다.

"아니. 내가 볼일이 하나 있어서 조금 더 체류할 거야. 다
들 관광 할 거면 하고, 집 가고 싶으면 해산해도 된다."

옛날 같았으면 절대 하지 않을 말이었다.

누군가가 사고를 치면 뒷수습은 누가 할까?

경찰? 아니다. 바로 내가 해야 된다.

'애 엄마도 아니고, 젠장.'

이런 이유로 예전에는 대형사고라도 칠까 싶어 7살배기 애
가둬 키우듯 개인행동을 자제시켰지만, 지금은 아니었다.

실력도 실력이거니와, 각자 본인 앞가림은 할 수 있을 정도
로 성장했기 때문이었다.

가벡은 인간 세계에 살기 위해선 조금 더 적응이 필요해 보
였으나 민우가 동행하니 안심할 수 있으리라.

"숙소는 지금 잡아놓은 호텔 쓸 거니까, 외박이나 긴 시간
동안 외출할 거면 메모랑 돌아오는 시간 남겨놔라. 안 남기면
버리고 간다."

신신당부하고는 식사를 마쳤다.

헌팅 끝나고 하는 뒤풀이 같은 느낌이었기에 다들 위장이
터질 때까지 밀어 넣었지만, 지훈은 적당히 조절했다.

식사 후 관광 가는 민우와 가벡을 뒤로하고, 칼콘과 지훈은
다시 뒷골목을 찾았다.

장씨를 찾아가기 위해서였다.

지훈은 글록 한 자루만 챙긴 가벼운 옷차림이었지만, 반면 칼콘은 갑옷에 사슬 그리고 95식 소총으로 무장하고 있었다.

'몸에 넣는다고 했으니 전신마취를 할 수도 있다.'

마취 중 안 좋은 일을 당할 수도 있기 때문이었다.

장씨 성격을 보니 그런 짓 할 인간으로는 안 보였지만, 원래 뒷골목 일은 과하게 준비해도 모자란 상황이 빈번히 일어나기 마련이었다.

무장한 오크를 경호원으로 대동했기 때문이었을까?

길 가다 마주친 사람마다 슬금슬금 자리를 피했다.

괜한 사건에 휘말릴까 걱정하는 듯 보였다.

적당히 약도를 보고 따라다가 머리가 쥐가 날 무렵….

우측 골목에서 앳된 목소리가 큰 소리를 냈다.

중국어를 몰랐기에 뭔 일인가 살펴보니….

"……!"

갓 열 살쯤 된 꼬마가 관광객에게 총을 겨누고 있었다.

"Don't kill me! (죽이지 마!)"

백인이었는데, 러시아 개척지 사람이었는지 굉장히 뚝뚝 끊기는 악센트였다. 그냥 지나갈까 하다가 말을 걸었다.

"Hey. (야.)"

꼬마가 이쪽을 쳐다봤다.

"come here, fucking kid. (좆같은 새끼야, 이리 와 봐.)"

아이가 인상을 팍 쓰더니, 꺼지라는 듯 손부채질을 했다.

영어는 몰라도 'fucking'이 욕이라는 건 아는 모양이다.

'새끼 봐라? 어린놈이 어디 겁도 없이.'

총이 사람 죽이는 무서운 물건이라는 건 알지만, 그 총으로 죽일 수 없다는 사실은 모르는 모양이었다.

뚜벅, 뚜벅.

아이가 경고했지만 무시했다.

몇 발자국 다가가니 '탕!' 하고 총소리가 울렸다.

얼굴에 맞으면 위험했기에 가볍게 얼굴을 손바닥으로 가리며 다가갔다.

탕, 탕, 탕, 탕, 탕!

6연발 리볼버에 있던 총알이 죄다 떨어졌다.

"is it all, motherfucker? (다 쐈냐, 씹새야?)"

도망가려는 아이에게 빠르게 도약한 뒤, 달리려던 녀석의 발목을 차버렸다.

뻑, 부웅!

역동적으로 빙글 돌더니 쓰러진다.

엎어진 놈을 제대로 눕게 돌려놓은 후, 따귀를 때렸다.

애가 콧물 눈물 질질 짜며 비명을 질렀지만 무시했다.

될 수 있으면 애는 안 때리는 편이었지만, 세상만사에는 항상 예외가 있을 때도 있는 법.

사람이 아니라, 머지않아 사람 잡아먹는 괴물 될 새끼는 미리미리 쥐어박아서 사람으로 돌려놔야 했다.

짝, 짝, 짝!

적당히 정신 차리게끔만 때리고는 눈을 마주쳤다.

"Hey. (야.)"

"Yes, Yes! (네, 네!)"

약도를 건네주며 짧게 말했다.

"Guide me. (안내해)"

가이드라는 말은 알아들었는지 힘차게 고개를 끄덕이는 아이였다.

"Thank you, sir. You save my ass! (감사합니다!)"

애를 일으켜주고 있으니, 러시아 관광객이 와서 인사했다.

딱히 구해 주려던 게 아니라 안내꾼을 찾기 위한 행동이었던 터라 깔끔하게 대응했다.

"Fuck off, nerd. (꺼져, 병신아.)"

– 이블 포인트가 1 감소했습니다.

거칠게 대했어도 구한 건 구했다는 걸까?

이블 포인트가 감소했다.

빙빙 도는 것 같은 기분도 잠시.

꼬마가 함정으로 유인하나 싶어 반쯤 죽여놓으려는 찰나 장씨의 공방에 도착할 수 있었다.

이번에도 MES가 자리를 떡하니 지키고 있었다.

키가 2M는 될 법한 거대한 모습에, 언제 봐도 저게 인간인가 싶을 정도의 위압감이 느껴졌다.

'그래 봐야 싸우면 내가 이긴다.'

저걸 만드는 데 쓰일 재료를 생각한다면, 장급 등급은 보나

마나 E등급 이하다. 좋아봐야 D등급이겠지.

OTN탄은 막아도 업을 짊어지는 자는 절대 못 막는다.

힘 조절 잘해서 베어내면 두부처럼 잘릴 게 분명했다.

이번에도 조선족의 안내를 받아 장씨에게 도착했다.

깡, 깡, 깡!

모루에 붉게 달아오른 쇳덩이를 올려놓고 때리길 잠시.

장씨가 지훈을 보고는 씨익 웃었다.

반가운 손님을 봤다기보다는, 좋은 재료를 발견한 장인의 모습에 가까워 보였다.

이름 모를 광기가 느껴지는 건 왜일까?

"그래, 어떻게 몸 성히 잘 지냈나?"

"뒤질 뻔한 거 빼면 그냥저냥."

"그래. 안에 금속 박을 건데 몸 다치면 안 되지. 크힉."

"뭐 친하지도 않은 사이에 서로 핥아주는 건 그만하고, 금속 어딨소?"

장씨는 '재미가 없는 놈이군.' 하며 불평하면서도, 손은 분주하게 AMP를 꺼내왔다. 직사각형 모양으로 가공했을 거라고 생각했거늘, 완벽하게 빗나갔다.

AMP는 실타래처럼 쇠막대기에 돌돌 말려있었다.

얼마나 정성 들여 가공했는지 실처럼 얇았다.

"저거 모양이 왜 저래?"

몸에 넣을 건데 도대체 왜 저런 건지 알 수 없었다.

"접촉면을 최대한 넓게 해야 한다고 하지 않았던가?"

"그거랑 저거랑 무슨 상관인데?"

장씨가 씨익 웃었다.

"왜긴, 저렇게 집어넣어야 접촉면이 제일 넓거든."

어이가 없어졌다.

"아니, 씨발. 그걸 누가 모르나. 저따위로 가공하면 도대체 어떻게 몸 안에 집어넣는데?"

작은 금속 막대로 만들어도 집어넣기 어려운 마당에, 실처럼 만든 금속 덩이를 어떻게 몸속에 넣는단 말인가?

"넣을 수 있으니까 만들었지."

"좆 까는 소리 하네. 넣을 수야 있겠지. 근데 그만한 실력 좋은 의사를 도대체 어디서 찾으라고?"

양지쪽이라면 쉽게 찾을 수 있겠지만, 그 사람들이 정체 모를 금속을 '예, 알겠습니다.' 하고 넙죽 넣어 줄 리 없었다.

당연히 음지쪽 무면허, 혹은 면허 정지된 의사를 찾아야 하는데 십중팔구 돌팔이인 놈들이었다.

하수구에서 흑요석 찾기만큼 어렵겠지.

얼굴을 쓸며 작게 욕설을 내뱉었다.

실력 좋다고 해서 믿고 있었는데, 이딴 병신 짓을 저지를지는 꿈에도 몰랐기 때문이었다.

"됐고, AMP하고 선금 줬던 거 내놔."

여차하면 다 뒤집어엎을 기세로 말했다.

사람 여럿 죽여본 경험이 있는 짙은 살기가 흘렀으나, 장씨는 아무렇지도 않게 웃음을 터트렸다.

이쪽이 솜씨 좋은 암살자라면, 저쪽은 광기 들린 대장장이였다. 아마 장씨도 실험 명목으로 사람 여럿 죽였으리라.

"자네, 저 문앞에 있는 MES 누가 조립했을 것 같나?"

"알 거 없고. 선금 줬던 거나 내놔, 새끼야."

"내가 했다."

본인이 했다는 말에 살짝 놀랐다.

MES는 단순 기계공학만 잘한다고 해서 조립할 수 있는 게 아니었기 때문이었다.

사람 뇌에서 나오는 전기 신호를 기계로 된 사지에 연결해야 했기에 기계공학은 물론 생물학적 지식 외에도 해부학적 지식까지 필요했다.

보통 팀으로 이뤄서 제작하는 MES를 혼자 만들었다?

엄청난 솜씨라고 봐야 옳았다.

그 솜씨를 위해 수없이 많은 사람을 갈아 넣었겠지만, 어쨌든 그거야 지금 중요한 게 아니었다.

"그래서?"

장씨가 아주 조심스럽게 누런색 바늘을 하나 꺼냈다.

누런색을 띠는 금속은 많았지만, 색깔별로 자주 쓰이는 금속들이 몇 개 있었다.

붉은색을 띠는 OTN, F등급. (오스테 나이트)

푸른색을 띠는 VGC, D등급. (벤젼스)

누런색을 띠는 MN, B등급. (메가 나이트)

초록색을 띠는 CN, A등급. (크릴 나이트)

곧 손에 들고 있는 금속이 바로 MN이라는 소리였다.

운 좋게 저항만 잔뜩 오른 극소수의 각성자를 제외한 모든 사람의 피부를 뚫을 수 있는 물건이었다.

"내가 아주 예쁘게 넣어줄 수 있지."

직접 할 거라고 예상은 했지만, 설마 실 모양으로 넣을 줄은 꿈에도 몰랐던 지훈이었다.

권능의 반지

128화 그냥 미친 줄 알았는데 심하게 미친놈.

NEO MODERN FANTASY STORY

끼긱, 끼긱, 끼긱.

장씨가 MN로 만든 바늘에 AMP 실을 끼웠다.

그 모습을 보고 있자니 불안이 스멀스멀 올라왔다.

'저 미친놈한테 맡겨도 괜찮을까?'

원래 머리로는 알고 있다고 한들, 실제로 그 일이 닥치면 생각이 덜컥 멈춰버리는 법이었다.

"프히힉, 히힉… 아, 기분 좋다."

장씨는 손으로 AMP를 비비며 미친 사람처럼 웃었다.

그 모습을 보니 마지막으로 남았던 신뢰도가 바닥을 뚫고 맨틀까지 뚝 떨어졌다.

저런 미친놈한테 몸을 맡기는 게 잘하는 짓일까?

일어나면 팔, 다리 다 잘려있고 밖에 있는 MES처럼 기계 의수가 달려있는 건 아닐까?

AMP 실을 바라봤다.

얼마나 되는지 알 수 없었다.

단지 얼핏 봐도 100M는 넘는다는 것만 알 수 있었다.

'환장하겠네.'

순간 제대로 된 의사를 찾는 게 어떨까라는 생각도 들었지만, 그만뒀다. 그러기엔 시간이 부족했다.

곧 아쵸프무자와 만나게 될 텐데, 그 전에 조금이라도 더 힘을 키워놔야만 했다. 괜히 어영부영 시간만 버렸다가는 FS 유적 때처럼 큰 고생을 할 수도 있었다.

FS생각을 하니 마음이 좀 가라앉았다.

김중배 일행, 만드라고라와 포미시드.

겐포 부족, 페커리, 차원 여행자,

FS 기계와 최상위 관리자 그리고 정글의 주인.

전부 다 위험천만한 상대.

그럼에도 지훈은 당당히 살아 돌아왔다.

'이번에도 잘 되겠지.'

만약 이번 일이 위험했다면, 이런 가벼운 불안보다는 끈적하게 달라붙는 불쾌함이나 피부가 아릴 정도로 날카로운 분위기를 먼저 읽었을 터였다.

지훈의 감은 이번 일이 안전하다고 외쳤다.

― 칼콘, 여차 싶으면 죄다 쏴 죽여. 나는 그 안에 있는 탄환

으론 안 죽으니까, 마음 놓고 갈겨도 된다.

– 응, 알겠어.

칼콘이 고개를 끄덕였다.

마지막 안전장치까지 확인됐으니 이제 거리낄 것 없었다.

"언제 시작할 거지?"

장씨는 실을 길게 늘어뜨리고는 펜치로 끝을 매듭지었다.

"조금만 더 기다려."

이후 어딘가에 전화하더니 10분쯤 지나자 웬 서양인 여자 하나가 나타났다. 설명에 따르면 마취의라고 했다.

"이 사람?"

"그래."

이후 마취의는 지훈에게 한국어로 온갖 능력치 등급과 몸무게 그리고 마취 이력을 물어봤다.

아마 수면마취에 필요한 적정량을 찾는 과정 같았다.

"재생 변이 있으니까 참고하쇼. 수술하다가 살 붙어버릴 수도 있거든."

대답을 모두 끝내자 이동식 침대가 하나 나타났다.

비닐을 씌워놓은 상태였는데, 비닐 아래로 채 지워지지 않은 희미한 붉은 자국이 인상적인 침대였다.

전라로 비닐 위에 앉으니 등 뒤가 차가웠다.

도마 위 생선이 된 것 같은 기분이 들었다.

잠시 기다리니 마취의가 마취용 의료기기를 지훈의 얼굴에 씌우려고 했다.

"잠깐."

마취의는 대답 없이 손을 거뒀다.

"이봐 장씨."

"프히힉, 왜?"

광기가 넘쳐 흐르는 장씨였다.

"잘합시다. 내 몸에 이상이 생기면, 당신도 당신 주변 사람들도 내일을 볼 수 없을거요."

턱짓으로 칼콘을 가리키자, 장씨가 칼콘을 바라봤다.

탕!

위협사격이 한 발.

아파트 중앙에 있던 화단 흙이 퍽 하고 튀었다.

"잘 나가네."

장씨는 그 모습을 보고 슬쩍 얼굴을 찌푸렸다.

"내 취미생활이니 걱정하지 마. 난 내 작품을 사랑한다고."

일그러진 광기이자, 그릇된 사랑이었지만 취미에 대한 열정 하나는 인정해도 될 것 같았다.

아마 그렇다면 믿고 눈을 감아도 되겠지.

마취용 의료기기가 얼굴에 다가왔다.

"속으로 열부터 하나까지 세세요."

열.

아홉.

여덟.

보통 사람은 7이 되기 전에 기절하지만, 각성자인 탓에 효과가 잘 들지 않았다.

눈 멀쩡히 뜨고 마취의를 쳐다보며 계속 숫자를 셌다.

일곱.

여섯.

다섯.

아무래도 마취약이라는 게 잘못 쓰면 내장기능(심장 포함)까지 멈춰버리는 약이다 보니 투여량을 적게 잡았나 보다.

넷.

셋.

둘.

그리고 하나.

'이 새끼 이거 돌팔이 아니야?'

짜증이 나서 일어서려는 찰나….

…….

눈을 떴다.

"어?"

천장에 커다란 선풍기가 보였다.

이게 뭔가 싶었다.

몸을 일으키려고 하니 양손이 쓰라렸다.

날카로운 통증에 신음을 내고 있으니 칼콘이 반응했다.

"일어났어?"

"무슨 일이 있었던 거지?"

칼콘은 덤덤하게 설명했다.

인간의 고급 의료기술, 특히 수술은 처음 본 듯싶었지만, 어차피 폭력과 죽음의 세계에 익숙한 녀석이었다.

비위가 상하기엔 너무 일상적으로 자주 봤던 피와 내장이었겠지.

"피 수혈하면서 칼로 팔 가르더니, 바늘로 금속 실을 꿰었어. 보니까 빙 두르면서 꿰던데?"

팔을 움직여봤다.

고통과 함께 몸속에 이물질이 있는 게 느껴졌다. 게다가 조금 뻑뻑한 게 피부 안에 가시가 돋은 것 같기도 했다.

손가락 하나하나 세심히 움직여 봤고, 주먹도 쥐어봤다.

아무런 이상 없이 잘 움직였다.

'기우였나.'

광기 서릴 만큼 좋아했던 분야인지라, 솜씨도 그만큼 일품이었던 모양이었다.

앉아서 팔이 재생되길 기다리고 있자니 열려있던 문 너머로 장씨가 나타났다.

"이야, 벌써 일어났어?"

"아아. 어쩌다 보니."

장씨는 만족스러운 작품 보듯 지훈을 슥 훑었다.

꼭 품평하는 것 같았다.

딱 '너는 A급이야. 아주 만족스러워!' 하는 기분이랄까?

'기분 나쁘군.'

솜씨 인정할 수밖에 없을 만큼 좋았으나, 불쾌한 감정까지는 지울 수는 없었다.

그냥 화제를 돌려버렸다.

"어떻게 넣은 거지?"

"역시, 궁금해할 것 같아서 찍어놨지."

장씨는 연식 있어 보이는 디지털카메라를 꺼내더니 피와 살 그리고 근육이 가득한 사진을 보여줬다.

스너프 필름 저리 가라 싶을 정도였다.

"아, 씨발! 누가 이런 고어 보고 싶데?"

"젊은 놈이 이 정도로 꺅꺅대기는. 네 팔이야."

기분이 좋지는 않았지만, 확인을 위해 살펴봤다.

피부 위에 그대로 꿸 줄 알았는데 아니었다.

'이 미친 새끼가….'

재생 변이가 있다는 말에 그냥 피부를 죄다 벗겨내고 그 안에다가 박음질(?)한 것.

"자 이번엔 동영상으로 보자."

장씨가 동영상을 재생했다.

─ 프히히히힉, 히히힉! 이거 봐! 정말 예쁘지 않아!?

─ 장씨, 일하는 중에는 자제해요. 소름 끼쳐요.

─ 있잖아, 드미트리. 나 정말 좋아. 좋아서 미칠 것 같아. 이렇게 잘라도, 잘라도 계속해서 살이 돋아난다고! 정말 아름

답지 않니!? 프히히힉! 힉!

'좀 미친 줄 알았는데, 이제 보니 제대로 미친놈일세.'

카메라에는 수술 과정이 자세히 담겨있었다.

드문드문 짜증 나는 광기의 목소리를 제외하면 대충 어떻게 들어갔는지 알 수 있었다.

'피부 안쪽으로 어떻게 잘 넣은 모양이군.'

대충 감은 잡았지만, 나중에 엑스레이 사진을 찍어 제대로 파악해야겠다고 마음먹었다.

"잠깐 카메라 좀 보고 싶은데."

"여기."

슬쩍 사진을 보는 척하다가 삭제 버튼을 눌렀다.

순식간에 지훈의 사진들이 사라져버렸다.

장씨는 그걸 보고는 충격받은 듯 얼어붙었다.

"지금 뭐하는 짓이야? 원본을 왜 지워!"

버럭 화를 냈으나 달려들지는 않았다.

원본 운운하는 걸 보니 백업이 있는 모양이다.

가서 백업파일까지 지울까 했지만 그만뒀다.

아무리 미친놈이지만 실력 좋은 대장장이였다.

나중에 다시 한 번 봐야 할 일이 생길지도 몰랐기에, 척을 졌다가 나중에 후회할 수도 있겠다 싶기 때문이었다.

"수술하느라 수고했고, 그래서 대금은 얼만데?"

돈이 엄청나게 깨질 것 같아 속이 적잖이 쓰려 왔다.

장씨가 손을 쫙 펼쳤다.

"오천? 아무리 수술이라지만 팔 두 개 가지고 너무 비싸게 부르는 것 같은데 말이지."

치료 마법이 나타나면서 경쟁에 밀려 길바닥에 나앉은 의사 많았다. 특히 뒷골목 면허정지 의사라면 오천은 개뿔 그 반 가격으로도 수술을 할 수 있었다.

"아니, 오백. 재밌었으니까 특별히 공짜로 해주지. 딱 금속 가공 비용만 내놔."

크히히히힉 하는 웃음소리가 뒤따랐다.

공짜로 해주겠다는 데 나쁠 것 없었다.

장씨의 공방을 나와 호텔로 돌아왔다.

민우와 가벡은 관광 중인지 메모가 남아 있었다.

- 중국 개척지에 좋은 박물관 있다고 해서 다녀올게요.

어차피 오늘은 쉬기로 마음먹었기에 침대에 누웠다.

마취가 점점 풀리기 시작하며 고통이 느껴졌다.

찌릿하고 전기가 올라오는 듯한 기분.

다행히 간지럽다거나 몸속이 불타는 것 같은 통증이 없는 걸 봤을 때 중금속 중독은 없는 듯했다.

마취의가 챙겨 준 진통제를 한 알 삼켰다.

'이제 뭐 하지?'

편한 맘으로 TV나 볼까 싶었으나, 안타깝게도 한국어 방송은 잡히질 않았다. 딱 하나 잡히는 게 있긴 했지만….

- 대개척시대! 당신의 이주를 기다립니다, 서울개척지.

- 지구가 아닌 새로운 땅, 세드에서 새로운 인생을!

개척지를 홍보하는 국영방송이었다.

'새로운 인생은 개뿔. 시궁창에 안 처박히면 다행이지.'

재미는 무슨, 현실과는 동떨어진 내용만 지껄였기에 TV를 꺼버렸다.

드르렁– 드르렁…

옆 침대에서 칼콘이 자는 걸 보고 잠이나 잘까 싶었지만, 아려오는 통증 외에도 수술 동안 잠들어 있던 까닭에 잠이 오질 않았다.

'능력치나 확인해 보자.'

오래간만에 정보창을 열어봤다.

우웅–

종족 : 인간

이블 포인트 : 59 (–1)

성향 : 뉴트럴(중립)

성향 보너스 : 회색 인간

등급 : B 등급 4티어

미사용 이능 포인트 (2)

보너스 포인트 (2)

근력 : D 등급 (23)

민첩 : D 등급 (21)

저항 : D 등급 (24)

마력 : E 등급 (16)

이능 : C 등급 (15+15) (!)

잠재 : S 등급 (?)

신체 변이 – 약한 재생, 화염 속성, 날카로운 감각

이능력 – 집중 E(+1)등급, 가속 D(+1)등급

정보를 보자마자 심장이 튀어나올 정도로 놀랐다.

이능 능력치 보너스만 15점!

저번 실험용 장갑을 찼을 때 7점밖에 오르지 않은 걸 생각했을 때, 2배도 넘는 수치였다.

'AMP 반지 끼고 나서부터 꼈을 때 부작용이 좀 덜었다 생각했는데, 이제는 더 좋겠군.'

그렇게 된다면 능력 강화는 물론, 부작용 감소에 따라 지속 시간도 길어질 터였다.

반면 이능을 제외한 다른 능력치는 큰 변화가 없었다.

아무래도 D등급 이상으로 올라간 터라, 극한까지 밀어붙이는 행동이 아니면 자연적으로는 잘 오르지 않았기 때문이었다.

'다음에는 무게 200kg 치고 데드리프트나 해볼까.'

근데 운동할 시간은 있을까?

확신할 수 없었다.

'일단 포인트는 민첩에 투자하는 게 좋겠군.'

– 반영되었습니다. 민첩 D등급 (21) = 〉(23)

포인트를 투자하고 나니 남아있는 이능 포인트가 보였다.

'저건 어떡하지?'

처음 가속을 얻었을 때는 너무 좋아서 다른 걸 볼 것도 없이 선택했지만, 지금은 딱히 마음에 드는 게 없었다.

그래서 있는 이능을 죄다 살펴봤는데….

'강화계만 쳐도 이능이 약 2,000종류. 변이계는 종류가 10,000개가 넘어간다.'

그 외에도 발현계는 숫자를 세는 게 무의미할 만큼 많았고, 마력계는 그것보다 배는 많았다.

많아도 너무 많다.

아무리 머릿속에 정보가 바로바로 들어온다고 해도, 전부 정리하는 데에는 한계가 있었다.

사람 뇌는 기계가 아니었다. 컴퓨터가 연산해도 시간 꽤 걸릴 정보를 사람이 직접 정리하기는 불가능에 가까웠다.

그래서 차일피일 미루고만 있었다.

'이번 기회에 바로 찍자.'

최근 연달아 위험을 느끼며 이능이 절실해졌다.

사실 속 편하게 기존에 있던 이능의 랭크를 올리는 것도 좋았지만, 능력보다는 부작용 감소 쪽으로 이어졌기에 효율성이 좋지 않았다.

결심을 굳히고는 이능들을 빠른 속도로 살피기 시작했
다.

129화 새로운 이능을 결정하다 (1)

NEO MODERN FANTASY STORY

대충 슥 훑었는데도 순식간에 4시간이 지나갔다.

'환장하겠네.'

결재할 서류는 가득한 데 머리는 안 돌아가서, 툭 건들면 머리가 터져버릴 것만 같았다.

결국 고민 끝에 잠시 쉬기로 마음먹었다.

풀썩.

세워뒀던 상체를 침대에 눕혔다.

'딱히 좋은 게 보이질 않는다.'

이름, 설명만 봐서는 딱히 '이거다!' 하는 녀석은 없었다.

가속처럼 좋아 보이는 이능이 몇 개 있기는 했지만… 안타깝게도 지훈과는 궁합이 잘 맞지를 않았다.

근력 강화?

참으로 매력적인 이능으로, 강화계의 꽃이었지만 주로 원거리 전투를 하는 지훈에게 있어서는 있으나 마나였다.

천리안?

원하는 곳을 볼 수 있는 능력이었지만 거리가 문제였다. 찍는다면 F등급, 거기다 AMP 보너스로 E등급.

빈토레즈 기준 지훈의 사거리는 최대 500m에 저격총을 들 경우 거의 800m까지 늘어난다.

만약 찍었는데 거리가 짧다면 낭패였다.

다중 초점?

변이계로 초점을 맞출 필요가 없게 해주는 이능이었다. 보통 정조준 시 양 눈의 초점이 맞지 않음은 물론 기타 애로가 있긴 했지만….

'겨우 그딴 거 때문에 이능을 낭비한다고? 개소리지.'

아까웠다. 차라리 비싼 값 주고 보사에서 발명한 다초점 렌즈를 끼는 게 훨씬 이득이었다.

피인화(皮鱗化)?

변이계 이능으로 살갗에 비늘이 돋아나게 하는 이능이었다.

저항이 올라간다는 점에서 훌륭하긴 했지만 안타깝게도 나무 껍질, 돌 피부 마법으로 대체할 수 있었다.

게다가 요즘엔 저항이 부족한 게 아니라, 충격 때문에 내장이 흔들리는 게 더 문제였다.

'나무 껍질이랑 돌 피부도 움직임을 방해해서 잘 쓰지도 않는다. 이능까지 투자할 필요는 없어.'

강철 내장?

설명 듣고 내장 충격을 완화하는 능력 싶었거늘, 안타깝게도 독 및 질병에 면역력을 올려주는 이능이었다.

독 판별하거나, 미식헌터 아니고서야 전혀 쓸모 없는 이능이라고 봐야 옳았다.

불꽃 투사, 급속 냉각, 염력 및 기타 발현계 이능.

총 + 발현계 이능 조합으로 두 공격을 한꺼번에 하는 건 매력적이었으나, 안타깝게도 한 손으로 총을 다뤄야 한다는 단점이 있었다.

소총을 한 손으로 쏘면 명중률이 개판이고, 권총은 탄두 문제로 파괴력은 물론 급탄수도 못마땅했다.

랭크 잔뜩 올려서 이능만으로 공격이 가능하면 모를까, 저등급 랭크에선 그냥 총으로 쏴 죽이는 게 빨랐다.

'그러고 보면 흑인 새끼가 발현계 이능력자였지.'

그냥 이능력자도 아니고, 단순 이능으로 수없이 많은 사람을 태워죽였다.

순간적인 파괴력 자체는 IED(급조폭발물)보다 약했지만, 중요한 건 시전 시간이 없다는 거였다.

순식간에 사람 머리만 한 푸른 불꽃이 날아오니, 조금이라도 방심했다간 잿더미가 된다.

'그 정도면 랭크가 몇일까.'

대충 B등급 정도 되면 저 정도 위력이 나올 것 같았다.

매우 강력한 이능이었으나, 이상하게 탐이 나지는 않았다.

도리어 불꽃 투사보다는 총알을 막는 이능이 좋아 보였다.

'분명 총을 쐈을 때만 딱 맞춰서 반응했다.'

수준을 봤을 때 방어형 이능과 공격형 이능 둘 다 고등급이었다. 그렇다는 뜻은 다른 강화, 변이계 이능이 없다는 뜻.

'어떻게 한 거지?'

절대로 총알을 직접 보고 작동한 능력은 아니었다.

혹여 예측했을 가능성도 있었지만, 총알이 맞을 부위만 정확하게 0.5초 정도만 딱 작동시킨다?

한 번 이면 모를까, 연속 사격도 전부 막아냈다.

미래를 예지하는 능력이 아니고서야 절대 불가능했다.

'그렇다면 자동으로 켜졌다는 건데… 도대체 뭐지?'

강화계, 발현계를 죄다 뒤져봐도 저런 이능은 없었다.

실상은 이랬다.

위기대비 : 불꽃 방패

해당 이능은 단일 능력이 아니라 다른 능력 두 개를 섞은 이능이었기에 가능했던 것.

정확하게는 위기대비라는 자동 발동형 발현계 이능에, 파이로가 가진 불꽃 관련 이능을 섞어 만들어진 이능이었다.

이 세상에서 유일하게 파이로만 가진 능력이었으니, 단순 이름 검색만으로는 비슷해 보이는 이능을 찾을 수 있을 리 없었다.

지훈 역시 위기대비에서 잠깐 멈칫하긴 했지만….

– 위기대비 (발현계 능력)

– 위기 시 자동으로 발동되는 이능입니다. 다른 이능과 섞어 쓸 수 있습니다.

약 1분~5분 정도만 생각해 보면 '어라?' 할 수 있는 내용이었으나, 안타깝게도 지훈은 각 이능에서 10초 이상 머무르지 않았다.

훑어봐야 할 이능이 이만 개가 훌쩍 넘는데, 하나하나 곱씹으며 생각할 시간이 없기 때문이었다.

그냥 보호 쪽인가 하고 넘어갔을 뿐이었다.

"후… 복잡하네."

한숨만 푹푹 나왔다.

뭘 결정해야 좋은 결과가 나올지 감도 잡히질 않았다.

결국 머리 식히기 위해서 눈 좀 감고 있다가 잠들었다.

"…재밌… 식물원이랑… 관 크기가…… 컸어."

드문드문 들려오는 목소리에 잠이 깼다.

뭔 일인가 보니 민우가 손에 가시 없는 선인장이 심어진 화분을 들고 신나게 떠들고 있었다.

식물원과 박물관에 다녀온 모양이었다.

굉장히 건전한 취미, 관광 활동이었으나 가벽은 재미가 없었는지 입을 다문 채로 입에 만두만 밀어 넣었다.

"박물관에 재밌는 거 많디?"

"네. 중국 개척지 역사랑 이주 과정 등 재밌던데요."

이럴 때 보면 확실히 뒷골목과 위험천만한 헌팅과는 거리가 먼 책상쟁이에 어울리는 민우였다.

"맞다. 중국에 유명한 헌터 중에 천청운 있잖아요. 그 사람 얼마 전에 죽어서 그런가 이능이랑 장비 공개됐던데요?"

솔깃한 정보였던지라 귀를 기울였다.

보통 유명한 헌터 및 고등급 각성자의 경우 그 이능 내용을 대외비로 만들었다.

아무래도 만능 이능은 없던지라 이능에 대한 정보가 새어 나가면 파훼법을 연구하거나 암살이 올 수 있기 때문이었다.

좋은 예로 지훈 같은 경우는 짧은 시간 동안 폭발적인 전투력을 낼 수 있지만, 얼마 못 가 탈진했다.

까닭에 많은 숫자를 동원하거나 기관총 같은 대용량 지원화기 두, 세정으로 제압사격 드르륵 긁으며 장기전을 유도하면 쉽게 이길 수 있었다.

이런 이유에서 유명한 각성자들이 사용하는 효율 높은 이능을 알 기회는 거의 없다고 봐야 옳았다.

반면 이번 천청운 같은 경우 얼마 전에 사망해 버렸고, 같은 이능을 사용하는 사람이 없었기에 그냥 정보를 공개해 버린 것!

본디 이능이란 각성 제어가 가능한 지훈을 제외하면, 모두 '무작위'로 결정된다. 정보가 있어도 흉내 낼 수 없었다.

그러니 중국 측은 '우리가 이렇게 강한 이능력자를 가지고 있었다.' 라는 대외홍보 및 정치적 이용이겠지만, 그딴 거 무슨 상관이란 말인가.

보고 참고만 할 수 있으면 그만이었다.

◆

다음 날 지훈은 박물관으로 향해 천청운의 정보를 살폈다.

번역 및 설명을 위한 MP3 같은 물건을 귀에 끼자 자연스러운 한국어와 함께 듣기 좋은 목소리가 들려왔다.

– 천청운은 중국의 국가 지정 헌터로서….

쓸모없는 내용은 대충 흘린 뒤 중요 정보에만 집중했다. 설명 들어가며 메모장에 빠른 속도로 휘갈기기도 잠시.

이런저런 내용이 많았으나, 종합해 보면 대충 이랬다.

[정보]

이름 : 천청운.

종족 : 인간.

등급 : A등급 7티어 (!)

근력 : D 등급 (29)

민첩 : B 등급 (47)

저항 : C 등급 (36)

마력 : D 등급 (21)

이능 : A 등급 (51) (!)

신체 변이 : 강화 수술, 임플란트 삽입. 자연 변이 없음.

이능력 :

마력 부여 (B등급) (마력계) : 원하는 물건에 본인의 마력을 주입합니다. 한계 수치는 본인의 마력 등급까지이며, 등급이 오를수록 효율이 증가합니다.

주문 주입 (C등급) (마력계) : 마력이 깃든 물건에 주문을 주입할 수 있습니다. 등급이 올라감에 따라 효율이 향상됩니다.

고속 영창 (B등급) (마력계) : 마법 영창 속도가 증가하지만, 마나 소모가 증가합니다. 등급이 올라갈수록 영창 속도와 마나 효율 둘 다 높아집니다.

'뭐야, 얘 왜 마력계 이능만 가득해?'

설명에 따르면 천청운은 최전방에서 종횡무진하던 뛰어난 군인이자, 전사였다. 만약 마법사였다면 후방 혹은 분대 지원 역할을 해야 했다.

마법사의 파괴력은 타의 추종을 불허하지만, 주문 영창 및 유지를 위한 집중에 시간이 걸리기 때문이었다.

'마법사였다면 마력 랭크가 저렇게 낮을 리가 없다.'

혹여 재수가 없어서 티어업 보너스가 전투 능력치에 전부 쏠렸다고 한들, 경험으로 최소 C등급은 찍혀야 한다.

한 마디로 절대 순정 마법사는 아니라는 얘기였다.

놓친 부분이 있었던 걸까?

설명을 다시 들었지만 분명 마법사라는 얘기는 없었다.

뭔가 중요한 퍼즐 조각이 뭉텅째로 없는 기분이었지만, 지금 당장 알 수는 없었기에 포기했다.

'썼던 장비를 살펴보자.'

더 고민할 것도 없었다.

총을 들었다면 총꾼, 스태프라면 마법사였다.

─ 천청운의 장비는 간단했습니다. 무기는 중국군 제식 소총은 95식 소총을 사용했고, 탄환은 OTN탄을 사용했습니다. 그 외 방어구는 금강(중국의 방어구 업체) 제품을 사용했고, 장신구는 마력을 늘려주는 물건을 사용했습니다.

'총꾼이네.'

총이야 제 손맛에 맞는 놈 쓰는 거니 그렇다 치지만, 탄환이 OTN이었다.

'A등급 헌터라면 국가 임무 때문에 거대 몬스터 사냥 외에도 요인 암살 등에 쓰일텐데… OTN탄?'

마법과 총.

전혀 어울리지 않는 조합이었다.

살짝 머리를 굴리길 잠시.

'설마… 탄환에 마법을 부여해서 쏜 건가?'

정답이었다.

최근 아이덴티티 – HG 합작으로 총기 내에 마석을 넣어 어떤 탄환이든 마법을 불어넣는 기술이 개발되긴 했다.

문제는 한 정당 가격이 탱크 저리 가라는 물론, 유지비용 (마석 재충전)도 눈 튀어나오게 비쌌으며, 생산 당시에 입력 해 놓은 주문밖에 주입이 안 된다는 단점이 있었다.

그 자체로도 엄청난 기술이긴 했지만….

만약 원하는 마법을 즉석 해서 주입 할 수 있다면?

발마다 다른 마법을 넣어서 발포한다면?

그 범용성은 가히 말할 수 없을 정도였다.

소총을 유탄발사기처럼 사용할 수 있음은 물론, 저격총 따 귀 때릴 정도의 파괴력, 대전차 무기를 휴대할 필요도 없다.

천청운 같은 경우 미리 탄환에 마력을 부여해 놓은 뒤, 신 전에서 고용 영창과 주문 주입 이능을 사용해 실시간으로 갖 가지 탄환을 사용했다.

과연 저런 능력을 갖췄으니 딱히 지원 분대의 도움 없이도 홀로 수많은 전장을 제패함은 물론, 가는 곳마다 아군에게 승 리를 안겨줄 전장의 신이 될 수밖에 없었다.

'저딴 이능이 무작위로 나왔다고?'

어이가 없을 수준의 확률이었지만 납득할 수밖에 없었다.

현재 각성 제어를 할 수 있는 사람, 아니 물건은 권능의 반 지밖에 없거니와 그 소유주는 김지훈 혼자였다.

'과연 엄청난 인구의 힘이로군.'

현재 중국의 인구는 전쟁 때문에 조금 줄어서 11억.

그중 저런 행운아 하나 없을 리 없었다.

하지만 그 행운이 부럽다거나 하지는 않았다.

권능의 반지를 매만졌다. 이쪽은 11억 분의 1보다 훨씬 훌륭한 반지를 가지고 있지 않던가?

'저 능력 좋아 보이는군.'

지훈이 씩 미소를 지었다.

이능 포인트를 어디다 쓸지 결정된 순간이었다.

마법 수련 및 마력 능력치도 신경을 써야 했기에 손이 갈 부분이 많겠지만, 그딴 게 무슨 상관이란 말인가?

들인 노력으로 싸구려 석탄을 넣어도 결과물로 다이아몬드가 나오는 미친 효율. 그거 하나로 충분했다.

'이제 저 이능은 내 것이다.'

권능의 반지

130 새로운 이능을 결정하다 (2)

NEO MODERN FANTASY STORY

AMP, 장씨 그리고 칼날 정글.

유쾌한 일 따위 하나도 없었던 중국 개척지를 뒤로했다.

벤츠에 오르고 있으니 불평불만이 이어졌다.

"아… 또 타요?"

"이제 그만 탔으면 좋겠군."

"싫으면 걸어가, 새끼들아."

고개를 초고속으로 흔드는 민우와 가백이었다.

부르르르루-

유료 주차장에서 벤츠를 찾아 엑셀을 밟았다.

개척지 중앙 대로를 탈 때까지만 해도 이것저것 보이는 게

많아 지루하진 않았지만 그것도 잠시.

고속도로에 들어가자마자 얘기가 달라졌다.

보이는 거라곤 유리 격벽 너머로 쭉 펼쳐진 지평선과 차 하나 없는 심심한 도로가 다였다. 시속 200km를 밟는다는 흥분감도 스치듯 끝났고 머지않아 지루함이 밀려왔다.

'라디오나 들을까.'

중국어 방송 사이를 헤집어 한국 방송을 찾았다.

뉴스였는지 딱딱하고 사무적인 앵커 목소리가 들렸다.

– 칼날 정글 사건이 터진 지 삼일. 중국 측은 이번 사건의 사상자가 200명을 넘었다고 발표했습니다. 이 중 한국인은 확인된 사망자가 3명, 실종자가 15명이라 밝혔습니다.

'쯧… 하필 나와도 저딴 뉴스가 나오나.'

안 좋은 기억이 떠올라 주파수를 돌렸으나, 안타깝게도 다른 한국어 방송은 하나도 잡히질 않았다.

어쩔 수 없이 다시 뉴스를 듣기로 했다.

– 이에 중국 정부는 칼날 정글 주변에 출입 금지를 선포하고, 폭격을 준비하고 있습니다. 러시아와 한국 측은 방사능 낙진을 우려해 핵미사일 발사 자제를 촉구했지만, 중국 측은 아직 정확한 성명을 표명하지 않았습니다.

사람 여럿 죽어 나갈 때부터 사단이 나겠구나 싶었는데, 기어이 정부가 나서는 모양이었다.

제아무리 칼날 정글의 주인이 강력하다고 한들 그건 어디까지나 '단일 개체'로써 따졌을 때 얘기였다.

거대 단체 혹은 정부까지 넣고 비교하면 그저 '조금 까다로운 몬스터' 그 이상, 그 이하도 아니었다.

굳이 전술핵을 사용하지 않는다고 한들 제공권 확보 후 성층권에서 폭격만 잔뜩 해도 사살할 수 있었다.

'쯧.'

순간 정글의 주인이 새끼와 다시 만난 순간이 떠올랐으나 떨쳐버렸다.

씁쓸하다고 한들 어쩔 수 없었다.

아무리 잘 봐줘도 정글의 주인이 몇 백이나 되는 사람을 죽였다는 사실은 변하지 않았다.

사람 잡아먹는 괴물.

저 사실에다가 '제어 불가능한'과 '수백이 넘는' 그리고 '내버려 둬도 큰 이득이 되지 않는' 접두사가 붙는 순간 그 생명은 끝이 났다고 봐야 옳았다.

"죽겠네요."

민우가 조용히 듣고 있다가 말했다.

"왜, 불쌍하냐?"

"아뇨. 저는 옳은 일이라고 생각해요. 내버려 두기엔 너무 위험한 생명체였다구요."

사람과 사람도 서로 죽고 죽이는 세계였다.

어찌 한낱 말하는 짐승 따위를 동정하겠는가?

이후 딱히 별다른 대화는 없었다.

저녁쯤에 칼콘과 교대한 뒤 수첩을 꺼냈다.

새로운 이능을 살펴보기 위해서였다.

사실 중국 개척지에서 새로운 이능을 완벽하게 처리한 뒤 귀환하는 게 좋았지만, 안타깝게도 시간이 없었다.

'곧 아쵸프무자가 찾아온다. 그 전에 처리해 놔야 해.'

괜히 중국 개척지에서 시간 까먹었다가 곤란한 일이라도 생겼다가는 큰일이기 때문이었다.

일단 천청운의 이능을 적어놓은 메모를 확인하고는 반지를 통해 비슷한 이능을 찾았다.

박물관 설명이랑 단어 몇 가지가 다르긴 했지만 분명 같은 이능이라는 걸 알 수 있었다.

– 마력 부여 (마력계) : 대상을 주문 매개체로 만들 수 있습니다. 생명체에는 사용할 수 없으며, 대상에 마나 회로가 없을 시 시간이 지남에 따라 마나가 서서히 증발합니다.

사용자의 마나가 고갈됐음에도 계속 시도할 시 마나 오염 및 마나 증발 부작용이 있을 수 있습니다.

– 주문 주입 : 주문 매개체가 될 수 있는 물건에 주문 방아쇠(스펠 트리거)를 넣습니다.

스크롤 및 기타 마법 물품에 각인 된 마법은 이식할 수는 없으며, 오로지 본인이 사용할 수 있는 마법만 가능합니다.

참으로 불친절하기 그지없는 설명이었다.

꼭 전공서적 읽는 느낌이랄까?

강화계나 변이계 같은 경우 굉장히 직관적으로 설명되어 있었지만… 이상하게 마력계만 가면 설명이 굉장히 복잡하게 얽혀 있었다.

제작자가 마법사인지라 무의식적으로 '읽는 사람도 이 정도는 알겠지.' 하며 만든 모양이었다.

저런 정보들을 하나당 1~3초 정도로 슥 훑고 지나갔으니 당연히 찾을 수도, 비틀어 생각할 수도 없었다.

'더 불편하게 만들어 놨네.'

그나마 검색 기능이 있어서 다행이었지, 없으면 일일이 넘기며 찾을 뻔했다.

'이능 포인트 사용. 마력 부여와 주문 주입 획득.'

– 새로운 이능을 획득하셨습니다. 마력부여, 주문 주입.

바로 정보창을 열어서 이능을 확인했다.

[정보]

이능 : C 등급 (15+15)

이능력 – 집중 E(+1) 등급, 가속 D(+1) 등급, 마력 부여 E(+1) 등급, 주문 주입 E(+1) 등급.

정확했다.

이제 시험을 해볼 차례였다.

반사적으로 빈토레즈를 찾았다.

굳이 총이나 탄환에 할 것 없이 다른 물건에 해도 됐지만, 아무래도 총탄류가 편했기 때문이었다.

어디 됐나 싶은 것도 잠시.

'빌어먹을⋯.'

정글 주인에게서 도망칠 때 차에 두고 나왔다.

속이 적잖이 쓰려왔다.

가격이 비싸거나, 구하기 힘들거나, 성능이 월등하거나 하지는 않은 총이었지만 아무래도 오랜 시간 애용했던 물건이기 때문이었다.

'개척지 가면 총도 새로 하나 사야겠군.'

쩝 소리를 내곤 D등급 폐품, 베레타를 집었다.

이탈리아 총기회사인 베레타의 제품으로, 정확한 모델명은 베레타 92S였다. 미국군의 제식 권총으로 세계적으로 잘 돌아다니며, 유명하기도 한 총이었다.

착–

탄창을 뽑아 안에 있는 탄종을 살펴봤다.

탄두가 빨간 것을 보니 OTN으로 보였다. 아마 민우가 MP5에 있던 탄환을 뽑아다 넣은 거겠지.

마력 부여를 위해 탄환을 일일이 뽑았다. 몇 발 쏜 까닭에 채 10발도 들어있지 않았다. 실전에서는 총기 위에 바로 부여해서 쏴야 했지만, 지금은 무리였다.

방금 이능을 배웠는데 그런 걸 하는 건 신생아가 옹알이도 안 하고 걸어 다니는 꼴이었다.

'이능 발동. 마력 부여.'

정확한 사용법은 몰랐다. 단지 오른손에 9mm OTN탄을 올려놓고 이능을 사용했을 뿐이었다.

후우웅―

마치 혈관 안에 미풍이라도 불고 있는 듯한 기분.

마력이 빠져나가고 있는 신호였다.

최대 마력량이 얼마나 되는지 몰랐기에 적당히 5초 정도 쥐고 있다가 뗐다.

'된 건가?'

슬쩍 마력 감지 안경을 꺼내 썼다.

탄환을 보니 주변에 옅은 푸른 안개가 껴있는 것 같았다.

생각보다 소량이었지만 일단은 성공이라는 뜻이었다.

'됐군.'

이후 총알 9발에 같은 작업을 반복했다.

약 1분밖에 안 되는 짧은 시간이었지만, 마지막 3발째부터는 기분이 이상했다.

처음 마력을 주입했을 때는 혈관에 미풍이 부는 느낌이었지만, 마지막 3발부터는 시리다는 느낌이 들었기 때문이었다.

'벌써 마력이 다 떨어진 건가?'

가볍게 불꽃 마법을 시전했다가 풀었다.

불이 희미하게 일렁이긴 했지만, 일단은 시전 된 걸 봤을 때 바닥이 나지는 않은 모양이었다.

'부족해 지면 혈관이 시리군. 주의해야겠어.'

근데 가만히 생각해보니 뭔가 효율이 좋지 않았다.

겨우 총알 9발인데 마력이 바닥난다?

게다가 아직 주문은 주입하지도 않았다.

'마력이 부족해도 너무 부족한데.'

혀를 차고는 마나 회복을 위해 쉬기로 결정했다.

탄환은 주머니에 넣어 보관할 생각으로 고개를 내리자….

반짝, 반짝.

옷이 푸르스름하게 빛나고 있었다.

옷에도 마나가 들어갔다는 얘기였다.

'이런 쌍… 그러면 그렇지.'

몸에 닿고 있는 모든 물체에 마나가 들어간 모양이었다.

어째야 싶은 생각도 잠시.

설명대로라면 시간에 따라 마력이 증발한다고 했다.

'신경 안 써도 되겠네.'

연습이 많이 필요할 것 같은 기분이 들기 시작했다.

◆

저녁때 휴게소에 잠깐 들렀다.

중국 개척지 측에서 만든 휴게소였는데, 작을 거라는 예상과 달리 엄청나게 컸다.

'상주 인원만 1,000명은 되겠네.'

인원이 많은 만큼 2M짜리 보호 격벽도 마련되어 있었다.

간단하게 중국 음식으로 끼니를 때우고는, 각자 접혀있던 근육을 풀며 시간을 보냈다. 가벡과 칼콘은 팔씨름을 민우는 사과를 씹으며 주변을 서성거렸다.

"나는 주변 공터에서 뭐 좀 하고 있을 테니까, 각자 알아서 놀고 있어."

어차피 물가에 내놓은 애도 아니고, 큰 신경을 쓸 필요는 없어 보였다.

휴게소 격벽 밖으로 걸어나가자 경비로 보이는 사람이 뜬어말렸다. 이에 각성자 등록증을 보여주니 해결됐다.

이후 휴게소와 한 200M 떨어진 후 품에서 글록을 꺼내 소음기를 끼워 넣었다.

끼릭, 끼릭, 끼릭.

다음으로는 재킷 안주머니에서 분홍색 케이스(시연이 준 거였다)에 곱게 들어있는 마법 감지 안경을 꼈다.

알이 둥근 안경을 쓰자 지훈의 사나운 인상이 조금 둥글게 변했으나, 안타깝게도 지금 그걸 볼 사람은 아무도 없었다.

주머니 안에 넣어뒀던 탄환을 꺼내 살펴봤다.

프스스…

총알 주변에는 여전히 푸른 오라가 일렁였다.

그 모습을 보고 있으니 마치 소리라도 나는 것 같았다,

'좋아, 마나는 여전하다.'

다음으로는 체내에 남은 마나를 가늠했다.

정확하게 알 수는 없었지만, 약 5시간 정도 내리 쉬었으니 마법 몇 번 부릴 정도는 될 게 분명했다.

'이능 발동, 주문 주입.'

오른손에 총알을 쥐고 있었으나 아무런 변화가 없었다.

아무래도 직접 마법을 부려야만 적용되는 모양이었다.

'뭘 써볼까.'

일단 알고 있는 마법들을 점검했다.

불꽃 (ilutulestik.)

나무껍질 (Koor puu)

빛 (valgus)

돌 피부 (Seat nahka).

여태까지 썼던 마법은 다음과 같았다.

위압감과 신진대사 감소도 있었지만, 거의 사용되지 않았기에 제외했다.

전투 중에 사용한다면 그나마 사용 가능해 보이는 마법은 빛이나 불꽃이었다. 하지만 지금은 실험을 해봐야 했기에, 안전한 나무껍질을 먼저 사용해 보기로 했다.

'이능 발동, 주문 주입.'

"나무껍질 (Koor puu)"

한 손으로 수인을 만들려니 영 불편하고 힘들었다. 이래서 천청운 능력에 고속영창이 있었구나 싶기도 잠시.

우웅—

AMP 반지와 양손이 작게 진동하는 착각과 함께 총알에 흐르던 마나가 오들오들 떨렸다.

뭔 일인가 싶어 자세히 보니, 탄두 주변에 이상한 회로 및 글자 같은 게 적혀있었다.

어디선가 봤던 것들.

바로 폭발 탄환에 그려져 있던 마법진이었다.

완벽하게 똑같은 형태는 아니었지만, 분명 비슷한 원리일
터. 아마 착탄과 함께 마법이 발동되는 것 같았다.

'글자가 파랗다. 혹시 마력으로만 보이는 건가?'

확인을 위해 안경을 벗자 회로와 글자가 전부 사라졌다.

지훈의 입에 미소가 걸렸다.

이후 총알을 글록에 장전, 한 번 발포해 봤다.

퓨!

퍽!

총알이 차갑게 굳은 맨바닥에 박힌다.

상태를 확인해보기 위해 맨손으로 땅을 팠다.

삽 같은 도구가 있으면 좋았겠지만, 상관없었다. 어차피 삽
보다 손이 더 단단한데 뭘 신경 쓴단 말인가.

퍼석.

깊게 박혀있는 걸 끄집어내서 살펴보니, 탄두가 나무껍질
파편마냥 갈색을 띠고 있었다. 마력이 전부 고갈되기 전까지
계속 유지되는 모양이었다.

성공이었다.

권능의 반지

131화 만족스러운 결과

NEO MODERN FANTASY STORY

새로운 이능.

제대로 사용하기 전까지는 많은 연습이 필요하겠지만, 일단은 성공했다는 사실에 기분이 무척 좋았다.

발걸음이 가벼운 게 꼭 공중에 떠 있는 느낌마저 든다.

주차장에 도착하니 칼콘과 가벡이 싸움을 하고 있었다.

커다란 도시 뒷골목에서나 볼 수 있을법한 몬스터 파이팅(이종족 혹은 맹수 둘을 가둬놓고 판돈을 거는 경기)였기에, 주변 사람들이 흥미로운 눈빛으로 쳐다봤다.

심각한 일인가 싶어 살펴봤다.

다행히 둘 다 맨손으로 싸우고 있는 걸 봤을 때 누구 하나 시체 되는 꼴은 안 일어날 것 같았다.

결과는 가벽의 승리였다.

제대로 싸웠다면 왼쪽 사지가 B등급인 칼콘의 압승이겠지만, 부상을 우려해 왼쪽 팔을 아예 쓰지 않은 까닭이었다.

싸움이 끝나자 구경꾼들이 빠르게 흩어졌다.

"뭐하냐?"

"지훈 왔어? 잠깐 운동 좀 했지!"

칼콘이 흙범벅이 된 옷을 훌떡 벗어 탈탈 털었다.

인간 눈으로 보면 누가 봐도 쌈박질인데, 저걸 운동이라고 말하는 걸 보며 역시는 전투종족은 전투종족인가보다 싶었다.

"민우 어디갔냐?"

"걔 요즘 이상하게 자꾸 배고프다고, 뭐 먹으러 갔어."

"방금 밥 먹었는데 또 먹는다고?"

뭔가 이상했다.

각성자인 지훈, 칼콘, 가벽은 신진대사 때문에 음식을 많이 먹을 수밖에 없다고 쳐도 민우는 일반인이었다.

"내가 봤는데, 화장실에서 토하고 또 먹더군."

순간 스쳐 가는 생각이 하나 있었다.

각성 전 증후군.

사람마다 워낙 증상이 달라서 딱 규명된 건 없었지만, 대부분은 각성 전에 온갖 기행을 저질렀다.

술을 잔뜩 마신다든가, 폭력적으로 변한다거나, 시름시름 앓거나, 성욕이 폭발한다거나, 폭식하거나 말이다.

조만간 각성 증후군 테스트를 받거나, 병원에 데려가거나 둘 중 하나는 해야겠다고 마음먹었다.

벤츠에 기댄 체 담배를 한 대 태우며 기다렸다.

약 15분쯤 지나자 민우가 양손에 핫바를 들고 나타났다.

'화장실에서 토했는데 그사이 또?'

말로만 들었을 때와 달리 실제로 보니 또 충격적이었다.

혹시 거식증 걸렸거나, 병 같은 거 걸린 적 있냐고 물어봐야겠다고 마음먹었다.

그렇게 자세히 뜯어보고 있으니, 민우가 문득….

툭!

지나가던 여자와 몸을 부딪쳤다.

"아 죄… Sorry. (미안합니다.)"

"Fine. Care. (괜찮아. 조심해.)"

여자가 빠른 걸음으로 민우와 멀어졌다.

뭔가 바쁜 일이 있겠거니 싶을 수도 있었지만, 지훈은 뭔가 찜찜한 냄새가 나는 것을 느꼈다.

보통 이런 일은 최대한 빨리 대응하는 게 좋았기에, 바로 민우에게 성큼 다가갔다.

"왜 그러세요?"

"너 지갑 어디다 넣어뒀어."

"후드 앞주머니에 넣어 놨어요. 왜 그러세요?"

좀도둑 많다고 뒷주머니에 넣지 말라고 신신당부를 한 터라, 아무래도 후드 앞에 넣어놓은 모양이다.

"에이, 저 말 한번 들으면 딱딱 지킨다니까요! 봐봐요, 제가 여기다 잘… 어?"

없다.

화들짝, 주섬주섬, 뒤적뒤적, 뒤져봐도 없다.

핫바 사 먹을 때까지만 해도 있었던 게, 없어졌다!

민우의 얼굴이 새파랗게 질렸다.

"어… 거주증이랑 주민등록증 전부 다 지갑 안에 있는데…."

정신이 나가버린 민우의 등을 토닥이고는 워커 끈을 조이는 척하며 방금 부딪쳤던 여자를 유심히 살폈다.

시선이 느껴졌던 걸까?

여자가 뒤를 돌아봤고, 지훈과 눈을 마주쳤다.

'맞네, 쌍년.'

여자가 걸음 속도를 한층 더 올렸기에, 바로 수그렸던 몸을 튕기며 튀어 나갔다.

타타타타타-!

10초도 안 돼서 잡았다.

현재 민첩 능력치는 D.

이능을 쓰지 않아도 빠른 속도인데, 거기다가 가속까지 쓰면 이미 시속 80km는 나왔다.

여자가 비명을 지르며 중국어를 외쳤다.

주변 사람들의 시선이 죄다 몰렸지만 무시했다.

중국의 문화 특성상 바로 앞에서 사람이 죽어도 신고하지

않는 게 보통이었다. 공안이 까다롭게 굴기 때문에 시달릴
걸 우려하기 때문이었다.

짝!

찌이익!

좋게 끝내려고 했거늘, 저항이 너무 심했다.

이에 따귀를 때리고는 입고 있던 잠바를 강제로 벗겼다.
벗기려 하던 와중에 여자가 도망가려 해서 잠바가 찢어졌
다.

잠바 주머니를 뒤졌으나 지갑으로 보이는 물건은 없었
다.

"Give me wallet, you fucking bitch. (지갑 내놔 쌍년
아.)"

여자가 잡아떼는듯한 모습을 보였다.

이에 가볍게 명치에 한 방 꽂아줬다.

뻐억-

"꺼억, 꺽!"

언어는 달라도 고통은 똑같은지, 여자가 무릎을 꿇고 숨을
몰아쉬었다. 폐가 벌렁거려서 숨을 쉬기 힘든 모양이다.

"뭐, 뭐하시는 거에요!"

민우가 와서 버럭 소리를 질렀다.

아마 저 녀석 눈으로 보기에는 갑자기 달려가서 사람 패는
거로밖에 보이지 않았으리라.

"네 지갑 찾는다, 이 새끼야."

질문에 대답하며 여자의 뒤로 돌아가서는, 등을 발로 밀어 버렸다.

빽 소리가 나며 여자가 바닥에 엎어졌다.

"거 그러게 왜 쓸 대 없이 반항해서 매를 버나."

이후 뒷주머니를 뒤졌다.

없다.

앞주머니를 뒤지자 여자가 들고 다닌다기엔 어울리지 않는 갈색 지갑이 하나 튀어나왔다.

펼쳐보니 민우의 주민등록증이 보였다.

툭.

민우에게 던져주자 어안이 벙벙한 표정을 지었다.

"어, 어… 이게 왜…."

"러시아에서 당하고 또 당하냐? 정신 좀 차리자."

말은 저렇게 했지만 이해할 수 있는 상황이었다.

칼콘이나 가백이야 전투 종족인지라 함부로 소지품에 손댔다가는 말 그대로 '손모가지 날아갈 각오'를 해야 했다.

지훈은 걷는 것부터 위험한 냄새가 풀풀 나니 좀도둑들은 자연스럽게 목표로 삼지 않을 테고….

그럼 남는 건 민우 하나였다. 어딘가 태평한 모습이 헌터라기 보다는 학생처럼 보이고, 걸음걸이와 눈에는 경계 한 조각 묻어나지 않았다.

뒷골목 사람 아니고서야, 좀도둑들이 맘먹고 노리면 당할 수밖에 없는 게 당연했다.

민우와 함께 차로 돌아가고 있자니 뒤에서 남자 하나가 거친 목소리로 소리를 질렀다. 남자친구 내지는 저 여자에게 상납을 받는 양아치 정도로 보였다.

"What. (뭐.)"

양아치는 계속해서 중국어로 뭐라 뭐라 고함쳤다.

눈만 움직여 녀석을 위아래로 훑었다.

경계 따위 없는 허세 가득한 자세.

싸움에 익숙해 보이지는 않는 행동거지.

총이나 칼을 휴대하고 있는 것으로 보였으나, 꺼내기까지 시간이 걸려 보였다.

고민할 것 없이 바로 로우킥을 달렸다.

뻑 소리와 함께 앞으로 휘청거리는 녀석에게, 로우킥 날렸던 힘 그대로 한 바퀴 돌아 백스핀 블로를 꽂아줬다.

정확하게 관자놀이에 꽂혔다.

쿵.

실 끊어진 인형처럼 쓰러지는 남자.

그 남자가 끝이 아니었는지 휴게소 주차장 주변에서 남자들이 하나둘씩 모습을 드러냈다.

각자 식칼이나 나이프 같은 걸 들고 있었다.

각성자도 몇 명 섞여 있었는지, 아티펙트로 보이는 물건을 들고 있는 남자도 있었다.

아마 동료가 당하는 걸 보고 보복하려는 심보겠지.

뭐 그래 봐야 전부 다 피라미라는 사실은 변하지 않았다.

'아 귀찮게 진짜….'

얼마 전에 엄청나게 큰 전투를 치른 터라 될 수 있으면 그냥 편하게 넘어가고 싶었는데, 어째 벌레 꼬이듯 사람이 계속 불어났다.

"어, 어떡해요 형님… 저 장비도 다 놓고 왔는데…."

지훈이야 저딴 칼 따위 몇 방이나 맞아도 문제없었으나, 민우는 아니었다. 장비가 없는 이상 그냥 전투 몇 번 경험한 민간인으로 봐야 옳았다.

칼에 맞는 순간 최소 중상, 심하면 사망이었다.

"싸울 수 있겠나?"

"카, 칼든 사람한테 맨손으로 덤비라고요?"

애초에 비전투 인원인데 뭘 기대하겠는가.

"몸 말고서 바닥에 엎드려 있어."

왼손으로 민우의 어깨를 누르는 동시에 오른손으로 거무튀튀한 쇠뭉치, 글록을 꺼냈다.

멈칫!

동네 양아치들인 걸까?

총을 보고는 굉장히 당황하는 모습을 보였다.

그 사이 지훈은 여유롭게 글록에 소음기까지 꼈다.

'사람한테도 한번 쏴보고 싶었는데 잘됐네.'

현재 글록 안에 들어있는 탄환은 총 8발.

위부터 순서대로 빛 3개, 불꽃 3개.

나머지 2개는 위압감과 신진대사를 집어넣은 상태였다.

"?!"

도망가려나 싶었거늘, 어느 한 남자의 외침을 시작으로 양아치들이 일제히 달려들었다.

양아치들 너머로 가벡과 칼콘이 달려오는 게 보였지만, 어차피 도착할 때쯤이면 양아치들이 반으로 죽어 있을 게 분명했다.

'이능 발동, 집중.'

빠르게 눈만 굴려 상대를 훑었다.

총 여섯이었다.

'마지막 놈이 세 발 맞으면 되겠네.'

계산을 끝내고는 바로 가속 이능을 발동했다.

우으으으으웅!

AMP 반지와 더불어 양손이 반응했다.

이능이 올랐기 때문일까?

상대방은 더더욱 느리게 움직이는 것처럼 보였고, 지훈의 몸은 훨씬 더 빠르게 움직이는 것 같게 느껴졌다.

'시간이 왜곡된 세상 속에서 나 혼자만 정상으로 움직이는 기분이군.'

잡생각은 그만하기로 마음먹고는, 가장 가까운 양아치에게 시선을 옮겼다.

후- 우- 우- 욱.

날카롭게 칼을 휘두르는 상태였지만, 집중과 가속 이능의 효과로 인해 하품 한 번 하고 피해도 될 정도로 느려 보였다.

퓨- 욱!

글록이 불을 뿜음과 함께 굵은 빛덩어리가 날아갔다.

마치 예광탄, 아니 그보다는 흰색 레이저에 가까워 보였다.

'이렇게 나가는 건가. 착탄 지점에서 빛이 터지거나, 거기서부터 밝게 빛날 줄 알았는데 의외군.'

아군과 떨어진 상태에서 본인의 위치를 알리기 위한 용도면 모를까, 이대로 실전에 쓰기에는 무리가 많아 보였다.

"꺼- 어- 어- 억!"

길게 늘어진 비명을 지르는 양아치를 무시하고는, 바로 다음으로 달려오는 두 녀석에게 발포했다.

맞아도 치명적이지 않은 허벅지가 목표였다.

마치 SF영화 속 함선이 내뿜는 고열 레이저 같은 빛 탄환이 순식간에 두 녀석을 무력화시켰다.

다음으로는 불꽃 탄환 차례였다.

폭발 탄환과 달리 단순 불꽃을 일으키는 마법이었기에, 근접사격을 해도 걱정할 필요는 없어 보였다.

퓨- 욱!

이번에는 탄환에 아예 불이 붙은 채로 나갔다.

선명한 붉은 궤적을 그리며 날아간 탄환은 그대로 네 번째 양아치의 어깨에 적중…!

프스스스스!

박힌 상태에서도 계속 불을 내뿜어 피격자에게 극심한 피해를 동반한 고통을 안겨줬다.

"끄아아아아!"

아마 안에 들어있는 마력 정도라면, 탄두가 녹아서 상처 주변에 눌어붙을 때까지 계속 타오를 터.

'한 방만 맞아도 치명상이겠군.'

내버려 두면 중금속 중독으로 서서히 병들고, 제거하기 위해선 금속이 눌어붙은 생살을 전부 잘라내야 했다.

안타깝게도 살에 박힌 순간 상처에 화상을 입히기 때문에 출혈을 일으키지는 않겠지만, 상대방에게 지독한 고통을 안겨준다는 점에서는 쓸만한 탄환이었다.

'굳이 사람한테 안 쏘고 인화성 물질에 쏴도 된다.'

현재 가지고 있는 마법으로도 이 정도 결과라니?

대단히 만족스러운 결과였다.

아마 다른 마법을 배워 이것저것 적용해 보면 훨씬 더 훌륭한 화력을 얻을 수 있을 터였다.

나머지 탄환은 기타 양아치들에게 쏴버렸다. 상처 하나 나지 않은 시시한 승리였다.

'위압감이랑 신진대사 감소는 뭐 어떻게 됐는지 모르겠군.'

맞는 녀석이 그 마법에 걸리는 건지, 아니면 탄환 자체에 그 마법이 걸려서 발포되는 건지 알 수 없었다.

'실험이 더 필요하다.'

이 문제에 대해서는 고무탄이나 빈백 탄환을 가지고 실험하면 될 것 같았다.

132화 너구리 같은 양반

NEO MODERN FANTASY STORY

"아, 드디어 도착한 건가! 끄으으!"

가벡이 한국 개척지 톨게이트를 보자 환호성을 질렀다.

통조림마냥 차 안에 박혀있어서 온몸이 쑤셨던 모양이다.

차에 타고 있다가, 내려서 밥 먹고, 잤다가, 밥 먹고, 잠깐 운전하다가, 내려서 밥 먹고, 잤다가, 밥 먹고.

벤츠가 닭장도 아니고, 일행 전체가 근 이틀 동안 계속해서 저렇게 살았다.

한가위 때 여섯 시간만 갇혀있어도 사람이 반쯤 맛이 가는데, 48시간을 저랬으니 오죽했을까.

그나마도 지훈이 차를 몰 때는 시속 240km씩 밟아서 이틀이었지, 갈 때는 72시간이었다.

아마 한동안 자동차라면 진절머리가 날 것이다.

"나 볼일 있어서 여기까지만 타자. 각자 알아서 가라."

일행들은 전부 톨게이트에 내려줬다.

평소라면 '지훈, 왜~ 태워줘!' 하고 불평을 했겠지만, 다들 군말 없이 차에서 내렸다.

그 모습에서 쇼생크를 탈출한 전직 은행원이 비춰 보이는 것 같은 착각이 드는 것은 어떤 이유에서일까?

'그럼 슬슬 밀려있는 일을 처리해 볼까.'

이것저것 할 일은 많았지만, 제일 급한 건 정산이었다.

평소대로라면 이곳저곳 돌아다녀야 했기에 보통 두 명이 했지만, 이번에는 석중 할배만 만나면 됐기에 혼자서도 충분 했다.

벤츠를 가까운 유료 주차장에 대고는 가까운 슈퍼에서 카 트를 하나 빌렸다. 뒷골목에서 워낙 유명한 지훈인지라, 흔쾌 히 받아낼 수 있었다.

드륵, 드륵, 드륵, 드륵.

포스트 아포칼립스 혹은 미국 영화에서나 나올 법한 난민 내지는 노숙자마냥 수레에 짐을 가득 싣고 이동했다.

조금 다른 게 있다면 위의 둘은 생필품을 가지고 다니지만 지훈은 아티펙트와 흉흉해 보이는 칵톨레프의 손발이 들어있 다는 것 정도?

양아치들이 딱 봐도 비싸 보이는 내용물을 보고 중얼거렸 지만, 그 누구도 습격하는 사람은 없었다.

– 비싸 보이지 않냐? 털까? 무장도 안 한 것 같은데.

– 야, 이 병신아. 저거 누군지 몰라?

– 미친 사냥개잖아. 걸리면 그냥 뒤진다고!

– 요즘 잠잠해서 죽은 줄 알았는데 살아있었어?

– 각성해서 헌팅 다닌다고 하던데?

각성해서 헌팅을 다닌다.

그 말은 그냥도 위험했던 사람이 2배, 4배 혹은 그 제곱으로 위험해졌다는 말이다.

'거 한심한 새끼들. 대낮부터 강도질할 생각이나 하고.'

나름 자기들끼리 소리 낮춰 흘긋흘긋 쳐다보며 얘기한다고 했지만, 날카로운 감각을 지니고 있는 지훈은 그 내용을 전부 들을 수 있었다.

얼굴 찌푸리고 쳐다봐 주니, 고기 훔쳐먹다 걸린 바퀴벌레 무리처럼 파스스 흩어지는 양아치들이었다.

평소에는 건물과 건물 사이, 사람 하나 간신히 다닐 수 있을 법한 지름길을 이용했지만, 이번에는 카트를 끌고 있었기에 그럴 수 없었다.

결국 빙 돌아서 이동했다.

'이쪽 길은 오래간만에 오네. 관 따고는 처음인가?'

뒷골목 시절이야 구석구석 잘 다녔지만, 지금은 헌팅을 했기에 올 길이 많지 않았다.

카드 끌고 가고 있자니 엘프 하나가 들러붙었다.

뭔가 싶어 쳐다보니 낯이 익다.

'누구더라?'

구면이냐고 묻기보다 앞서 엘프가 말했다.

"오빠, 쉬다 가세요. 금방 오픈해서 깨끗해요."

– 입으로도 해줄게요. 얼굴에 뿌려도 돼요. 제발 그냥 가지 마세요. 할당량 못 채우면 맞는단 말이에요….

관 따고 석중할배 만나러 가다가 붙잡았던 엘프 창녀였다.

'너였냐.'

용케 아직 살아있다는 생각도 잠시. 바로 떼어냈다.

"이종교배 관심 없다. 꺼져."

보나 마나 말로만 해서는 떨어질 것 같지 않았기에 재킷을 열어 글록을 슬쩍 보여줬다.

엘프가 기겁하며 떨어졌다.

"히익!"

큰 소리가 나자 방석집에서 남자 하나가 튀어나왔다.

이번에도 낯익은 얼굴. 저번에 시비 붙었던 경비였다.

"너 뭐야 이 새…."

똑같은 레퍼토리에 싫증이 나기 시작했다.

"미친 사냥개, 새끼야. 미친 사냥개!"

그 날 새벽과 달리 지금은 낮이다.

지훈의 얼굴이 훤히 보였기에 경비가 바로 꼬리를 말고는 다시 제자리로 돌아갔다.

"너는 씨발 좀, 가는 사람 좀 붙잡지 마라. 그러다 총 맞고 뒤진다 진짜. 짜증 나게, 쯧."

엘프에게 진심을 담은 충고를 내뱉고는 다시 움직였다.

– 잡화, 아티펙트도 취급.

언제 떨어질지 모를 정도로 낡은 간판이 바람에 흔들렸다.

가파르고 좁은 계단 안에 카트가 들어갈 수 있을 리 없으므로, 당연히 들고서 내려가야 했다.

바로 석중에게 전화를 걸었다.

"전화 받았습니다."

"할배, 나요."

"네가 누군지 내는 모른디. 싹 누런 쓰애끼, 니는 눈데 이름도 안 말하고 내요, 내요 하니?"

"거 김지훈, 씨발. 김지훈!"

제발 발신자 번호 찍히는 전화기 하나 사라고 몇 번이나 얘기했는데도, 기어이 안 산 모양이다.

'돈은 썩어 넘치게 많은 양반이 도대체 전화기 한 대가 뭐 그리 아깝다고 난리야. 미친 노인네!'

"지금 가게 앞인데, 망보는 애들 좀 빌리겠소."

"망보는 애들이라니, 니 지금 뭔소리니."

"거 개 좆같은 소리 집어치우시고, 오크 좆 말린 거나 씹고 계쇼. 금방 내려갈 테니까, 씨발 나랑 얘기 좀 합시다."

빌어먹게 힘든 폐품임무를 떠넘긴 것부터 시작해서 겨우 5km짜리 GPS 준 것. 그리고 정글 주인에 대한 정보는 쏙 빼놓은 것 등 할 얘기가 많았다.

속에서 부아가 치밀었지만, 꾹 눌러두고는 석중 가게와 마주 보고 있는 건물로 들어갔다.

얼핏 보기에 비어있는 건물처럼 보였다.

반면 실상은 석중 소유로 가게 주변에 적이 매복하는 상황을 피하고자 만들어 놓은 일종의 감시용 망루였다.

비어있는 1층을 홀을 지나 거미줄 가득한 계단을 올랐고, 이내 녹이 잔뜩 슨 철문을 두드렸다.

쾅, 쾅, 쾅!

노크 소리가 꼭 사형선고라도 되는 것처럼 울렸다.

"전화하는 거 다 들은 거 알아, 새끼들아. 문 작살내고 들어가기 전에 튀어나와라. 내가 지금 기분이 별로 안 좋다."

지훈은 OTN탄으로도 죽일 수 없는 각성자였다.

마음만 먹는다면 혼자서 저 철문을 부수는 것은 물론, 이 건물 전체를 초토화 시킬 수도 있었다.

그 사실을 알았는지 살찐 대머리 하나가 사무실 문을 반만 열고는 머리만 내밀었다.

주식쟁이를 칵톨레프 미끼로 질질 끌고 갔던 놈이었다.

"어… 지훈 형님, 안녕하십니까… 여긴 무슨 일로…."

"엿 같은 시치미 그만두고, 내려와서 짐 옮겨 새끼야."

대머리가 머리카락 하나 없는 머리를 긁적였다.

그의 얼굴에서 곤란한 표정이 묻어났다.

"아, 행님… 진짜 이러시면 저희 석중 할배한테 죽습니다, 좀만 봐주십쇼… 누가 짐 못 훔쳐가게 망 잘 봐 드릴 테니까 안심하고….”

한숨을 푹 내쉬었다.

“후… 이 새끼가 진짜.”

“저희 좀 살려 주세요….”

“됐고, 대가리 집어넣고 문에서 물러나라.”

최후통첩이었으나, 대머리는 저 말을 오해한 듯싶었다.

“감사합니다, 행님!”

대머리가 쏙 들어갔다.

이후 지훈은 주먹을 꽉 쥐고는, 문 경첩이 있을법한 두 부분을 있는 힘껏 후려쳤다.

뻑, 뻑!

맨손이 콩크리트를 부수는 기괴한 상황!

이후 지훈은 발로 문을 세 번 정도 찼다.

쾅 소리가 이어지길 몇 번.

쿠웅!

이내 콘크리트째로 철 문짝이 뜯겨 넘어졌다.

“이 개새끼들아! 내가 기분 안 좋다고 했냐, 안 했냐?”

사무실 안에 있던 열 명 남짓한 남자들이 얼어붙었다.

“거 씨발, 내가 할배한테 직접 얘기할 테니까 두 놈만 나와서 짐 옮겨라. 앙?”

결국 울상을 지은 남자 둘이 도축장이 끌려가는 돼지마냥 사무실 밖으로 걸어 나왔다.

헥, 헥, 헥…

저벅, 저벅, 저벅.

석중의 부하 둘이 물건을 옮기는 걸 담배만 물고 지켜봤다.

사실 혼자 해도 전혀 상관없는 일이었지만 그나마 석중에게 화풀이라도 하고 싶어서 시킨 일이었다.

물건이 다 옮겨지고 난 뒤 느긋한 발걸음을 옮겼다.

머지않아 시체 썩는 듯 퀴퀴한 곰팡이와 위험한 화약 냄새가 어우러진 독특한 공간, 석중의 가게가 펼쳐졌다.

"쓰애끼, 왔니."

석중은 재미있다는 씩 웃었다. 주름 가득한 얼굴이 연신 비틀어지는 모습이 꼭 썩은 고목 같아 보였다.

"어떻게 중국 개척지 관광은 즐거웠고?"

"거 참 존나게 즐거웠지. 덕분에 목도 날아갈 뻔하고."

석중은 가게에 혼자 있을 때 항상 뉴스를 틀어놓으니, 아마 칼날 정글에서 무슨 일이 일어났는지 알고 있을 터였다.

"내는 그런 일 몰랐디. 니 지금 홍궈가 빙신짓 한 걸 왜 내래 와서 화를 내고 있니?"

개소리였다.

홍궈가 죽을 정도였다면 석중 역시 뭔가 큰일이 터졌다는 것 정도는 짐작하고 있었을 터.

결국 반쯤은 알고 보냈다는 얘기였다.

"오리발 잘라버리기 전에 치우쇼. 씨발, 더 혓바닥질 할 것 없고. 한 번만 더 이딴 엿 먹이면 앞으로 할배랑 거래할 일 없으니까 그래 아쇼."

"워~ 워~ 진정하라 우리 지후이. 내래 뭘 잘못했는지는 모르겠지만, 그래 전부 다 내 잘못이디."

전혀 반성하는 눈치가 없는 석중이었다.

'나이랑 같이 고집이랑 아집만 처먹었나, 쯧.'

"됐고. 돈이나 내놓으쇼."

쟁반에 폐품으로 모아온 아티펙트를 올려놓고는, 방탄유리 너머로 물건을 건네줬다.

총 D등급 4개, C등급 2개였다.

"뭐야, D등급 1개 어딨니?"

"6M짜리 괴물이 정글 헤집고 다니는 와중에 그거 찾아온 것만 해도 대단한 거로 아쇼. 씨발, 내가 예수도 아니고 그걸 어떻게 찾아오나?"

"뭐, 그럴 수도 있디, 납득 할 만한 수준이그."

현금, 계좌 둘 중 뭐로 주냐는 말에 현금을 선택했다.

카운터 너머로 500만 원 19뭉치가 넘어왔다.

"거 할배, 돈이 많은데 이거 뭔데?"

"용돈 해라. 대가리에 피 몰린 거 보이, 가서 여자라도 안으메 식히야 할 것 같디."

말은 저렇게 해도, 일종의 위험수당인듯했다.

아마 입장 상 대놓고 사과할 수는 없으니, 돈으로라도 미안한 마음을 표현한 것이리라.

5,000만 원.

네 명 목숨 건 값으로는 적은 양이었지만, 마음과 성의 그리고 여태까지 함께해온 정이 있어서 받아주기로 했다.

다음으론 칵툴레므 손발을 카운터에 올려놨다.

"아티펙트 보니까 그냥 장갑에다가 손톱 박아놓은 것도 있드만. 그렇게 막 나가도 되는 거요?"

딱 봐도 싸구려 티 팍팍 나는 아티펙트가 아닐 수 없었다.

"겉 보고 무시하다 한 방이라도 맞으면 그대로 염라 얼굴 보러 가는기디. 왜, 한번 보고 싶나?"

"됐소."

석중은 약속대로 발톱 하나당 500만 원을 쳐줬고, 현금 2억은 계좌로 쏴준다고 말했다.

"그거하고, 여기 다른 폐품하고 활력초인가 뭔가 정력에 좋아 보이는 풀도 있소. 이것도 그냥 한꺼번에 정산합시다."

석중은 슥 훑어 보고는 총합 6,000만 원을 불렀다.

어차피 웃돈 받은 거 있었기에 흥정 없이 그대로 받았다.

"다음에 보고, 앞으로는 일 좀 똑디 합시다. 쯧."

"니나 디지지 말고 살아있으라, 빙시야."

석중에게 인사하고 가게 밖으로 나왔다.

슬쩍 건너편 사무실 2층을 바라보니, 창 너머로 나와 있던 거울 하나가 슥 사라졌다.

'한심한 놈들.'

가볍게 혀를 차주고는 다시 벤츠로 향했다.

걸음마다 가벼운 피곤이 묻어났지만 무시했다.

아직 잠자기에 할 일이 많이 남았기 때문이었다.

권능의 반지

133화 짧은 휴식과 준비

NEO MODERN FANTASY STORY

핸드폰을 열어 지현에게 문자를 보냈다.

집에서 하도 심심해하는 것 같아서 출발하기 전에 스마트 폰으로 하나 사줬었다.

– 나 한국 개척지 왔다. 너 오늘 치료날짜니까, 혼자 가서 치료해라. 내 방 침대 시트 들어보면 검은색 카드 한 장 있으니까 그걸로 치료비 긁어라. 나 볼 일 있어서 늦는다.

어차피 돈만 있으면 가서 누워있다 오는 게 끝이었다.

딱히 같이 가줄 필요는 없었기에 카드 위치만 알려줬다.

문자 보낸 지 30초 만에 답장이 왔다.

게임이라도 하고 있었던 모양이다.

– 어? 왔어? 꽤 오래 걸렸네.

드문드문 살아있다는 연락은 했지만, 그래도 꽤 긴 시간 동안 떨어져 있으니 걱정은 했던 걸까.

피식 웃음이 나왔다.

– 별일 없었다. 그리고 치료하고 오는 길에 맛있는 것도 좀 사 먹고 해라.

– ㅇㅋㄱㅅ

입가에 자잘하게 생겼던 주름도 잠시.

성의 없는 자음 네 개에 가장의 권위가 실시간으로 무너져 내리는 게 보였으나 그냥 그러려니 하고 말았다.

딸도 아니고 여동생인데 뭘 바라겠는가.

적당히 사고나 안 치고, 병이나 나으면 그걸로 됐다.

'에휴, 쌍년. 제발 병이나 낫고 더는 아프지 마라.'

이후 시연에게 전화를 걸었다.

역시나 착신음이 채 3번도 울리기 전에 받았다.

"자기야!"

강아지가 집 나갔다 돌아온 주인을 반기듯, 반가움과 기쁨이 잔뜩 묻어나는 목소리다.

꼬리가 달려 있으면 붕붕 흔들었을 것 같다.

"어, 나야. 개척지 도착했어."

"응! 나 금방 준비하고 나갈게!"

근 10일 동안 헌팅 다녀오면서 연락을 자주 못 한 탓에, 많이 외로웠나 보다. 특히 칼날 정글 들어가고 나서부터는 아예 연락조차 되지 않았으니 그럴 법도 했다.

지훈 역시 시연이 보고 싶었던 마음은 마찬가지였던 터라, 집에 가서 쉬고 싶은 마음을 접어두고 바로 보사로 향했다.

보사 주차장에서 기다리고 있으니 잡생각이 떠올랐다.

중국 개척지에서 칵톨레므를 원격제어하던 연구원들이었다.

'저 정도 기술이라면 사람에도 쓸 수 있을 거다.'

보사는 돈이 되는 기술이라면 모조리 연구하는 기업. 특히 군사 계통이랑 무기 계통은 환장하고 달려들었는데, 정황상 가능할 게 분명했다.

아마 지훈이 모르는 끔찍한 기술이 발명됐거나 준비 중일지는 아무도 알 수 없었다.

단지 관계자와 국가 수준의 영향력을 발휘하는 사람 몇몇만 알고 있을 거라고 추측만 할 수 있을 뿐이었다.

자본주의에 이끌리는 과학.

도덕성이 결여된 기술.

저 둘이 합쳐지면 굉장한 결과물이 나오겠지.

사람 죽이는 무기를 개발하는 것도 효율로만 계산할 테고, 돈이 된다 싶은 연구는 무슨 수를 써서라도 개발한다.

저 건물 지하에서도 그런 위험한 연구가 진행되고 있는 게 아닐까 하는 상상과 함께, '혹시 시연도 그런 연구를 하지는 않았을까?' 라는 생각이 들었다.

그 예쁜 얼굴로, 사랑스러운 미소를 가진 시연이 버튼 하나로 사람을 억 단위로 죽일 수 있는 무기를 만든다면?

기분이 찝찝해졌다.

'만들었으면 무슨 상관이야. 나도 사람 여럿 죽였는데.'

애초에 똥 묻은 개가 벼 묻은 개 나무라는 격이었다.

중요한 사실은 지훈이 시연을 좋아한다는 거였다.

더 이상은 생각하지 않기로 했다.

어차피 이 세상 고민의 95%는 현실로 이뤄지지 않는다는 것을 알기 때문이었다.

조금 기다리고 있자니 시연이 주차장으로 달려왔다.

오래간만에 본다고 있는 힘 없는 힘 다 주고 나온 모습.

그 모습을 보자 찝찝했던 기분이 순식간에 날아갔다.

"뭐 한다고 화장을 그렇게 열심히 했어."

평소에 잘 안 그리는 아이라인도 세심하게 그렸고, 웬만해선 잘 안 하는 볼터치로 가벼운 홍조까지 넣었으며, 쉐도우를 이용한 음영으로 코도 높아 보이게끔 했다.

"오래간만에 보니까 예뻐 보이고 싶어서!"

나 예뻐? 하며 얼굴을 들이대는 시연.

두근!

저런 얼굴로 조금만 움직이면 입이 닿을 거리까지 다가오는 건, 참으로 사람 당황하게 하는 행동이 아닐 수 없었다.

굳이 말하자면 우심실을 노린 매서운 일격이랄까?

얼굴이 확 달아올라 얼굴을 돌리니 거기까지 따라와서 '왜, 왜~ 나 보니까 좋아서 죽을 것 같애?' 하는 모습에 결국 반쯤 기절할 때까지 심장을 두드려 맞았다.

"자기 볼 수 있어서 너무 좋다~ 우리 뭐 할 거야?"

딱히 배가 고프진 않았지만, 계속 운전만 했던 터라 조금 찝찝했다.

"씻고 싶은데, 괜찮아?"

모텔에 가자는 얘기였다.

부끄러웠던 건지 시연의 귀가 살짝 붉어졌다.

"싫은 건 아닌데… 화장한 거 다 지워지잖아… 예뻐 보이려고 아침부터 신경 써서 한 건데… 음…."

볼을 긁적거렸다.

"한 이틀 못 씻어서 냄새날 텐데, 상관없어?"

이동한다고 잠은 전부 차에서 잤던 까닭이었다.

시연은 벌어진 재킷을 양손 멱살 잡듯 잡고는 획 다가와 냄새를 맡았다.

킁, 킁.

냄새 맡는 모습이 영락없는 강아지였다.

"아무 냄새가 안 나는 것 같은데?"

시연만 상관없다면야, 냄새 따위 무슨 상관이랴.

"그래, 그럼 밥부터 먹자. 뭐 먹고 싶어? 사줄게."

"진짜~? 나 비싼 거 좋아하는데~"

"괜찮아."

아무리 비싼 거 먹어봐야 한 끼에 200만 원 내외였다.

그 정도는 마음껏 내줄 수 있거니와, 시연 자체가 사치를 잘 부리지 않았기에 그 정도로 비싼 음식을 부를 것 같지도 않았다.

시연은 한동안 생각하더니 말했다.

"나 라면 먹고 싶어! 일본식 라면!"

머리를 긁적였다.

"일본식 라면? 그게 뭐야?"

일본이라는 나라 자체가 사라지면서, 그 반사효과로 과거에 유명했던 일본 음식도 거의 다 빛을 바랬다.

지훈도 딱 한 번 먹어본 '초밥'이 일본 음식이라는 걸 몰랐으니 더 말할 것도 없었다.

"인스턴트 말고 다른 라면. 내가 잘하는 집 알아~ 가자."

맛.

별로 없었다.

식사 후 같이 하룻밤을 보냈다.

열정적이고 행복한 시간도 잠시.

마음 같아서는 일주일 내내 같이 있고 싶었지만, 안타깝게도 시간이 많지 않았다.

'아쵸프무자가 말한 시간까지 별로 남지 않았다.'

정확한 시간은 말하지 않았지만, 가늠하자면 약 3일 전후로 연락이 올 것 같았다. 그 전에 만전을 기해놔야 했다.

해야 할 일은 정리하자면 크게 세 가지였다.

분실한 빈토레즈를 대신할 총기 구입.

총알에 불어넣을 공격용 마법 습득.

이능을 수련해 실용성 확보.

'총부터 사자.'

새로운 이능을 얻었다지만 어차피 총이 없으면 쓸 수도 없는 애물단지였다.

현재 수중에 글록이 있긴 했지만 아무래도 9mm로는 영 믿음이 가지를 않았다. 탄환은 물론이오, 장탄수, 파괴력, 명중률 모두 소총보다 월등히 떨어졌다.

비무장 일반인에게 쏘면 모를까 지금 지훈이 주로 상대하는 적들은 전부 무지막지한 위력을 가진 놈들. 손톱만 한 9mm 권총탄으로는 택도 없다.

오래간만에 승호의 총포상에 찾았다.

문지기로 서 있던 녀석이 꾸벅 90도 폴더 인사를 했다.

조직에 들어가기보단 혼자서 일을 처리했던 지훈에게 있어서 저런 인사는 영 떨떠름하게 느껴졌다.

"볼 때마다 얘기하잖아, 그런 거 하지 마라."

"그래도 행님이잖습니까!"

"요즘 깡패 새끼들도 그딴 거 안 한다고, 엉?"

"저는 깡패 아니니까 해도 되지 않겠습니까, 행님!"

그냥 입을 다물어 버렸다.

제가 좋다는 걸 뭐 어찌 막겠는가.

"승호 안에 있냐?"

"있긴 한데 손님도 같이 있지 말입니다. 근데 보니까 조금 이따가 들어가시는 게 좋을 것 같슴돠."

"한 번 보고."

밖에서 기다리는 것 보다는 안에서 음료나 마시는 게 좋았기에, 벌컥 문을 열고 들어갔다.

끼이이익-

"아, 진짜 아빠! 아빠는 왜 항상 반대만 하는데!?"

문을 열자마자 총포상과는 전혀 어울리지 않는 높은 목소리가 찡~ 하고 울렸다.

뭔 일인가 싶어 슬쩍 구석으로 이동하며 상황을 살폈다.

"네 나이가 몇 살인데 벌써 동거야! 미쳤냐!"

"나 이제 다 컸다니까!? 동거하게 해줘, 내가 결혼을 하게 해달라고 했어, 아니면 임신을 하게 해달라고 했어! 그냥 같이 살게만 해줘, 해달라고!"

대화 두 번 들으니 한 번에 상황 파악이 끝났다.

여자는 승호의 딸인 '승희'였고, 그 옆에는 딱 봐도 허세 끼 가득한 양아치가 거만하게 서 있었다.

나이는 많이 잡아봐야 고등학생 정도. 반면 승희는 이제 초등학생티를 갓 벗은 것 같았다.

'하이고… 중학생 때 일 쳤다는 건 들었는데, 아니 뭔 저 나이에 저렇게 큰딸이 있어.'

나이를 보니 꼬마의 거만한 태도가 대충 이해가 갔다.

승호가 뒷골목 일에서 손 뗀 지 약 3년.

지훈이야 최근까지 일 처리하며 다녔으니 이 사람, 저 사람 아는 사람이 많았지만 승호는 이제 뒷골목에서는 역사의 뒤안길로 사라진 사람이었다.

나이 좀 있는 사람들은 알겠지만, 뒷골목에 옅게 걸쳐 있는 사람이나 새로 들어온 새내기는 잘 모르는 게 당연했다.

마음 같아서는 둘 다 치워버리고 빨리 총이나 보고 싶었지만, 승호에게 있어선 중요한 문제인지라 가만히 지켜봤다.

"안 돼, 미친년아! 당장 집으로 들어가, 너 이제 외출 금지니까 그렇게 알아!"

"아빠 진짜 존나 밥맛이야!"

결국 승희가 울음을 터트렸다.

남자는 그 모습을 보자 화가 났는지 버럭 소리를 질렀다.

"이봐요, 아니 왜 내 여자 울리고 그래요! 미쳤어요?"

그 모습을 보자 어이가 우주까지 날아가는 걸 느꼈다.

'내가 봤을 때 미친 건 네놈 같다.'

저게 어디 제 여자친구 가족한테 할 말인가?

뭐 이상한 연애소설이나 영화 같은 거 보고 저러는 모양인데, 잘못 짚어도 한참 잘못 짚은 행동이었다.

민머리인 승호의 머리가 붉으락푸르락하며 힘줄이 잔뜩 돋아났다. 그 표정이 딱 마음 같아선 당장에라도 샷건을 갈기고 싶은 것 같았다.

하지만 그런 짓 했다가는 딸과의 관계에 영원히 회복될 수 없는 깊디깊은 골이 생길 게 분명하다.

도와줄까 싶은 심정으로 슬쩍 승호에게 손짓했다.

– 야, 도와줘?

승호는 슬쩍 눈만 옮겨 지훈의 존재를 확인했다.

승호에게 있어서 지훈은 달갑지 않은 순간에 맞이한 불청객이었으나 지금으로써는 딱 필요한 인물이기도 했다.

눈이 마주쳤기에 바로 몸으로 말을 건넸다.

승희 남자친구를 가리킨 후,

한 대 때리는 시늉을 한 뒤,

여부를 묻는 의미로 어깨를 으쓱했다.

대충 뜻이 전해진 건지 승호가 한숨을 내쉬며 끄덕였다.

승낙 신호였다.

승호야 승희의 아버지니 딸 보는 데서 제 손으로 남자친구를 조질 수 없겠지만, 지훈은 승희와 전혀 면식이 없는 사람이었다.

어렸을 때 몇 번 보긴 했지만, 승희가 그걸 기억할 수 있을리 만무했다. 이는 곧 지훈이 저 버르장머리 없는 놈을 어떻게 조지든 상관없다는 말이었다.

승희가 지훈을 원망하긴 할 테지만….

어차피 둘이 마주칠 일 없는 사람이었다.

승호는 가족에게 자기가 뒷골목 시절에 알던 사람들을 절대 소개시켜 주려고 하지 않았고, 지훈 역시 그런 승호의 마음을 알았기에 다가가려고 하지 않았다.

승희를 봤던 것도 길 가다가 멀찍이서 본 게 다였다.

'버르장머리 없는 놈 예의 좀 가르쳐 줘 볼까.'

친구를 곤란하게 함은 물론, 지훈의 시간까지 허비하게끔 만든 녀석에게 분노를 풀어 줄 시간이었다.

최근 들어 이상하게 별 시답잖은 놈들이랑 엮이는 것 같았지만 그러려니 했다. 세상이 미쳤는데 그 주민이 또라이가 아니면 그것도 또 코미디기 때문이었다.

권능의 반지

134화 AS VAL

NEO MODERN FANTASY STORY

뚜둑, 뚜둑.

걸어가며 주먹을 눌러 뼈소리를 냈다.

어느 정도로 세게 때려야 할까 고민하길 잠시. 적당히 힘
조절해서 치지 않으면 죽었기에 주의하기로 했다.

"이보쇼."

버럭버럭 소리를 지르는 남자의 어깨를 두드렸다.

"아, 뭔데!"

팔을 휘둘러 지훈의 손을 쳐내는 남자. 게다가 툭 튀어나온
말은 반말이었다.

'새끼 봐라?'

어차피 시비 걸어야 했는데 껀덕지 던져주니 참 좋았다.

"뭔 일인진 몰라도 빨리 끝내지? 기다리는 사람 안 보여?"

"아 그거야 댁 사정이고. 네가 뭔데 끼어들어!"

지금 본인이 누구한테 버럭버럭 소리를 지르는지 안다면 무슨 표정을 지을지 기대되기 시작했다.

"어이쿠, 무서워라. 거 한 대 치겠다?"

"괜히 한 대 맞고 질질 짜지 말고 꺼져, 병신아."

슬쩍 긁듯 도발하니 남자가 더욱 버럭 하며 욕을 내뱉었다.

'화 돋우는 건 이 정도로 충분하겠고….'

이제 이빨을 드러내 버르장머리 없는 하룻강아지의 이빨과 발톱을 모조리 뽑아주면 됐다. 굳이 더 말할 것도 없이 지갑에서 각성자 등록증을 보여줬다.

효과가 제대로 들어갔는지, 남자가 머뭇거렸다.

"어, 어… 저기 그게…."

비무장 민간인에게 있어서 각성자는 공포 그 자체였다.

총 맞아도 안 죽을지 모르는 놈이랑 주먹다짐한다?

맨손으로 황소랑 싸우는 꼴이었다.

이에 지훈은 일부러 볼을 내밀며 때려보라고 자극했다.

"때려 봐, 어디 질질 짜는 게 누가 될지 한 번 보자고."

"왜 그러세요…."

남자가 바로 꼬리를 말고는 깨갱했다.

"빨리, 해보라고. 응? 내가 요즘 조금 심심해."

"그, 그만 하세요…."

남자의 목소리가 바닥을 뚫고 들어갈 기세로 작아졌다.

굳이 사람 하나 팰 것 없이 이 정도로 끝내려니 하는 마음
이 들었지만, 남자 너머로 보이는 고소한 승호의 얼굴을 보니
또 마음이 달라졌다.

저번에 사격장 박살 낸 전과가 있으니 조금 더 서비스를 해
주기로 마음먹었다.

짝, 짝, 짝.

손바닥으로 남자의 볼을 번갈아가며 때렸다.

아프지는 않을 정도였으나 분명 모욕적인 처사.

여자 친구 앞에서 체면을 제대로 구겼으리라.

"뭐야, 자기 싸움 잘한다면서!"

아니나 다를까 승희가 남자를 쏘아봤다.

남자는 우물쭈물하며 기어들어가는 목소리로 말했다.

"원래 싸움 잘하는 사람들은 잘 안 싸워… 때리면 죽을 수
도 있단 말이야."

웃음이 터지려는 걸 꾹 막았다.

여자 친구 앞에서 폼은 잡아야겠고, 앞에 서 있는 지훈은
무섭고 하니 나온 결과가 저거였다. 다음 반응이 궁금해서 남
자의 눈을 똑바로 쳐다봤지만, 남자는 애써 시선을 피했다.

"그래? 그럼 내가 먼저 싸움 걸 테니까 한 번 붙어보자. 내가
우리 고조부님 존안이 어떻게 생겨 드셨는지 진짜 궁금했거든.
이 새끼야. 가서 인사나 한번 드려 보자고. 응?"

말 끝나자마자 워커로 정강이를 차버렸다.

뻑 소리와 함께 앓는 소리가 들리기도 잠시….

"에이, 씨발 진짜⋯!"

남자가 악을 쓰며 달려들었다.

뭐 결과야 말할 것도 없었다.

"자기야, 정신 차려! 자기야!"

승희가 남자를 흔들어 깨웠지만, 그 정도로 기절한 사람이 일어날 리 없었다.

"당신 뭐야! 왜 사람을 때려! 고소할 거야, 고소!"

남자 친구가 다쳤다는 사실에 화가 났는지, 승희는 고소를 들먹였다.

"해."

사실 상관없었다.

AMP 사건이야 지구에서 정부 요원 반병신 만들고 도망 온 거니 일이 컸지만, 세드에서는 또 말이 달랐다.

사람 죽여도 무마할 수 있는 돈과 인맥과 인맥이 있는데 저 깟 단순 폭행 따위야 일도 아니었다.

"뭐가 그렇게 당당해! 저기 CCTV 보여!? 증거 다 있어 미친 새끼야!"

제 아빠 연배 어른한테 반말 찍찍하는 모습에서, 승호도 어지간히 자식 농사 망했다는 걸 알 수 있었다.

열네 살.

승호가 승희를 낳은 나이였다.

애가 애를 낳은 꼴이니 제대로 된 교육은커녕, 애 키우는 것보다 나가 노는 것에 더 집중했겠지.

지금이야 마음 바로잡고 가족에 집중했지만 이미 딸 맛탱이가 간 건 어찌 바로잡을 길이 없었다.

"어이쿠, 주인 양반. 내 알기로 저거 모형만 달아놓은 거로 아는데, 아니었나?"

승호를 모르는 척 능청스럽게 연기했다.

"예, 맞습니다. 그냥 모형이지 말입니다."

이에 승희가 버럭 소리를 질렀다.

"아빠가 봤잖아! 증인 서주면 되잖아!"

"승희야 미안한데 아빠가 고개를 돌려서 못 봤어."

"으아아아아, 이 꼰대 새끼야. 너 존나 싫어!"

"거 꼬맹아. 시끄러우니까 빨리 남자친구 끌고 나가라."

결국 승희는 악을 잔뜩 쓰며 남자 친구를 끌어가려고 했지만, 힘에 부쳤던지 결국 버리고 가 버렸다.

승호는 그 모습을 보고는 지훈에게 감사 인사를 전했다.

"후… 고맙다, 진짜 고맙다."

"하이고 새끼야, 내가 이런 똥까지 치워야겠냐?"

"너도 애 낳아서 키워봐, 미친놈아."

"그나저나 저거 어쩔건데?"

가게 안에 쓰러져 있는 남자를 가리켰다. 이에 승호는 밖에 있던 문지기를 불러, 창고에 가둬놓으라고 시켰다.

아마 딸이 안 보는 장소에서 제 손으로 직접 조지려는 생각 같았다.

"그래서, 무슨 일로 왔냐?"

"빈토레즈 잃어버렸다. 새 물건 필요해."

"기다려 봐 요즘 새로 들어온 물건 있다."

많은 총기류가 카운터 위로 올라갔다 내려갔다.

제일 먼저 올라온 건 AK47이었다.

지금 당장 지구에서도 온갖 국가들이 사용하고 있음은 물론, 분쟁지구에는 절대 빠지지 않고 발견되는 무기였다.

최고의 총기는 아니었으나, '사람 죽이는 무기' 라는 것에 아주 충실하다 못해 그것만 생각한 소총이었다.

영점 조준할 것 없이 대충 쏴도 잘 나가고, 드르륵 긁어도 잘 걸리지 않으며, 단순한 구조 때문에 신뢰도도 높다.

"무엇보다 총 가격이 싸. 탄환도 7.62mm라 끝내주지!"

"됐어, 새끼야."

명총이긴 했지만 정감이 안 갔다.

당장만 해도 고블린이 AK 들고 사람 죽이고 다니는 건 물론, 온갖 이종족들이 대부분 쓰는 총이 바로 AK였다.

과거 AK가 테러리스트의 상징이자, 제 3 세계를 상징하는 총이었다면, 지금은 사람이 사람 죽이는 데 쓰는 것 보다, 몬스터가 사람 죽이는 데 쓰는 경우가 더 많았다.

참 웃기지도 않는 아이러니였다.

워낙 좋은 총이기도 하거니와, 가격도 싸고 만들기도 쉬우니 어두운 쪽으로 유통이 많이 됐기 때문이었다.

"그거 들고 다니면 다들 이상한 눈으로 쳐다본다."

"총도 모르는 새끼들이 꼭 이미지 타령하지. 그럼 멋들어지게 SO80 써 새끼야. 간지 죽이잖아."

SO80. 저번에도 승호가 추천했던 총이자, 영국군 제식소총으로 '초콜렛 총'이라는 별명이 유명했다.

왜 하필 초콜렛일까?

드르륵 긁으면 녹아 없어져서(고장 나서)였다.

근데도 추천한다고?

헌팅 나가서 총기 고장으로 죽으라는 얘기였다.

"에라이, 새끼야!"

훅!

대머리에 손바닥 자국 하나 날려줄 생각으로 손을 휘둘렀지만, 승호는 잽싸게 확 피해버렸다.

뒷골목에서 은퇴해 지금은 뱃살 가득한 아저씨가 됐다고 한들, 전투로 갈고 닦인 감은 잘 녹슬지 않는 모양이었다.

"너 꼭 소총으로 해야 되냐?"

"무슨 소린데?"

소총은 모든 총기를 통틀어 제일 균형 잡힌 총이었다.

권총은 탄두와 장탄이, 기관단총은 파괴력이, 기관총은 활동성이, 저격총은 연사력이, 산탄총은 사거리가 부족하다.

유탄발사기의 경우 파괴력은 절륜했으나 아군 피해가 우려되기 때문에 무조건 탈락이었다.

'실내에서 저딴 거 쐈다간 피아 구분 없이 다 뒤집힌다.'

결국 범용성 면에서는 소총이 제일이었다.

"봐라, 헌터들이 왜 기관총 안 들고 다니냐?"

"너무 무겁다. OTN으로 긁을 거면 총알값도 은근히 부담 되고, 반동도 무거워. 게다가 위급 상황은 어쩔건데?"

위급 상황에선 1초 사이로 생과 사가 오간다.

기관총은 메고 이동해야 하는데 적 발견과 동시에 사격하기 어렵기 때문이었다. 원한다면 들고 다닐 수도 있긴 하겠지만 무거워서 기동력이 떨어졌다.

이는 기동력을 중시하는 지훈에게는 어울리지 않았다.

"너 그 정도는 들 수 있잖아?"

맞는 말이었지만, 그럼에도 거절했다.

소총보다는 범용성이 떨어지기 때문이었다.

"빈토레즈 같은 물건 없어? 그거 좋더만."

애초에 지정 사수 소총으로 개발된 물건이라 파괴력이 월등함은 물론, 연사도 가능한지라 거의 소총 수준으로 갈겨댔던 지훈이었다.

딱 하나 아쉬운 게 있었다면 일체형 조준경에 배율이 들어가서 근접 사격이 어려웠다는 것 정도?

"독특하네, 헌터 애들은 불곰국 애들 물건 잘 안 쓰려고 하던데 너는 그게 또 맞냐?"

총은 거의 알음알음으로 정보를 얻기 때문에 정보가 널리 퍼져있는 미국이나 유럽 쪽 총기가 유명했기 때문이었다.

까닭에 많은 헌터들이 처음 미국, 유럽 쪽 총기를 쓰기 시작, 그 후배들도 자연스럽게 그 총을 따라 쓰면서 동유럽 총은 거의 잊혀진 게 현실이었다.

"지랄하지 말고. 있어, 없어?"

승호가 이내 카운터 위로 총을 하나 올려놨다.

빈토레즈와 비슷해 보였으나 분명 다른 총이었다.

"아스발(AS VAL). 정확한 명칭 Автомат Спец иальный Бесшумный. 뜻은 나도 몰라."

같은 뿌리에서 시작해, 빈토레즈가 지정 사수 소총을 향해 갔다면, 아스발(AS VAL)은 돌격 소총을 향했다.

현 러시아 특수부대들이 사용하는 소총이었으며, 역시나 소음기 일체형이며, 9x39mm 탄을 사용했다.

"소음기 일체형이라 시가전에서 아주 죽여주지. 괜히 사냥 하다가 강도들 시선 끌 일도 없고."

예전이라면 갸웃 한 번 했겠지만, 현재는 빈토레즈에 굉장 히 만족한 상태이므로 바로 사격을 해보기로 했다.

표, 표!

결과는 대만족이었다.

빈토레즈 같은 경우 근거리 사격 시 조준경 때문에 방해됐 지만, 아스발은 그런 걱정이 없었다.

게다가 빈토레즈는 최대 장탄이 20발이지만, 아스발 같은 경우 30발들이 바나나 탄창을 사용할 수 있어 훨씬 더 유리 해졌다.

'괜찮은데?'

승호가 보지 않는 사이 마력을 불어넣어서 한 번 쏴봤다.

"Valgus(빛)."

표!

빛 때문에 마치 흰색 레이저같이 보였다.

더 고민할 것도 없이 바로 아스발을 구매했다.

꽤 비싼 가격이었지만, 어차피 총은 한 번 사면 오래 쓰는 편이었기에 신경 쓰지 않기로 했다.

'어차피 총기 바꾸면 탄환도 새로 사야 하는데, AS VAL이면 예전에 사놨던 9x39mm OTN탄을 다시 쓸 수 있으니 가격으로 따져도 그게 그거다.'

총알이 생각나자 살 물건이 하나 더 떠올랐다.

바로 각성자 물품 거래소로 향했다.

"9x39mm VGC탄 있소?"

마음 같아서는 MN탄을 사고 싶었지만, MN부터는 요인 암살을 우려하는 까닭에 거래가 힘들었다.

사고 싶으면 암시장에 가야 했는데, 원래 가격도 200만 원을 호가하는 물건을 암시장에서 산다면?

발당 2,000만 원은 각오해야 했다.

'20발 가득 채우면 4억인가.'

속으로 욕지거리가 나왔다.

타협점을 본 게 D등급 1cm 철판을 관통 가능한 VGC였다. D등급 방패까지는 몰라도, 갑옷까지는 손쉽게 뚫을 게 분명했다.

'그 거인 새끼도 VGC면 박힐 가능성이 크다.'

일반 탄환을 맨몸으로 튕겨냈으니, 분명 그 녀석 역시 저항

능력치가 엄청나게 높을 터. 괜히 아슬아슬한 OTN으로 쏠 바에는 VGC를 준비해 놓는 게 좋았다.

"요즘 환율 올라서 발당 25만 원쯤 합니다. 기다리면 22만 원까지는 내려갈 것 같기도 한데, 어쩔까요?"

아스발의 최대 장탄은 20발.

곧 탄창 하나 채우는 데 500만 원 나간다는 얘기였다.

"주쇼."

탄창 하나에 거금이 날아가는 순간.

비효율적인 금액이었지만 어쩔 수 없는 선택이었다.

그깟 돈이야 계속 벌 수 있었지만, 목숨은 떨어지는 순간 끝이었기 때문이었다.

'빌어먹을 거인 새끼. 다음에 보면 벌집을 만들어주마.'

이를 꽉 물고는, 9x39mm VGC탄을 받았다.

권능의 반지

135화 큰 힘에는 큰 부담이 따른다.

NEO MODERN FANTASY STORY

총기와 탄환을 구했으니 남은 일은 두 가지였다.

이능을 잘 활용할 수 있을 때까지 연습하는 것과, 탄환에 주입할 새로운 마법을 배우는 것.

그저 저 둘만 생각하며 지냈다. 시간은 생각보다 굉장히 빠르게 흘렀고, 정신을 차리니 벌써 이틀이나 지나있었다.

'피곤하다.'

여태껏 잠까지 줄여가며 시간을 길게 쪼갠 까닭이다. 가벼운 피곤이 몰려왔지만, 커피를 입에 털어 넣어 쫓았다.

"후…"

카페에 앉아 깊게 한숨을 쉬고 있길 잠시.

눈앞으로 서구 경제지구의 바쁜 일상이 지나갔다.

일을 끝마치고 가정으로 돌아가는 사람들, 친구 혹은 지인과 약속을 잡아 신나게 웃고 있는 사람들 등.

평균 한 달에 두 번꼴로 사지를 넘나드는 지훈과는 퍽 다른 인생을 살고 있는 것 같았다.

'만약 부모님이 돌아가시지 않았다면, 세드에 오지 않았다면, 동생이 병들지 않았다면, 전과가 없었다면, 나도 저런 삶을 살고 있었을까?'

피곤과 피로에 짓눌려 반쯤 썩어버린 눈동자에 비친 건 바로 동경이었다.

과거 뒷골목 시절에는 헌팅을 다니며 막대한 부를 축적한 헌터들을 부러워하고 시기했는데, 정작 되고 나니 평범한 일상이 부러워졌다.

어처구니없는 아이러니에 피식 웃음이 나왔다.

남의 떡이 커 보이기라도 하는 걸까?

'미쳐가는군, 미쳐 가.'

아직 맛이 갈 정도는 아니었지만, 분명 무시할 수준도 아니었다. PTSD(외상 후 스트레스 장애)는 서서히 지훈의 마음과 정신을 갉아먹고 있었다.

아무리 각성을 통해 신체 능력이 초인이 됐다고 한들, 그 안에 있는 건 유리같이 연약한 인간 본연의 정신이었다.

문득 홍귀가 떠올랐다.

– 히히힉, 우린 다 죽을 거야!

욕심에 눈이 멀어 치명적인 실수를 저질렀고, 그에 합당한 대가를 치른 인물이지만 이상하게 공감이 갔다.

'나도 언젠가는 저렇게 되는 걸까?'

홍귀 뿐만이 아니었다.

문득 과거 생각이 나기 시작했다.

– 지훈아, 너는 왜 그렇게 각성자가 되고 싶어 하냐?

– 헌팅 가야죠. 헌팅 가면 돈 많이 벌 수 있잖아.

– 지금도 갈 수 있어. 짐꾼 해, 새끼야.

– 하, 저보고 가서 미끼하고 뒤지라고? 안 해요.

– 푸하하, 새끼. 쓰고 버릴랬는데 안 넘어오네.

바로 중배였다.

지금은 제 손으로 직접 인생에 마침표를 찍어 줘 고인이 됐으나, 과거 둘은 꽤 가까운 사이였다.

– 근데 형님 요즘 담배가 늘은 것 같은데, 뭔 일 있어요?

– 이거 담배 아니야, 까트지.

까트.

담배보다도 중독성이 낮아서 다들 쉬쉬해서 그렇지, 분명 법적으로 규제되고 있는 마약이었다.

중배는 그 까트를 하루에 20개비 이상 피웠다.

헌팅으로 번 돈의 반을 까트로 쓸 정도였다.

– 미쳤네. 그 비싼 걸 하루에 20개비나 핀다고요?

– 너도 헌팅 다녀봐라, 이렇게 된다.

당시에는 단지 '돈을 많이 버니 너도 이만큼 쓸 수 있을 거다.'라는 뜻으로 생각했었다. 하지만 지금 와서 생각해 보니 그 뜻이 아니었음을 알 수 있었다.

술,

담배,

마약류,

방탕한 생활,

정신과 입원과 약물치료,

마법을 통한 정신과 기억 세탁.

많은 헌터들이 저 중 하나 혹은 여러 개에 심각한 의존 증상을 가지고 있었다.

누군가는 잊기 위해서, 누군가는 보상 심리로, 또 누군가는 본인이 미쳐간다는 걸 부정하기 위해서 헌터들은 계속해서 자극적인 생활과 약물에 몸을 기댔다.

'악순환이다.'

그 결과는 뫼비우스의 띠였다.

술 담배 같은 경우는 좀 덜했지만, 나머지 4개는 얘기가 달랐다. 비싼 가격 때문에 크게 한탕 했던 돈도 사막의 신기루처럼 사라져 버린다.

결국 헌터는 PTSD로 피폐해진 몸을 이끌고 다시 헌팅을 나가고, 크게 번 돈을 흥청망청 써버린다.

조금씩, 아주 조금씩.

마치 산 정상에서 조그마한 눈덩이를 굴리는 것처럼. 처음에는 별 게 아니더라도 나중에는 거대하게.

모든 헌터들이 PTSD에 시달리다가, 사리분별이 탁해져

142 권능의반지6

커다란 사건을 저질러 버린다.

홍귀가 그랬고, 중배가 그랬다.

절대 넘어서는 안 될 선을 넘어버렸다.

'지금 내가 잘 하고 있는 걸까.'

최근 들어서 든 생각이었다.

서서히, 아주 서서히 늪 속으로 빨려 들어가는 느낌이었다.

더 큰 힘, 더 많은 돈, 더 안락한 생활.

지금도 겨우 반년 전에는 꿈도 꾸지 못할 힘과 돈을 얻었고, 안전하고 안락한 생활이 가능했다.

내일 먹을 음식을 걱정하지 않아도 됐고, 밤중에 누군가 자물쇠 따는 소리에 불안에 떨지 않아도 됐다.

그런데도 욕심은 끊이질 않았다.

더 큰 힘,

더 많은 돈,

더 안락한 생활.

더, 더, 더, 더, 더, 더!

결국 그 욕심이 지훈에게 하여금 반지를 포기하지 못하게 만들었고, 위험으로 밀어 넣었다.

'만약 내가 반지를 포기했으면 행복했을까?'

알 수 없었다.

아무리 생각해도 답을 낼 수 없었다.

시간이 지나니 픽 하고 웃음이 새어 나왔다.

'행복은 모르겠지만, 패배자이자 도망자로 남았겠지.'

저번에도 한 생각이었지만 이제 도망가는 건 더는 질색이었다. 이미 예전에 삶에 쫓겨, 돈에 쫓겨 질리도록 도망쳐 다니지 않았던가?

그때는 힘이 없어서라는 변명이라도 가능했지만, 이제는 아니었다.

지훈에게는 힘이 있었고,

권능의 반지는 그 힘을 더욱 배가시켜줬다.

'딱 1조만 벌자. 걱정은 그때 가서 해도 늦지 않다.'

1조!

연봉 10억인 사람이 고려 시대부터 숨만 쉬고 벌어야 모을 수 있는 돈이었다. 현 지훈 연봉도 10억이 될까 말까였지만, 불가능한 조건이라고 생각되진 않았다.

본디 모든 제품은 상위 1% 이내부턴 심각한 가격 인플레가 생기기 마련이었고, 이는 헌터와 각성자 역시 똑같았다.

거대 몬스터인 멕들킨토 한 마리만 잡아도 그 부산물이 거의 1,000억이었고, 요인 암살이나 국가 암투에 투입돼도 100억은 그냥 벌 수 있었다.

'조금만 더 가자. 여기서 멈출 수는 없다.'

게다가 지금 당장은 멈추고 싶어도 그럴 수 없었다.

안전한 헌팅으로 월 1회 나간다는 가정하게, 지훈의 수입은 월 1,000만 원 내외.

얼핏 보면 충분히 많은 돈이었으나, 높은 물가 외에도 지현에게 들어갈 돈을 생각하면 절대 많지 않았다.

치료비를 포함, 완치되면 이제 대학까지 보내야 했다.

과거에도 대학 등록금은 비쌌지만, 현재는 수많은 대학이 문을 닫았기 때문에 그 등록금이 3배는 더 비쌌다.

그 말은 곧 잡비 포함 한 학기에 3,000은 깨진다는 뜻. 졸업 때까지 2억 4,000만 원이 필요하다는 얘기였다.

그뿐만 아니라 보사나 아이덴티티에 취직시키려면 대학 졸업 이후 또 전문 교육기관이나 마법 학교에 보내야 하는데 그 돈이 무지막지하게 비쌌다.

굳이 지현 문제가 아니더라도 지훈도 똑같았다.

이미 엄청나게 커져 버린 씀씀이는 어떡한단 말인가?

당장 보험비 외에도 벤츠 기름값으로만 한 달에 500이 넘게 깨짐은 물론, 입이 까다로워져서 식비만 200이 나갔다.

그 외에도 결혼하랴, 애 낳으랴, 노후 준비하랴… 나갈 돈 생각하면 씁쓸하기만 했다.

'결론은 몸 괜찮을 때 헌팅하는 수밖에 없겠네.'

사실 머리로는 전부 알고 있던 내용이었다.

너무 빠르게 달리고 있는 게 아닐까 싶어, 잠시 속도를 늦추고 뒤라도 돌아볼 마음에 한 번 더 곱씹었을 뿐이었다.

'어차피 뒷골목 전전하다가 이름 모를 누군가에게 총 맞고 술에 꼴은 취객 옆에서 싸늘하게 식어 갈 운명이었다.'

어차피 죽었을 운명이고, 위험한 건 똑같았다.

'요즘 너무 편하게 살았나, 감성적이게 됐군. 늙었나.'

피식 웃음이 나왔다.

마침 커피가 다 떨어졌기에, 카페에서 나와 담배를 한 개비 물었다.

뒤적, 뒤적.

근데 라이터가 없다.

갑자기 아쵸프무자와 처음 만났을 때가 생각났다.

– süüde(발화).

'개 같은 년. 동시에 고마운 년이기도 하군.'

옛날 같았으면 짜증에 담배를 구겼을 테지만 지금은 그럴 필요가 없었다. 대신 지갑에서 오만원권 지폐를 하나 꺼냈다.

'이능 발동, 마력 부여.'

지폐에 정신을 집중하자, 마력이 빠져나가는 게 느껴졌다.

'이능 발동, 주문 주입.'

"Ilutulestik(불꽃)."

불꽃 마법을 시전 했다.

만약 마력 부여가 제대로 이뤄지지 않았다면, 입고 있는 옷에도 불이 붙을 터. 하지만 딱히 걱정되지는 않았다.

탁, 탁.

화르륵!

지폐를 팔랑이자, 지폐에만 불이 붙었다.

지훈은 지폐로 담배불을 붙이고는 다시 손목을 휘둘러 불을 휙 꺼버렸다. 그 모습에서 중국 영화 속 누군가가 떠오르는 건 어떤 이유에서일까.

'다 타버리면 재가 될 운명이거늘, 이깟 돈이 뭐라고.'

이딴 것에 목숨을 건다고 생각하니 퍽 우스워졌다.

톡!

담배 필터를 물어 멘솔 캡슐을 터트린 뒤, 깊게 빨았다.

"스읍- 하."

분명 폐를 병들게 하는 독임에도, 기분은 마치 청량해지듯 시원하기만 하다.

건물 벽에 기대 여유를 부리는 것도 잠시.

반쯤 타버린 지폐를 쳐다보며 생각했다.

'이능도 적당한 수준으로 써먹을 수 있게 됐다.'

안타깝게도 마법은 시간이 부족했던 까닭에 폭발이나 기타 위협적인 마법은 배우지 못했지만, 그래도 시간 대비 훌륭한 성과가 아닐 수 없었다.

'이제 총을 든 상태로 발마다 마력 부여를 할 수 있다.'

고속 영창이 없는 까닭에 지근거리 전투에선 사용하기 어려웠지만, 중거리 이상부터는 엄청난 위력을 보여줄 터였다.

만족스러웠다.

혼자 씩 웃고 있으니 웬 여자 하나가 다가왔다.

아까 담배 피울 무렵부터 있던 여자였는데, 일행을 기다리듯 주변을 두리번거리던 여자였다.

"저기요…."

무슨 일인가 싶어 고개를 돌리며, 눈으로 상대를 훑었다.

9cm는 되어 보일 붉은 하이힐에, 육감적인 몸매가 그대로 드러나는 하얀 색 원피스. 그리고 성형한 끼가 조금 나지만

길 다니며 시선 두어 번쯤 뺏길 법한 훌륭한 외모.

괜찮은 여자였다.

외모로만 따지자면 시연보다 더.

그래봐야 생판 남이라는 건 변함 없었기에 무표정으로 말 없이 여자를 쳐다봤다.

여자는 한동안 머뭇거리더니 입술을 살짝 깨물었다.

예쁜 여자가 눈앞에서 당황하는 모습.

영화에서나 나올 법한 광경으로, 사뭇 많은 남자의 심장과 뇌를 두드리기 좋은 모습이었으나 지훈은 별다른 감흥이 없었다.

여자가 말이 없었기에 이쪽이 입을 먼저 뗐다.

"뭐."

"저기… 그러니까…."

"왜."

"연락처좀…."

피식 웃음이 나왔다.

겨우 저 얘기 하려고 서류 결재받으려는 신입 사원처럼 긴장했단 말인가?

이에 여자의 손을 덜컥 잡았다. 부드러운 살결과 함께 따스한 체온이 느껴졌다. 여자가 당황하며 얼굴을 붉혔다.

"아, 아…?"

예쁜 얼굴이 홍조가 스친다.

뭘 기대하는지 알 수 없었다.

물론 안다고 해도 그 기대에 부응해 줄 생각도 없었고.

단지 여자의 손에 반쯤 타버린 지폐를 얹은 뒤….

치이이익….

그 위에 담배를 꺼버렸다.

"이, 이게 뭔…?"

"가져."

여자의 반응은 보지도 않고 그대로 제 갈 길을 갔다. 아마다른 의미로 얼굴이 잔뜩 붉어졌으리라.

'몇 시지?'

오후 6시.

하늘을 보니 노을이 지고 있었고, 거리에 드문드문 놓인 가로등이 불을 밝힐 준비를 하고 있었다.

'슬슬 때가 왔군, 얼마나 빌어먹게 잘 지냈나 보자고.'

인적이 드물어 보이는 골목길로 향하며, 오른손에 끼고 있던 권능의 반지를 매만졌다.

권능을 당신의 손안에.

반지를 만질 때마다 봤던 문구였지만, 이상하게 오늘은 유독 눈에 띄었다.

'그래, 권능이든 뭐든 전부 내 것이 될 것이다. 딱 그때까지만 네 마음대로 움직여주마, 아쵸프무자.'

이를 꽉 깨물었다.

얼마나 걸었을까?

해가 지고 어둠이 내려앉길 몇 시간.

사람 그림자 하나 보이지 않는 차가운 도시.

저 멀리 보이는 가로등 아래에 한 여자가 서 있었다.

청바지에, 붉은색 체크무늬 셔츠. 그리고 불꽃처럼 붉은 머리카락과 화상으로 일그러진 왼쪽 얼굴.

아쵸프무자였다.

그녀가 입을 열었다.

그을음 냄새가 나는 것 같은 기분이 들었다.

"오래간만이네."

"친한 척 인사는 집어치워. 피차 거래관계 용건만 간단히 하지. 내게 할 얘기가 많을 텐데?"

아쵸프무자는 분명 다음에 만날 때는 진실을 알려준다고 말했다. 그리고 지금이 그 대답을 들을 때였다.

권능의 반지

136화 서서히 드러나는 진실.

NEO MODERN FANTASY STORY

싸늘하게 부는 겨울 밤바람마냥 분위기가 굳는다.

오고 가는 정겨운 말 따위는 없다. 눈빛에 분노, 불신, 혐오만을 담아 쳐다볼 뿐이었다.

"하하하하, 재미있어."

아쵸프무자는 신선하다는 듯 말했으나, 입만 비틀 뿐 눈은 전혀 웃지 않았다.

마음만 먹으면 자신을 몇 번이고 죽일 수 있는 상대 앞에서 부리는 배짱은, 꼭 제 목에 송곳을 들이대는 것 마냥 아찔하고 또한 두려웠다.

하지만 가끔은 본인이 가는 길이 어떤 길인지 알기 위해, 그런 위험한 배짱을 부려야 할 때도 있는 법.

지훈에게 있어서는 그때가 바로 지금이었다.

"때로는 진실을 알기 위해 바늘을 삼켜야 할 수도 있어. 그래도 괜찮아?"

"제 목으로 꿀떡꿀떡 넘겼던 게 꿀인지 독인지도 모른 체 하루하루 불안에 떨며 사는 것보다는 낫겠지."

"뭐가 그렇게 궁금해?"

아쵸프무자는 들어보겠다는 듯 팔짱을 꼈다. 그런 그녀의 손에서 불꽃이 일렁이는 것 같은 착각이 들었다.

"넌 도대체 무슨 일을 꾸미고 있는 거지?"

"비틀어진 시간을 원래대로 돌려놓고, 일그러진 인과율을 바로잡으려고 하고 있지."

저번에도 들었던 대답이었지만, 역시 이번에도 전혀 이해가 되질 않았다.

왜, 어째서?

아쵸프무자가 한낱 실력 좋은 마법사인지, 아니면 그보다 더 뛰어난 무엇인지는 알 수 없었다.

하지만 도대체 그가 왜 시간이네 인과율이네 하며 그딴 것들을 바로 잡으려고 한단 말인가?

"이유는?"

"어느 미치광이가 가져올 파멸을 막기 위해서."

"그 미치광이라는 놈은 '그 녀석'을 얘기하는 건가?"

언젠가 한 번 이름을 들은 적 있기는 했지만, 기억이 나질 않는 그 이름. 지구에서 만났던 거인이 말한 흑막과 차원 여행자가 입에 담았던 녀석이었다.

"하즈무포카. 맞아. 그 녀석이야."

"그 녀석의 부하가 도대체 왜 날 찾아온 거지?"

거인은 분명 지훈을 회유하려고 했다. 또한, 언행으로 봤을 때 집단을 이루고 있는 것 같기도 했다.

"아마 널 갖고 싶어서 그런 거겠지."

뒷골목에서 이름 날리던 해결사, 실력 좋은 용병, 위법과 적법 사이를 줄타는 무뢰한, 그리고 미래를 걱정하는 가장.

아무리 생각해봐도 알 수 없었다.

지훈보다 강한 사람은 이 세상에 널리고 널렸다.

저번에 박물관에서 봤던 중국 국가 지정 헌터 천청운만 해도 그랬고, 굳이 멀리 갈 것 없이 한국만 쳐도 이름 석자만 대도 '아 그 사람?' 할 실력자가 많았다.

"내가 도대체 뭐길래?"

질문에 아쵸프무자는 조용히 지훈의 오른손을 쳐다봤다.

시선을 따라 손을 훑자 권능의 반지가 보였다.

"이런 쌍… 도대체 이 반지가 뭐지?"

"말 그대로야 권능에 도달할 수 있지. 네가 원한다면 신이 될 수도 있어. 그게 이 세상에 파멸을 몰고 올 광신이 될지, 비틀어진 시간과 인과율을 돌려놓을 정신 제대로 박힌 신이 될지는 모르겠지만."

"개소리. 겨우 각성 제어 하나로 신이 될 수 있단 말인가?"

"지금으로써는 여기까지밖에 얘기할 수 없어. 믿든 안 믿든 상관하지 않아. 물론 네가 지금 하는 의심대로, 내가 거짓말을 하는 걸 수도 있겠지. 난 너의 의견을 존중해. 공감을 하지는 않지만."

마음을 꿰뚫린다는 건 퍽 불유쾌한 일이었다.

"좋다. 그럼 권능을 얻을 수 있다고 치자, 빌어먹을 이블 포인트는 도대체 왜 넣어놓은 거지?"

"사용자를 선별하기 위해서야. 손을 쓸 수 없는 존재가 되기 전에 잘라내야 했거든. 네 선임자가 딱 그런 존재였지."

선임자, 아마 서권곽을 말하는 듯했다.

"의외였어. 티 없이 깨끗한 존재는 작은 먹물 한 방울에도 너무나도 쉽게 변해버렸어. 난 그를 포기해야 했지."

FS에서도 서권곽이 반지를 사용했었다는 식의 얘기를 들었지만, 그건 어디까지나 추측이었다.

사실이라고 생각하니 머리가 혼란스러워졌다.

"서권곽은 죽었을 텐데? 나보다 훨씬 전에 행동한 건가?"

답은 이미 어렴풋이 알고 있었지만, 확인을 위해 물었다.

"아니. 너와는 다른 시간이었지. 오늘이 몇 월 며칠이야?"

날짜를 말해주자 아쵸프무자가 피식 웃었다.

"공교롭네. 오늘이 딱 서권곽이 타락하기 시작한 날짜였어. 그리고 얼마 못 가 파멸을 선택했지."

이로써 명백해졌다.

서권곽은 사망한 상태지만, 현재와는 '다른 시간대'에서는 반지를 사용했던 존재였다. 이는 곧 아쵸프무자가 '시간을 조종할 수 있는' 존재라는 반증이기도 했다.

'역시 인간은 아니었나.'

인간이 시간을 조종할 수 있다?

만약 그랬다면 세상은 지금과는 퍽 다른 모습일 게 분명했다. 지금보다 훨씬 더 광기 넘치는 곳이 됐으리라.

비슷한 곳을 꼽자면 지옥정도?

"너는 뭐지?"

"나는 아쵸프무자. 지금은 여기까지밖에 말할 수 없어. 아까도 말했듯, 너무 과한 정보는 없으니만 못하거든."

목 바로 아래까지 욕이 올라왔다가 내려갔다.

"좋다, 그럼 하즈무포카는 뭘 하려는 생각이지?"

"말해준다고 해도 인간의 논리로는 이해할 수 없을 거야. 단지 녀석은 모든 질서가 파괴된 혼돈을 만들려고 해."

웃음밖에 나오질 않았다.

이미 인류가 가지고 있던 대부분의 도덕과 인간적인 부분이 거세된 상태. 말이 질서고 국가지, 이미 세계는 힘 있는 놈이 지배하는 약육강식의 논리를 따르고 있었다.

"헛짓거리하는군. 내버려 둬도 알아서 망할 텐데, 굳이 정성 들여 제 손으로 작살 낼 필요가 있는가?"

"뭔가 오해하고 있네. 저 녀석의 작업은 이제 시작되려고 하는 게 아니라 머나먼 과거부터 계속 진행 중이었어. 지금도 착실히 계단을 밟아가고 있지."

"뭐?"

"잘 생각해봐. 차원 왜곡 현상이 왜 생겼을까?"

순간 머리가 굳었다.

포탈이 열린지 이제 근 6년.

세드에 대한 많은 수수께끼가 풀렸지만, 아직 그 누구도 포탈 그리고 차원 왜곡 현상에 대해서 밝혀내질 못했다.

"설마… 포탈을 연게 하즈무포카라고?"

아쵸프무자는 아무런 말도 하지 않았다.

단지 침묵 속에 긍정이 있다는 것만 깨달았을 뿐이었다.

"왜? 무슨 이유로?"

"나도 이유는 몰라. 단순 변덕이라고 추측할 뿐이야. 인간도 가끔 변덕으로 벌레를 죽이거나, 가지고 놀잖아?"

인간이 벌레를 죽이듯, 인간을 미물로 볼 수 있을 정도의 존재라는 걸까? 본인이 벌레에 비유됐다는 불쾌함보다 그런 짓거리를 할 수 있는 존재에 대한 호기심이 더 컸다.

"그 녀석의 정체는?"

고개를 절레절레 젓는 아쵸프무자.

"그 질문도 답할 수 없어. 단지 내가 말해줄 수 있는 건, 4만 시간 안에 포탈이 닫힐 거라는 거야."

4만 시간.

약 4년이었다.

"포탈이 닫히면 어떻게 되는 거지?"

"남아있던 이들은 다음 포탈이 열리기 전까지 이 차원에

갇히게 되겠지."

섬뜩하기 그지없는 말이었다.

"너한테는 굉장히 충격적인 얘기겠지만, 안타깝게도 그게 현실이야. 그리고 세대가 반복돼서 인간이 지구와 포탈을 잊기 시작하면 또다시 새로운 포탈이 열릴 거야. 만약 인류가 기록을 남기려고 한다면, 하즈무포카는 어떤 수를 써서든 그 기록을 없애려고 하겠지."

기록을 없애려고 한다?

그와 동시에 떠오르는 물음이 있었다.

"FS는?"

FS는 분명 기록을 남겼고, 몇 번이나 시간이 뒤틀렸음에도 그 기록을 꿋꿋이 지켜왔다.

"내가 했어. 하즈무포카의 눈을 피하느라 고생했지."

"하…."

그러고 보면 뭔가 이상했다.

인간, 오크, 버그베어, 엘프, 오우거, 트롤.

전부 이족보행 휴머노이드인데 그 모습이 전부 달랐다.

이에 의문을 가진 생물학자가 DNA 검사를 해 본 결과 비슷한 종도 있었으나, 몇몇 종은 아예 새로운 DNA 형태를 가졌었다.

진화학, 사회학적으로 말이 안 되는 얘기였다.

본디 한 종족이 문명을 이루기 시작하면, 타 종족이 문명화되는 걸 가만히 지켜만 보고 있을리 없었다. 잠재적 생존경쟁

자기 때문이다.

"설마 세드에 있는 종족들이 전부 다른 차원에서 왔다는 얘기를 하고 싶은 건가?"

"맞아. 아마 그 녀석이 원하는 바가 이루어질 때 까지 이 작업을 반복하겠지."

충격에 말도 나오질 않았다.

어지러운 머릿속에 스치듯 지나가는 말이 있었다.

– 저희는 실패했습니다. 이에 후발 주자들은 저희와 같은 실수를 하지 않게끔 기록을 남겼습니다.

FS들은 분명 본인들이 '실패' 했다고 말했다.

도대체 무엇에 실패했다는 말인가?

그에 대한 진실이 적혀있는 기록은 분명 아쵸프무자의 손으로 넘어갔다. 물으려는 순간 아쵸프무자가 고개를 저었다.

"답할 수 없어."

"다른 질문을 하지, 너는 내가 처음으로 널 선택한 필멸자라고 했었다. 그 뜻은 뭐지?"

아쵸프무자는 우습다는 듯 웃음을 흘렸다.

"선임자들은 내가 직접 선택한 자들이었어. 흔들리지 않는 신념을 지니고 있음은 물론, 그 신념을 굽히지 않을 수 있는 무력까지 가진 존재들. 하지만 넌 그들과 달라."

회색 인간.

검지도, 하얗지도 않아 어디에든 속할 수 있는 존재.

정확하게 지훈을 뜻하는 단어였다.

"마치 반지가 너를 부르기라도 한 것 같았어. 처음 있는 일에 못마땅하기도 했지만, 그냥 믿어보기로 했어."

못마땅한 까닭 하나로 사람을 몇 번이냐 태워 죽였냐고 물어보려다 말았다.

"불편하게 사는군. 본인이 직접 하면 될 텐데, 왜 굳이 대리인을 세워서 처리하려고 하지?"

"이번에는 여기까지밖에 알려줄 수 없어. 그 질문에는 나중에 다시 물어 봐."

짜증이 솟았지만 그러려니 했다.

어차피 인간의 논리가 통하지 않는 존재지 않던가.

아직도 이해되지 않는 부분은 많았지만, 아예 앞이 보이지 않는 수준은 아니었다.

"적어도 내가 뭘 하고 있는지는 알겠군."

"엄청난 일을 짊어진 소감은 어때?"

세계의 질서, 시간 그리고 인과율. 전부 본인의 어깨에 짊어져 있다는 뜻이었다.

"그딴 거 내 알 바 뭐지? 좆이나 까라. 난 3년 안에 돈 모아서 세드를 뜰 거다. 포탈이 닫히거나 말거나 그딴 거 내 알바 아니란 말이다."

아쵸프무자에게 있어서는 불쾌한 말일지도 모르나, 지훈에게 있어서는 저게 본심이었다.

이미 맛이 간 이 세계는 이미 시체처럼 썩어 문드러져 있었다. 아무리 인공호흡을 해도 변하는 게 없을 터였다.

그렇다면 차라리 썩어버린 세계의 기득권층이 돼 떵떵거리며 사는 게 차라리 좋았다.

"그 말은 곧 반지를 포기하겠다는 말이야?"

당연히 그럴 생각은 없었다.

지훈이 큰돈을 벌기 위해선 반지가 필요했다.

아직까지는.

"아니, 아직은 이 반지가 필요하다. 지금은 합이 맞으니 네 수족이 되어주겠지만, 그것도 내가 원할 때까지만이다."

타 죽을 수도 있는 말이었지만 당당하게 말했다.

어차피 그녀가 힘으로 짓누를 생각이었다면, 이미 지훈은 몇 번이나 죽었을 목숨. 어차피 굽히고 들어가도 결과가 똑같을 바에는 가슴 당당히 펴고 제 할 말을 하는 게 좋았다.

"재미있네. 신선해. 이제 나도 앞이 어떻게 될지 전혀 모르겠어. 하지만 너는 다를 거라는 기분이 들어."

"멋대로 생각해라."

질문이 끝났으니 이제는 본론으로 들어갈 차례였다.

"이렇게 얘기나 하자고 온 건 아닐 텐데?"

빠른 태도 전환.

어차피 피차 친목을 도모할 사이는 아니었다.

아쵸프무자는 본인의 일을 위해 지훈을 이용했을 뿐이었고, 지훈은 본인의 미래를 위해 반지가 필요할 뿐이었다.

"어웨이큰… 아니지, 이 시간대에선 그 이름이 아니야. 일본 개척지에서 진행되고 있는 연구자료를 가져와."

뜬금없는 이름이 튀어나오자 얼굴이 구겨졌다.

"그 방사능과 마법 오염 덩어리로 들어가라고?"

"맞아. 그 안에 내가 원하는 자료가 있어."

FS유적 때도 너무 위험해서 개같이 고생했는데, 이번에는 방사능과 마법 오염으로 범벅된 땅으로 기어들어 가서, 도대체 뭔 연구인지도 모를 걸 가져오라고 한다.

어이가 없어졌다.

"개소리 집어치워. 말도 안 되는 일을 시키는군."

이에 아쵸프무자는 방긋 웃으며 말했다.

"그나마 다행인 건 넌 아직 모든 진실을 알지 못한다는 거지. 원한다면 여기서 멈춰도 좋아. 보복은 없어, 모든 일을 없던 거로 해줄게."

싫으면 반지 내놓으라는 얘기였다.

당연히 거절했다.

"빌어먹을. 정보는?"

"모든 건 반지 안에 있어."

그 말을 마지막으로 아쵸프무자는 녹아들듯 사라졌다.

- Ahne komistab taluma päikesevalgus, O minu talled.

무슨 소리가 들린 것 같았으나 알아들을 수 없었다.

어차피 별 중요한 얘기도 아닌 것 같았기에, 바로 반지를 확인했다.

'좆같이 힘든 일이겠군.'

제한 시간 15일.

일본 개척지에 다녀와야 했다.

권능의 반지

137화 모두가 용감한 건 아니다.

NEO MODERN FANTASY STORY

15일, 360시간.

생각보다 긴 시간이 아니었기에 능장 부릴 여유는 없었다.

아쵸프무자와 대면하자마자 바로 일행에게 연락해, 다들 시체 구덩이 비즈니스 룸으로 모이라고 얘기했다.

아직 동구에 사는 칼콘이야 금방 도착하겠지만, 서구 끝자락에 사는 민우와 가벡은 시간이 걸릴 터.

기다리는 시간을 이용해 이번 목표의 정보를 훑었다.

[정보]

목표 : 일본 개척지에 있는 식육 진화 연구자료.

위치 : 일본 개척지 내부 군용 벙커 속 연구단지.

일본 개척지 안에서 비밀리에 진행 중인 실험이 있다. 전자 저장기기, 마법적 기록, 연구원 납치 혹은 뇌 적출 등 어느 방법을 써서든 연구 자료를 획득해야 한다.

현재 일본 개척지는 짙은 방사능과 마법 오염에 뒤덮여 있기에 매우 큰 주의를 요한다. 특히 마법 오염으로 인한 기상 상태 혼란으로 인해 주기적으로 부는 방사능 폭풍은 인체에 매우 치명적이다.

또한 러시아가 철수하며 타 국가가 해당 영토를 점령하지 못하게 만들기 위해 외벽 및 개척지 내부에 지뢰 및 터렛을 남겨 놨으니 주의할 것.

그 외에도 개척지 내부에 남아있는 무국적자 및 리자드맨은 외지인에게 굉장히 배타적이니 주의.

확신할 수는 없으나 강력한 리자드맨 마법사(주술사)가 존재할 가능성이 있으며, 하즈무포카가 하수인을 이용해 방해할 가능성도 배제할 수 없다.

힘들 거라고 예상은 했으나 직접 보니 더 가관이었다.

일본 개척지는 방사능과 마법 오염이 잘 버무려져 있는 곳이다. 그냥 들어갔다가 돌아 나오는 것만 해도 목숨 걸어야 할 판.

'근데 거기에 위험요소가 뭐 저렇게 많아?'

듣도 보도 못한 방사능 폭풍이라 불리는 기상 이변.

자국 식민지였던 장소를 뺏기지 않으려는 러시아의 욕심이 낳은 무자비한 함정과 살인 기계들.

외부인에게 굉장히 배타적이고 공격적인 성향을 띤 개척지 내부 거주자들.

있을지 없을지는 모르지만, 매우 강력한 실력을 갖춘 마법사와 하즈무포카의 방해.

최악의 경우를 예상해 보자면….

방사능 폭풍에 쫓기다가,

칼콘이나 민우가 지뢰를 밟아서 발목이 잘리고,

도망가던 와중에 터렛에게 긁혀 체력을 소진하며,

치료를 위해 이탈하다 일본인과 만나 시간을 잡아먹히고,

빈사 직전에 리자드맨이나 하즈무포카의 하수인을 만나…

끝장난다.

생각만 해도 끔찍했다.

FS 유적도 굉장히 어려웠으나, 거긴 적어도 환경적인 요인은 안전하다 못해 매우 쾌적했다.

적도 기계 단 하나만 있던지라 최악의 경우에는 EMP를 이용해 도망치면 됐으나 이번에는 그것도 안 됐다. 아마 여태까지 한 일 중 제일 어려운 일이 될 게 분명했다.

'칼콘과 민우가 과연 이 일에 협력해줄까?'

가벡은 애초에 하지 않겠다고 못을 박아놨으니 기대도 하지 않았지만, 나머지 둘도 딱히 확답할 수는 없었다.

직접 생각해도 반쯤은 자살인데 남이 생각하면 오죽하랴.

본디 모든 존재는 자기에게는 매우 관대하지만, 남의 일에는 굉장히 까다로워지는 법이었다.

'결국 용병인가.'

어차피 안에서 80% 이상 죽을 테니, 선금 없이 모집하면 싼 가격으로 부릴 수 있었다.

게다가 어차피 죽어도 상관없는 자들이다 보니 수틀리면 미끼로 쓰고 도망가거나, 돈을 아끼기 위해 일 끝내고 직접 처리해도 됐….

'이런 썅, 지금 무슨 생각을…!'

확실히 일이 위태해지기 시작하자 뒷골목 시절 버릇이 튀어나오기 시작했다.

신뢰할 수 있는 사람이나 동료는 절대 버리거나 해지지 않았지만, 얼굴 모르는 생판 남 혹은 거래관계인 사람은 얼마든지 버릴 수 있는 게 바로 지훈이었다.

지금이야 굳이 그럴 필요도 없거니와 이블 포인트 때문에 덜컥 걸리는 게 있어서 하지 않을 뿐이었지, 조건만 충족된다면 언제든지 그 시절로 돌아갈 수 있었다.

마음이 복잡해서 애꿎은 담배만 태웠다.

그 사이 칼콘이 들어와서 쾌활하게 인사했지만, 이내 분위기를 파악했는지 입을 다물고 술만 부었다.

시간이 어느 정도 지나자 민우와 가벡이 도착했다.

"예, 왔습니다. 이번에는 또 어떤 일입니까?"

"안전한 거였으면 좋겠군."

쾌활하게 인사하는 민우와 달리, 가벡은 뭔가 눈치를 챘는지 떨떠름한 표정을 지었다.

본디 그는 전쟁에서 죽어야만 신들의 전장에 갈 수 있다고 믿는 존재였다. 이번 임무는 전투보다는 약탈에 가까우니, 아마 본인 입장에서는 헛된 죽음이라 생각할 게 뻔했다.

"할 얘기가 있다."

일행이 다 모였기에 바로 본론을 꺼내기로 했다.

"일단 무거운 얘기니까, 듣기 전에 한잔하지."

예전이었다면 쳐다도 못 볼 값 비싼 양주를 돌린 뒤, 한숨에 들이켰다. 식도가 따끔한 느낌도 잠시. 화끈한 느낌과 함께 머리에 피가 몰리기라도 한 양 열기가 올라왔다.

"후-"

어려운 말을 꺼내기에 앞서, 고민과 망설임을 입안에 남아 있던 알콜 향과 섞어 모조리 뱉어내 버렸다.

"아쵸프무자에게 일을 받아왔다."

예상치 못한 이름이 나오자 분위기가 싸늘하게 굳었다.

뭔가 큰 건은 예상했던 모양이지만, 아마 아쵸프무자가 튀어나올 거라곤 생각도 하지 못했으리라.

"난 안 한다. 이번 일 빠지도록 하지."

말 끝나자마자 가벡이 단답했다.

무슨 일인지 듣지도 않고 거절부터 하는 꼴이, 저번일 때 엄청나게 고생했던 게 떠올랐던 모양이었다.

아쉬웠으나 어쩔 수 없었다.

아무리 동료였으나 이익으로 뭉친 관계였다.

보상도 없이 목숨을 걸라고 할 수는 없었다.

"강요는 하지 않아. 그러기엔 너무 위험한 일이기도 하고, 보상도 약속할 수 없어. 가벡처럼 빠지고 싶으면 빠져도 괜찮아."

가벡은 팔짱을 낀 뒤 콧김을 '흥!' 하고 내뱉었다.

"어떤 일이길래요? 들어나 보죠."

민우 역시 심각한 표정을 지었으나, 즉답은 하지 않고 중립적인 자세를 취했다. 반면 칼콘은 그러려니 하는 표정으로 양주로 병나발을 불었다.

"일본 개척지에 가야 한다."

민우가 일본이라는 말에 얼굴을 팍 찡그렸다.

"거기 죽음의 땅이잖아요. 아무리 디스톨팅 스톤 나온다지만… 거기 가려면 진짜 목숨이 열 개라도 부족한데…."

디스톨팅 스톤.

소위 왜곡석으로 불리는 물건으로, 마법 오염으로 발생하는 이상 현상의 부산물로 나오는 금속이었다.

소재 자체가 마력을 잘 머금을 수 있음은 물론, 강도와 탄성 역시 좋아 B등급 아티펙트 재료로 쓰였다.

주먹만 한 왜곡석 하나가 1억으로 굉장히 비싼 물건이었으나, 문제는 그걸 구하기가 엄청나게 힘들다는 거였다.

그걸 주워오기 위해선 당연히 마법 오염지대 가운데로 걸어 들어가야 하는데, 단 하나의 가감도 없이 한 발자국 잘못 디디면 그대로 황천으로 떨어지는 곳이었다.

"말했잖아. 강요 안 한다고. 이건 내 개인적인 일이야. 그리고 난 너희에게 도움을 청하고 있는 거다."

민우는 작게 한숨을 내뱉었다. 마음 같아선 같이 가고 싶어 보였으나, 너무 위험한 까닭에 고민하는 모양이다.

"크으~ 난 갈 거야. 근데 이 술 맛있네."

칼콘이 나발 불던 술병을 내려놓으며 무슨 소풍 참가한다는 듯 가벼운 투로 말했다. 되새겨 줄 필요가 있어 보였기에 보충 설명을 해 줄 생각으로 입을 열었다.

"이번 임무는 정말 위험하다. 죽을 수도 있어."

"얘기했잖아. 나는 지훈한테 목숨 2개…."

빚졌다.

이주 당시 살해당하려던 걸 지훈이 살려줬고, 팔다리가 잘려서 서서히 죽어갈 걸 또 한 번 살려줬다.

"그딴 거 아무래도 상관없다고 몇 번을 얘기하냐. 중요한 문제니까 똑바로 생각하고 얘기해, 새끼야."

반면 지훈은 그걸 빚으로 생각하지 않았다.

– 씨발, 친구 구하는데 이유가 어디 있어! 그냥 하는 거지!

"나 진지해, 지훈. 우리 종족에게 있어서 목숨을 구해준 이는 매우 귀중한 은인이야."

"내가 괜찮다고."

"난 안 괜찮아, 지훈. 나를 은혜도 못 갚는 무능한 전사로 만들 생각이야? 그건 내 손으로 엄니를 뽑아 버려도 시원찮은 일이야."

엄니.

오크에게 있어서는 명예와 자존심을 뜻했다. 그걸 제 손으로 뽑는다는 건, 엄청난 불명예를 뜻하리라.

마음속 깊은 곳에서 뭔가 울컥했다.

"고맙다… 새끼야."

"지훈도 날 위해서 아쵸랑 거래를 했잖아. 그러니 나도 당연히 지훈을 도와야지."

칼콘이 부드럽게 어깨를 쓸었다. 굳은살 잔뜩 박힌 투박한 손임에도 너무나도 따뜻하게 느껴졌다.

이후 약 2분 넘게 침묵이 이어졌다.

지훈을 위해서라면 당장에라도 불에도 뛰어들 칼콘과 달리, 민우는 뭔가 걱정거리가 있는 모양이었다.

그 이유에는 여러 가지가 있었지만….

그중 가장 비중이 높은 건 공포였다.

– 그즈즈즈즈증!

FS유적에 있던 최상위 관리자.

그 녀석이 쐈던 엄청난 고열 레이저.

두려웠다.

너무나도 두려웠다.

지훈의 PTSD(외상 후 스트레스 장애)가 욕심을 통한 자기보상 심리로 이어진다면, 민우의 PTSD는 공격성과 공포로 나타났다.

'죽으면 어떡하지?'

무서웠다.

다 먹고 살자고 하는 짓인데, 죽어서야 모두 허사였다.

FS의 최상위 관리자뿐만 아니더라도, 정글의 주인에게도 양팔이 골절된 민우였다. 거듭된 부상과 생명의 위협은 서서히 민우의 의지를 갉아먹고 있었다.

표현은 하지 않았지만, 아마 속으로는 아니었으리라.

으드드득.

긴 침묵 끝에 민우가 이를 갈며 말했다.

"씨발… 존나 개 좆같네….”

그 누구에게 하는 말도 아니었다.

두려움에 질려 아무것도 하지 못하는 본인에게 하는 말이었다. 지훈 역시 그 사실을 알았기에 제지하지 않고 가만히 내버려뒀다.

저게 정상이었다.

저게 당연했다.

죽음은 누구에게나 큰 공포를 가져다준다.

칼콘은 그 공포를 이겨낼 수 있을 정도의 의지와 믿음을 가졌지만, 민우는 그렇지 못할 뿐이었다.

이 경우 칼콘이 대단한 거지 민우가 못난 건 아니었다.

그만큼 죽음이 가져오는 공포는 컸다.

뚝, 뚜둑, 뚝…

민우가 울음소리 없이 눈물을 흘렸다.

본인에 대한 분노, 죽음의 공포를 이겨내지 못한 것에 대한 서러움, 동료가 사지에 가는 걸 지켜볼 수밖에 없다는 수치심 등이 섞여 있었다.

"형님… 진짜… 죄송합니다. 저 너무 무섭습니다… 죽는 게, 다치는 게… 너무 무서워요… 요즘 자다가도 악몽 때문에 벌떡벌떡 깨서….”

으드드득!

민우가 어금니를 깨버릴 정도로 이를 심하게 갈았다.

본인의 포기를 정당화하기 위한 행동은 아닌듯했다. 순수하게 도망친 것과 공포를 이겨내지 못한 것에 대한 분노처럼 보였다.

"씨발… 내가 각성자였으면… 내가 이능 같은 거 쓸 수 있었으면… 내가 강했으면… 씨발… 씨발… 씨발….”

결국 민우는 이쪽을 바라보고는 ‘죽고 싶지 않아요… 죄송해요….’ 하고 크게 울음을 터트렸다.

조용히 바라보고 있다가 가볍게 토닥여줬다.

"괜찮아. 그게 정상이야. 씨발 죽을지도 모르는데 거기에 덜컥 나올 사람이 어디있냐. 그러니까 울지 마, 병신아.”

등을 토닥여주자 민우는 ‘죄송합니다, 죄송합니다.’ 하며 계속 눈물을 토해냈다.

결국, 이번 일은 지훈과 칼콘 둘이서 가게 됐다.

"둘이서 가능할까?”

"미쳤냐, 가서 시체 될 일 있게.”

"그럼 어떻게 하려고? 내 아는 애들이라도 불러봐?”

칼콘이 아는 녀석 중에 각성자는 없었다. 그나마 쓸만한 녀석은 갈색 고블린 '쉐그'였으나, 그 녀석은 밤도둑이지 전투에는 영 쓸모가 없었다.

게다가 아는 사람이면 또 곤란했다.

'수틀리면 버리거나, 미끼로 삼아야 한다.'

당연한 얘기지만, 칼콘의 지인을 그렇게 버릴 수는 없었다. 덜컥 데려갔다가 없으니만 못한 짐이 될 가능성이 높았다.

"됐어, 필요 없어."

"그럼 어떡해. 우리 둘이서는 못 가잖아?"

"나도 아니까, 조용히 하고 따라와."

지훈은 벤츠를 몰아 빠르게 이동했다.

목적지는 용병 길드였다.

권능의 반지

138화 사람을 모으다.

NEO MODERN FANTASY STORY

　일을 구하러 갔던 저번과 달리, 이번엔 용병 길드 측에 의뢰를 맡기는 입장이 됐기에 절차가 약간 복잡했다.

　"성함이 김지훈씨 맞으세요? F등급 각성자시구요."

　"감지기 대보쇼. B등급."

　용병 길드 직원이 얼굴을 찌푸렸다. 각성자 등록한 게 겨우 반년 전인데, 어떻게 반년 만에 B등급이 된단 말인가?

　믿을 수 없는 얘기였으나, 앞에 고객 두고 '구라치지 마세요.' 할 수도 없었기에 직원은 감지기를 가져왔다.

　삑.

　삑, 삑!

　결과를 보자 직원의 눈썹이 확 올라갔다.

B등급 맞았다. 두 번 대봐도 맞았다.

살면서 눈으로 보고도 믿지 못할 일을 겪을 때가 가끔 있는데, 직원에게 있어서는 지금이 딱 그랬다.

"아… 네, B등급이시네요. 근데 신원조회 해보니까 범죄경력 있으시네요?"

관공서도 돈 때문에 못 쓰는 인터넷을 펑펑 써댄다는 점에서 과연 용병 길드구나 싶었다.

'거 귀찮게 인터넷 같은 걸 왜 달아서는, 쯧.'

"그래서, 뭐. 문제 있소?"

직원은 곤란하다는 듯 입술을 오므렸다.

"저희 길드는 범죄와 관련된 일에는 인력을 일절 제공해드릴 수 없습니다."

딱 봐도 메뉴얼 읽는 톤이었다.

아마 숙지는 해놨지만 직접 입으로 말하는 건 처음이리라.

"거 도덕책 읊는 소리 그만하고, 빨리 서약서 가져오쇼. 짜증 나니까."

하지만 지훈은 과거에 몇 번 들어봤던 내용인지라 말을 획 잘라버리고는 서약서를 요구했다. 말이 서약서지 서식은 계약서인 A4 5장짜리 종이 더미가 책상 위로 올라왔다.

혹 바뀐 내용이 있을까 빠른 속도로 훑었다.

'별거 없네.'

만약 범죄와 연루된 일을 할 경우 배상금을 문다는 것과 개인 간 사법 처리에 대해서는 길드가 일절 관계하지 않는다는 내용이 적혀 있었다.

그뿐만 아니라 제일 중요한 부분은….

– 갑은 을이 행할 잠재적인 피해요인을 감수하는 조건으로 계약 시 인력 충당비의 200%를 받는다.

돈.

바로 저거였다.

범죄와 연루되기 싫다네 뭐네 다 명분일 뿐이고, 위험 요소를 명분으로 돈을 더 뜯기 위한 계책이었다.

보통 헌터들은 헌팅 과정 혹은 기타 행동 중에 경범죄를 자주 저지르게 된다. 거의 렌트 문제나 미등록 총기 휴대, 불법적인 아티펙트 처분 등이었다.

이에 국가는 부족한 세수를 채워야겠다는 심정으로 헌터들에게 엄청난 벌금을 먹이는데, 문제는 벌금을 50만 원 이상을 내면 전과가 생긴다는 거였다.

이에 용병 길드는 아주 가벼운 전과(벌금을 50만 원 이상 내면 전과가 남는다)만 있어도 의뢰비를 200%나 더 받는다.

'씨발 그냥 돈이면 다 되지, 개새끼들.'

보통 용병이 연락만 해 와도 의뢰비용으로 10만 원이 깨진다. 어중이떠중이들은 그 돈만 내고 쓱싹 계약하면 됐지만, E등급 이상의 전문 용병은 계약 체결 시 또 정식 계약서를 작성해야 했다.

보통 사람 고르는 데 10명은 봐야 하고, 그중 대부분은 각성자로 뽑아야 하는 상황인데 그 돈을 3배로 내면….

혈압이 오르기 시작했다.

'푼돈으로 짜증 내는 건 딱 여기까지만 하자. 이제 A등급 찍으면 큰놈 사냥 다닐 수 있다.'

"일본 개척지에서 디스톨팅 스톤 수집할 거요."

직원에게 의뢰내용을 알려줬다.

원래 목적은 연구단지에 들어가 연구 내용을 가져오는 거 였으나, 당연히 고운 시선으로 보이지 않을 것 같았기에 거짓 말을 했다.

"길잡이랑 전투 요원이 필요하오. 길잡이는 일반이어도 괜 찮지만, 전투 요원은 각성자였으면 좋겠군. 보수는 후불제, 디스톨팅 스톤 정산한 값 7% 때려줄 거요."

보통 고용한 용병의 경우 정산값의 3% 정도 떼어주는 게 관례였으나, 지훈은 일부러 세게 불렀다. 많이 데리고 가봐야 반도 못 살아나올 걸 알기 때문이었다.

'게다가 우리는 개척지 내에서 아주 우연히 이상한 연구 단지에도 들어갈 예정이라서 말이지.'

그 안에 뭐가 있을지는 모르겠지만, 최악이 아닌 차악만 해 도 용병이 75% 이상은 죽었다.

"대기해 주시면 호출해 드리겠습니다. 아니면 핸드폰으로 연락 드릴까요?"

"그냥 여기서 기다리지."

의뢰 내용을 알려주고는 대기실에서 시간을 죽였다.

아무래도 용병 길드에게 있어 의뢰인은 꽤 중요했던지라

시설이 꽤 좋았기에, 간이침대에 누워 편안하게 기다릴 수 있었다.

"지훈, 그냥 기다리는 건데 나도 필요할까?"

있으면 좋았지만, 필수는 아니었기에 지루하면 나중에 다시 만나도 좋다고 얘기했다.

"나 그럼 좀 쉬다가 올게. 마지막이 될지도 몰라서 정리할 것도 좀 필요하고."

마지막이 될지도 모른다.

헌팅에 매일 따라와도 저런 말 한 번 안 하던 녀석인지라 기분이 이상했다.

"새끼야, 뭔 마지막이야. 불길하게 그딴 말 하지 마라."

"얘기 들어보니까 이번 일은 좀 위험해 보여서."

위험한 건 사실이었기에 입을 다물었다.

배웅해 주고는 침대에 몸을 뉘었다.

이능이랑 마법 연습한다고 얼마 자지 못했던 터라, 몸이 무거워지는 착각과 함께 금세 잠들었다.

……

얼마나 잤을까?

몸이 흔들리는 느낌과 함께 목소리가 들려왔다.

"…저기, 김지훈씨?"

잠결에 들은 본인 이름에 화들짝 놀라며 눈을 떴다.

동시에 재킷 안주머니에서 글록을 꺼내 흔들던 사람에게 겨눴다.

철컥!

"어, 어! 쏘지 마세요! 죄송합니다!"

화들짝 놀라는 사람을 보자 잠이 확 날아가는 걸 느꼈다.

본디 위험한 일을 했던지라 누군가 잠을 깨우는 것에 익숙하질 않았기 때문이었다.

딱 보니 위해를 끼치려는 사람은 아니고 단순 용병 길드 직원인듯싶었다.

"미안합니다, 하는 일이 일이라서 말이지."

순수한 마음으로 사과하고는 총을 집어넣었다.

직원은 이런 일 자주 겪었다는 듯 허탈한 웃음을 지었다.

"이쪽으로 오시죠, 많이들 모였습니다."

교수와 만났던 때와 달리, 사람이 꽤 많았던 까닭인지 아예 세미나 룸 같은 방으로 안내됐다. 문을 열고 들어가니 많았던 사람들의 눈이 순식간에 지훈에게 몰렸다.

'뭐 저렇게 많아.'

기자회견 주인공이라도 된 기분이었다.

별 고민할 것 없이 가장 가까운 사람부터 불렀다.

"거기 당신, 이리 와 보쇼."

아무래도 정산금액을 쎄게 부른 까닭인지 사람이 생각보다 훨씬 더 빨리, 많이 모였다. 면접을 봐서 빼는 속도보다 불어나는 속도가 더 빨랐으니 말 다 할 정도였다.

'하긴 디스톨팅 스톤 정산이면 욕심날 법하지.'

여기서 뽑아가는 사람 중 75%가 죽을 거라는 생각에 미안한 마음도 잠시.

귀한 물건에 F등급 각성자도 된다는 조건이 걸렸다는 건 지원자들도 목숨이 위험한 일이라는 걸 알았다는 얘기였기에 찝찝한 생각을 떨쳐버렸다.

본디 천민자본주의가 지배하는 세상에는 사람 목숨도 싼값으로 부릴 수 있는 법이었다.

'쯧, 이블 포인트나 안 올랐으면 좋겠네.'

약 2시간 정도 면접을 봤다.

지훈이 뽑은 사람은 다음과 같았다.

1. 이재진. (D등급 각성자)

변이계 이능력자. (보호색)

총꾼 (소총과 샷건)

세열 수류탄

2. 박동수 (F등급 각성자)

이능 없음.

총꾼 (분대 지원화기 – 기관총)

연막탄

3. 박스 존 주니어 (일반인)

이능 없음.

보조 마법사 (마력 E랭크)

마력 증강용 스태프

4. 샤오핑 (F등급 각성자)
이능 없음.
창잡이 (F등급 삼지창과 팔목 고정형 소형 방패)

5. 오철수 (일반인)
이능 없음.
비전투원, 길잡이 (전직 일본 개척지 관광가이드)

대충 다 뽑았기에, 내일 오전에 동구 톨게이트에서 보자고 하고는 헤어졌다.

다음날 새벽.
칼콘이 용병들을 슥 훑어보더니 투정을 부렸다.
"관광 가이드는 뭐야, 지훈. 내가 봤을 때 저거 얼마 가지도 못해서 죽을 것 같은데."
지훈도 처음에는 그렇게 생각하고 '이건 또 뭔 미친놈인가.' 싶었는데, 방사능 보호복에 가이거 계수기까지 갖춘 걸 보자 생각이 달라졌다.
일본 개척지가 작살남과 동시에, 독특한 관광이 생겨났는데, 그게 바로 '방사능 관광' 이었다.
아무래도 제대로 박살이 난 도시를 볼 수 있는 경험을 하기

는 어려웠기에 거금을 들여서 일본 개척지 관광을 오는 사람
이 있었던 것.

"근데 왜 그만뒀대?"

"현지 일본인 강도 만났는데, 관광객 버리고 냅다 도망쳤
단다. 뭐 이쪽 업계에선 수명 끝난 거지."

덕분에 흘러 흘러 일본 개척지에 디스톨팅 스톤 구하러 다
니는 사람들 길잡이나 하면서 돈을 벌게 된 것이다.

"저 마법사는 뭐야? 일반인인데?"

보통 마법사는 인건비가 비쌌다.

까닭에 이런 일은 잘 하지 않았지만 뭐 고용하는 입장에서
야 싼 가격에 마법사를 부릴 수 있으니 덜컥 잡아왔다.

"아이덴티티 들어가려고 공부하다가, 돈 딸려서 일했는데
적성에 맞는단다."

이해가 되질 않았으나, 어차피 죽으려고 환장한 놈 이해하
려 해봐야 머리만 아팠기에 그냥 그러려니 했다.

"자, 다들 밴에 타쇼. 이동만 거의 일주일 해야 하니까 그렇
게 아시고, 차멀미 있는 사람 미리 봉투랑 약 챙기쇼."

어차피 다들 그러려니 하는 눈치였다.

그렇게 밴에 7명이 타서 출발하려는 순간….

띠리리리- 띠리리리-

핸드폰이 울렸다.

'꼭두새벽부터 누가 전화를….'

액정을 살펴보니 민우였다.

"왜."

"혹시… 출발했어요?"

욕이나 한 사발 해주려다 참았다.

본인도 도와주지 못한다는 사실에 정신적으로 힘들었으니, 괜히 긁을 필요 없겠다는 생각에서였다.

"아직. 왜."

"제가 잘 생각을 해봤는데요…."

가만히 듣고 있자니 얘기가 이상한 방향으로 흘렀다.

"병신아, 가면 뒤진다. 그냥 집에 있어."

괜히 괜히 감정에 휘둘려서 따라 왔다가 죽었다간, 그건 말 그대로 '개죽음'이었다. 처음부터 가지 않기로 마음먹었다면, 그냥 내버려두고 오는 게 좋았다.

가벡 역시 그 말에 동의했는지 전화기 너머로 비꼬는 듯한 목소리가 들려왔다.

— 전장에 나가는 것도 아닌데, 왜 개죽음을 자초하는지 모르겠군. 한심한 놈.

— 시끄러워 가벡. 너는 겁쟁이야.

— 아니, 현명한 거다. 개죽음을 피했을 뿐이지.

— 전사는 개뿔, 쫄보새끼.

"형님, 저 따라가겠습니다."

어제처럼 흔들리는 목소리가 아닌, 결의에 찬 목소리였다.

하룻밤 사이에 도대체 뭔 일이 있었는지 알 수 없었다.

"갑자기 뭐야, 생리하는 것도 아니고 변덕이 뭐 그렇게 심해. 미쳤어?"

"형님이 그러셨잖아요. 동료 구하는 데 이유가 어딨냐고. 저도 똑같아요, 동료 돕는데 이유가 어딨습니까! 씨발, 그냥 하는 거죠!"

언젠가 지훈이 했던 말을 그대로 읊는 민우였다.

감동 받을 수도 있는 시큰한 광경이었으나….

"지랄한다. 곧 출발할 거니까 따라오지 마라."

욕을 내뱉어 주고는 전화를 끊어버렸다.

싫다고 했다가 갑자기 변덕 부린 것에 빈정 상해서?

아니었다.

'이번엔 방사능이랑 마법 오염 때문에 엄청나게 위험할 건데, 괜히 마음 싱숭생숭한 놈 데려가긴 너무 위험해.'

민우가 결심한 건 기특하긴 했지만, 그게 잠시 감정과 죄책감에 휘둘린 거라면 오히려 역효과였다.

'일단 확인이나 해 보자.'

슬쩍 민우 집에서 터미널까지 걸리는 시간을 계산했다.

"잠깐, 일 생겨서 1시간만 있다가 출발합시다."

택시 타고 약 30분 거리.

1시간 안에 온다면 정말 마음 붙잡은 걸 테고, 객기를 부린 거면 그대로 집에서 움직이지 않을 터였다.

만약 전자라면 뜯어말려서 될 게 아니었기에 어쩔 수 없이 데려가야 할 테고, 후자라면 안심하고 놓고 가면 됐다.

'될 수 있으면 오지 마라, 민우야.'

약 45분 후.

택시 한 대가 멈추더니 그 안에서 익숙한 얼굴이 내렸다.

민우였다. 녀석은 급히 두리번거리다가, 밴에 기대서 담배를 피고 있던 지훈을 발견했다.

"형님!"

"오지 말라니까 왜 왔냐."

"같이 가야죠. 동료 내버려 두고 어딜 가십니까?"

"한심한 놈. 너 지금 어디 가는지는 아냐? 진짜 뒤질지도 모른다니까?"

민우는 대답도 안 하고는 그냥 밴에 올라타 버렸다.

"하, 새끼…."

지훈은 그 모습을 보며 작게 '고맙다….' 하고 웅얼거렸다.

민우가 잘 못 들었다는 듯 '예?' 하고 되물었지만, 지훈은 대답해주질 않았다.

이동 도중 D등급 용병이 민우와 대화를 하더니, 비각성자라며 무시하는 듯한 언사를 내뱉었다.

이에 지훈은 가만히 듣고 있다가 한마디 했다.

"나한테는 당신보다 저 새끼가 5배는 도움되니까, 거 닥치고 계쇼. 애가 좀 모자라 보여도 제 몫 다하는 놈이오."

민우는 자신을 감싸주는 지훈을 보며 픽 미소를 지었다.

권능의 반지

139화 생각보다 잘 터지네.

NEO MODERN FANTASY STORY

정말 기절했다가 깨어나고 싶을 만큼 엄청나게 지루한 시간이 흘러갔다.

'고문도 아니고 진짜….'

벤츠는 그나마 시트라도 편했지, 밴은 그런 거 일절 없었다. 언제 박살 날지 모르는 헌팅용 렌트 제품이라 옵션 하나도 없는 깡통 덩어리였기 때문이다.

거기다 원가 절감한다고 시트도 돌덩어리 같았고, 소문에는 에어백도 넣지 않았다는 얘기가 있었다.

실제로 칼날 정글에서 SUV 탈 때도 안 터졌지 않던가?

'거 씨발 차를 만들랬지 누가 흉기를 만들랬나, 빌어먹을 기업쟁이 새끼들. 죄다 돈에 돌아서는, 쯧.'

부르르르릉-

쿠궁, 쿠궁.

차 움직이는 소리만 가득한 가운데, 누가 방귀라도 뿡 끼면 다들 펑 터져버릴 것 같은 불편한 침묵이 이어졌다.

벤츠 탈 때 우스갯소리로 닭장이라고 했지만, 이 밴에 비하면 정말 펜트하우스 같았기 때문이다.

24시간 후 러시아 개척지에 도착했다.

약 4시간 정도 되는 짧은 휴식과 함께 식량과 식수를 구입했다.

"저기… 가이거 계수기랑 방사능 보호복 안 사세요?"

민우가 조심스럽게 물어봤다.

본인이야 러시아 하수도 때 사뒀던 방사능 보호구가 있었지만, 지훈 및 기타 용병들은 아니었기 때문이었다.

"길잡이가 일본 개척지 주변에서 사자고 하더라. 그쪽이 좀 더 싸다고 하더군."

가격 문제도 있었거니와, 운반 문제 때문이었다.

일본 개척지까지 러시아에서 남쪽으로 일주일.

과거 일본 상태가 괜찮았을 때는 도로도 쾌적했고, 중간중간 휴게소도 있었지만 지금은 아니었다.

헌팅을 위한 소수의 헌터 및 일본 개척지를 관광하고 싶어하는 미치광이를 제외한 모든 발걸음이 끊겼다.

그 말은 곧 돈이 되질 않는다는 얘기였다.

국가 소유든, 민간 소유든 너나 할 것 없이 사업을 철수했고, 심지어 도로 관리도 안 하는 실정.

일본 개척지로 가는 길은 반쯤 포스트 아포칼립스 하이웨이 같은 풍경이 펼쳐졌다.

'러시아 개척지도 개판인데 도로는 오죽하겠나.'

그 와중에 남쪽으로 3일(일본, 러시아 중간지점) 정도 가면 헌터들 상대로 장사하는 무리가 있긴 한데, 거기는 뭘 사던 정가의 5배는 얹어줘야 했다.

거기서 3일 정도 더 가면, 전 일본 개척지 주민들이 만들어 놓은 자칭 '신 일본 개척지'가 있었다.

거기도 음식값 비싼 건 똑같았으나, 독특하게 방사능 관련된 물건만큼은 이상하게 쌌다.

이에 러시아 개척지에서 이동 및 헌팅에 필요한 12일 치 식량, 식수, 기름은 물론 기타 물건들을 구입했다.

그 외에도 가로등이 없었기에 시야 확보를 위한 차량용 강화 라이트와 혹시 모를 차량 고장을 위한 스페어타이어를 포함한 정비용품 등이 있었다.

덕분에 그렇지 않아도 좁았던 차가 금방이라도 미어터질 듯 가득 찼고, 차 천장 위에까지 짐을 잔뜩 실어야 했다.

'꼭 전쟁 나서 도망가는 피난민 같군.'

"곧 출발할 거요, 근데 두 명 어디 갔소?"

준비를 마치고 출발 시각을 고지하려는 순간, 용병 둘이 비어있다는 걸 깨달았다.

기관총 사수와 길잡이였다.

대충 10분쯤 기다리니 돌아왔다.

어디 가서 맞기라도 한 지 오는 길에 퉤 하고 뱉은 침에 피가 잔뜩 섞여 있었다.

"저 새끼 왜 저래?"

길잡이한테 물으니 그가 조심스럽게 속삭였다.

"러시아 여군한테 농담 던졌다가 맞았어요."

꼬락서니 보니 성희롱했다가 개머리판으로 맞은 모양.

각성자라고 저항 수치가 있어서 이가 뽑히진 않아 보였으나, 지훈은 왠지 모르게 못마땅해졌다.

야만인인 가벡도 안 치는 사고를 치는 놈을 데리고 다녔다가 괜한 시비에 휘말릴까 싶은 생각 때문이었다.

'그만두자, 어차피 살아 돌아올지 알 수도 없는 놈이다.'

러시아 남쪽 톨게이트를 지났다.

"통행료가 5만 루블(한화 90만)이나 해?"

D등급 각성자가 말도 안 된다는 듯 투덜거렸다.

"나 들었습니다. 러시아 관리 안 합니다."

이에 마법사가 서툰 한국어로 설명을 덧붙였다.

"관리 안 할 거면 그냥 문 닫아버리던가, 이게 뭐야."

"오우, 아닙니다. 이거는 돈 됩니다. 냅둡니다. 좀 행인 많습니다."

D등급이 뭔 소리냐 되묻자 길잡이가 설명을 해줬다. 전직 가이드답게 이런저런 재밌는 얘기 섞어가며 얘기했다.

피식피식 웃는 것도 잠깐.

다시 침묵이 내려앉았다.

러시아 개척지까지는 2시간 마다 용병들 로테이션 돌려가며 운전했지만, 이제부터는 그럴 수 없었다.

도로를 감싸고 있던 외벽이 부서진 곳이 있었기에, 언제 어디서 뭐가 튀어나올지 알 수 없었기 때문이었다.

작은 들짐승 같은 건 차로 쳐버리면 그만이었지만 만약 혼호스(유니콘 비슷하게 생긴 짐승) 같은 커다란 짐승과 부딪치면 난리가 났다.

영화에서는 막 아무거나 치고 다녀도 잘 굴러다니는 게 차지만, 현실의 차는 생각보다 너무나도 쉽게 부서지기 때문이었다.

만약 아무것도 없는 허허벌판에서 차가 부서진다면?

나란히 구조대 렉카타고 러시아 개척지로 돌아가야 했다.

이에 제일 어두운 시간대에는 밤눈이 그나마 밝은 칼콘과 지훈이 운전했고, 빛이 조금이라도 있을 때만 로테이션을 돌렸다.

지루함을 달래기 위해 용병들이 개인적인 얘기를 꺼내기 시작했다.

"왜 용병이 된 거에요?"

민우가 기관총 사수에게 물었다.

"쯧, 좋지도 않고 재미도 없는데 궁금하냐?"

"사실 별로 궁금하진 않아요. 심심해서 묻는 거지."

기관총 사수는 푸하하 웃으며 민우를 툭툭 두드렸다.

"별거 없어. 그냥 내가 바텐더랑 사귀게 됐거든. 근데 그년이 바람을 피대? 그래서 죽였어."

사람 죽였다는 말을 아무렇지도 않게 했다.

청중 역시 '어제 꿈자리가 사나웠네.' 정도로 들었지만, 민우는 살짝 움츠러들었다.

사람을 죽여본 적이 없기 때문이었다.

휴머노이드 중 고블린은 죽여본 적 있지만, 그들은 '이종족'이었기에 인간을 죽인 것과는 본질적인 차이가 있었다.

"근데 그 년이 레니게이드가 관리하던 년이었던 거야. 그새끼들이 나보고 빚 갚으라데?"

기관총 사수는 짜증이 나서 러시아나 중국으로 도망갈까 싶었지만, 그럭저럭 갚을 만한 금액이어서 용병 일을 시작했다고 말했다.

"그놈의 여자가 문제네요…."

민우는 중배를 떠올리며 중얼거렸다.

"나도 알아. 근데 언제 뒤질지 모르는 거, 좆질이라도 열심히 하고 죽어야 때깔이 곱지 않겠나? 낄낄."

"뭐… 그렇군요."

민우는 전혀 그렇지 않다는 표정으로 영혼 없이 대답했다.

"뭐 빚은 다 갚았지만 이 일이 뜻밖에 돈이 쏠쏠하데? 그래서 그냥 계속하는 거야."

운전하던 길잡이가 조수석에 앉아있던 지훈을 흔들었다.

"어, 어, 어… 저거 뭐죠?"

눈을 뜨고 앞을 바라보니 승용차 3대가 길을 막고 있었다.

"차 세워."

끼이이익-

일단 차를 세우고는 D등급이 가지고 있던 망원경을 이용해 자세히 살펴봤다.

얼핏 보면 사고가 나서 막힌 것처럼 보이기도 했지만, 사고가 났다기엔 주변이 너무 깔끔했다.

'누가 일부러 막은 거네.'

러시아 남쪽이면 위험천만한 사냥감들 천지인지라, 고등급 각성자들의 통행이 잦은 지역이었다.

고등급 각성자면 이미 가디언에게 털릴 거 무서워서 저딴 짓 않을 테니, 백방 저등급 각성자나 비각성자로 이뤄진 강도란 얘기인데⋯ 지훈의 머리로는 이해할 수가 없었다.

'강도 새끼도 대가리가 있으면 그걸 모를 리는 없을 텐데, 도대체 무슨 생각으로 저딴 짓을 하는 거야?'

정찰을 위해 지훈과 칼콘이 바리케이트까지 이동했다. 혹 지뢰라도 있을까 봐 주변 잔해들을 조심해서 걷고 있자니⋯.

휙!

반쯤 작살난 차 안에서 사람 서너 명이 튀어나왔다.

'그러면 그렇지.'

타 강도들과 달리 바로 총부터 겨누지는 않았지만, 다들 무장을 하고 있었기에 언제든지 공격적으로 돌변할 수 있음을 알 수 있었다.

"거 뭐 한다고 길을 이렇게 막아놓으셨나?"

"어차피 여기 오실 정도면 다 아실 것 같은데 말이지. 통행료 주셔야겠어."

웃기다 못해 어이가 없어졌다.

"내가 왜? 그냥 너희 죽이고 지나가면 되잖아."

"그래 보시던가."

강도가 고자세로 대답했다.

"내가 너희 넷 죽이는데 시간이 얼마나 걸릴 것 같아? 내 생각으로는 1분이면 충분할 것 같은데."

"네 말이 맞아. 나도 너희 못 이긴다는 거 알아."

그 말이 끝나자마자 박살 난 도로 외벽에서 거대한 쇳덩이를 짊어진 사람이 하나 등장했다.

"그래서 우리도 대비를 했거든."

삐- 삐- 삐-

'자벨린? 이런 씨발…!'

뭔가 싶어 유심히 보니 대전차미사일이었다.

개척 전쟁 때 잔뜩 찍어냈지만, 생각보다 전차 몰고 싸워야 할 일이 적었기에 재고가 잔뜩 쌓인 물건.

가격이 워낙 비싼지라 도대체 어떻게 얻었는지는 몰랐지만, 일단 중요한 건 저게 강도 손에 있다는 거였다.

"일단 진정하고 얘기로 하지."

지훈이야 저 미사일 맞고도 살아남을 가능성이 있었지만, 일행이 타고 있던 밴은 아니었다.

자벨린이면 탑다운(미사일이 위로 솟았다가 아래로 꽂힘) 형식에다 유도까지 되는 물건이라 회피는 거의 불가능에 가까웠고….

밴이 터지는 순간 용병들 다 뒤지는 건 물론이오, 장비값, 구조대 값, 시간까지 죄다 버리게 된다.

"통행료 500, 너희한테 비싼 돈은 아니잖아. 그렇지?"

괘씸하기 이를 데 없었지만, 차 날려 먹고 강도들 죄다 쳐 죽이는 것보다 통행료 주고 지나가는 게 기회비용이 적었으므로 어쩔 수 없이 통행료를 지급했다.

대금으로는 현금이 없었기에 칼콘이 휴대하던 F등급 아티펙트와 예비 기름으로 대신했다.

"괜찮아, 지훈. 어차피 안 쓰는 물건이었어. 나중에 딱딱한 음식 먹을 때 쓰려고 갖고 다니던 거야."

반면 칼콘은 괜찮다는 듯 하하 웃었지만, 지훈은 운전하는 내내 속이 부글부글 끓었다.

그러다 결국 해가 질 때쯤….

"야, 씨발. 안 되겠다. 차 돌려."

끼이이이익.

야심한 밤.

달빛 말고는 광원이 하나도 없었기에 사람 눈으로는 앞이 잘 보이지 않았다.

단지 시야 끝까지 고속도로 실루엣만 죽 이어져 저세상이 아닐까 싶은 기분이 들었을 뿐이었다.

저벅, 저벅, 저벅.

그 가운데를 지훈과 칼콘이 걸었다.

"그냥 가도 괜찮은데, 진짜 안 쓰는 거였어."

칼콘은 신경 써주지 않아도 된다는 듯 웃었으나, 지훈은 됐다는 듯 손을 저었다.

"아니, 저 새끼들 짜증 나서 안 되겠다. 겁 없는 새끼들은 죽어야지. 자벨린 하나 믿고 나대는 꼴을 보니 속이 뒤집혀."

자벨린 사거리에 안 닿을법한 곳에 차를 세우고, 걸어서 20분 정도 이동했다.

"모닥불 보인다. 저기 있나 보네."

"자, 놀아 보자고."

강도들은 한 건 올렸다는 사실에 흥이 올라 모닥불 주변에서 술을 마시고 있었다.

"거 봐, 돈 많은 새끼들은 500만 원 정도는 신경도 안 쓴다니까! 이번 주에만 벌써 6건이나 처리했다고!"

리더로 보이는 놈이 헤벌쭉 웃으면서 술을 들이켰다.

"형님 따라오길 잘했네요. 러시아 애들은 이쪽 관심도 없어서 경찰 눈 끌 일도 없고, 저희 중에 각성자 없어서 가디언도 신경 안 쓰고! 최곤데요!"

부하 하나가 리더에게 아부하며 일어나 박수를 쳤다.

짝, 짝, 짝.

짜자자자작.

다들 그에 동조하듯 박수 소리가 불어났지만, 그것도 잠시.

"어…?"

아부하던 녀석이 갑자기 제 몸을 쳐다봤다.

복부가 붉게 물들어 있었다.

총에 맞았다는 얘기였다.

하지만 그게 끝이 아니었는지… 얼마 후….

퍽!

남자의 상처가 터져버렸다.

풀썩.

비명도 지르지 못한 즉사.

축제 분위기가 순식간에 아수라장으로 변했다.

"으아아아! 엄폐해!"

다들 습격이라는 것을 깨닫고 움직였으나, 이미 그사이 다른 한 명이 더 터져나갔다.

'생각보다 잘 터지네.'

지훈은 멀리서 총에 맞은 사람이 퍽 하고 터지는 걸 지켜보며 생각했다.

현재 그가 총알에 담은 마법은 '공기 울림'이었다.

이는 원하는 장소의 공기를 급격히 압축시켜 큰 소리를 내는 마법으로, 폭발과는 전혀 연관이 없었으나….

그 마법이 사람 몸 안에서 발동되면 얘기가 달랐다.

총상 벌어진 상처 속이 진공으로 변한다면?

당연히 자연현상에 의해 공기들이 급격히 이동하며, 그 과정에서 기압 차이로 인해 상처 부위가 터져버렸다.

"쟤네 엄폐하네. 어떡해?"

"넌 그냥 나 따라오다가 발각되면 방어나 해."

어차피 저쪽은 총알이 어느 방향에서 날아왔는지도 몰랐다. 느긋한 마음으로 기다렸다가 처리해도 상관없었다.

칼날 정글에서 칵톨레므 보다 경계로 인한 스트레스가 더 무섭듯, 지금도 똑같았다.

안전한 지훈과 달리 저쪽은 계속 짓눌려 있을 터.

시간은 이쪽 편이었다.

약 2시간 후.

지훈과 칼콘은 통행료로 지급했던 물건 외에도 강도들이 가지고 있던 물건들은 모조리 긁어왔다.

권능의 반지

140 불안

NEO MODERN FANTASY STORY

러시아 개척지 출발 3일째.

일행은 소위 '보더랜드' 라 불리는 마을에 도착했다.

과거 경계선이 존재할 때 러시아 개척지와 일본 개척지 딱 중간 지점에 만들어서 붙은 별명이었다.

나무로 만들어 조잡해 보이긴 했지만, 5M는 되어 보여 위압감을 주는 나무 울타리가 제일 먼저 보였다. 그 모습이 마을이라기보단 요새 혹은 군 주둔지에 가까워 보였다.

"마을이라고 하지 않았어요?"

"원래 저래. 국가가 보호해 주는 곳이나 뻥 뚫려 있어도 되는 거지. 얘네는 제 목숨 자기가 알아서 챙겨야 한다."

딱히 별다른 출입절차는 없었다.

마을 내부 범죄 전단 비교와 통행료가 끝이었다.

와글와글.

웅성웅성.

보더랜드 안에는 헌팅을 위해 모인 여러 각성자들 그리고 그들을 상대하는 상인으로 북적였다.

아무래도 토지를 넓혔다간 그만큼 경계구역이 늘어나기에 다들 땅을 좁게 쓰기 때문이었다.

"오늘은 여기서 쉰다. 내일 오전 8시에 출발할 거니까 그때 가지 알아서 회포들 풀어."

지훈은 방을 잡고는 용병들에게 개인 정비 시간을 줬다.

– 푸하하, 창녀나 따러 갑시다. 들어보니까 여기 일본년 있다던데, 전부 다 사라지기 전에 빨리 먹어야지! 나중에 아들놈 낳아다가 이 애비는 일본년 타봤다고 자랑 좀 해봐야 하지 않겠어!?

슬쩍 쳐다보니 기관총 사수였다. 개인 시간이라 뭘 하든 본인의 자유였으니 내버려 두기로 했다.

"후, 형님은 뭐하실 거에요?"

"자야지."

"아니 그렇게 자고 또 자요?"

사실 잠은 오지 않았지만 억지로라도 눈을 감았다.

최근 마법과 이능을 연습한다고 마력을 펑펑 써댔기에, 조금이라도 더 채워놔야 했기 때문이었다.

다음 날 아침.

밤사이 별다른 큰일은 일어나지 않았다.

"다들 장비 챙겨. 다시 출발한다."

달콤한 휴식을 끝내고 다들 밴에 올라탔다.

마치 훈련소 끌려가는 군인처럼 다들 표정이 썩어들어가고 있자니 문득 칼콘이 코를 킁킁거렸다.

"무슨 냄새야?"

싸구려 화장품과 향수가 섞인 묘한 냄새.

근원지는 기관총 사수였다. 여자와 뒹굴고 나서 뒤처리를 하지 않은 모양이다.

"하하… 물값이 좀 비싸더라고. 그래서 못 씻었어."

"확 성병으로 좆이나 잘리지 그러셨나."

D등급 용병이 농을 건네자 기관총 사수가 '에이, 이거 여든까지 써먹을 수 있는 물건이야.' 하며 웃었다.

"냄새 독한데 어떻게 못 해요?"

"식수로라도 씻는 게 어때?"

절대 안 됐다.

혹시 모를 상황이 터지면 식수는 돈으로 환산할 수 없는 물건이 되기 때문이었다.

어쩔 수 없이 창문을 열고 달렸다.

민우와 길잡이가 이따금 마른기침을 토해냈다.

…….

보더랜드 출발 2일째.

툭, 투둑, 투두두둑…

투두두두두두두두두둑!

"비 오네요."

민우가 창밖으로 손을 내밀어 얼굴에 고양이 세수를 했다.

"차 세워. 그리고 기관총."

"예?"

"너 나가서 샤워하고 와. 너 때문에 골통이 깨질 것 같잖아, 씹새야."

기관총 사수는 머쓱게 웃더니 옷을 훌훌 벗어 빗물에 샤워를 했다.

"쟤 말고도 씻고 싶은 놈 있으면 씻어."

러시아 개척지에서 나오고 나서부터 머리도 제대로 한 번 못 감아본 일행이었다.

처음에는 다들 눈치를 보는 듯했으나, 칼콘이 옷을 벗자 너나 할 것 없이 탈의하고 밖으로 달려나갔다.

쏴아아아 하고 쏟아지는 빗물 속에 성인 남자 여럿이서 뛰어노는 모습이 참 기묘하게 보이면서도 우스웠다.

……

보더랜드 출발 3일째.

일행은 신 일본 개척지에 도착했다. 일본이라는 이름을 사용한 것과 달리, 퍽 초라한 모습이었다. 굳이 비교하자면 보더랜드보다 조금 더 큰 정도였다.

"근데 도대체 어떻게 살아남을 수 있었던 걸까요?"

"알고 싶어요?"

민우의 질문에 길잡이가 씩 웃었다.

"자꾸 뜸 들이지 마요. 나는 관광객이 아니라고요."

"거 어디였더라? 이름은 잘 기억이 안 나는데 묵시록 어쩌고 했던 단체가 도와줬어요. 이상하게 방사능 계통에 잘 알더라고요. 진짜 핵전쟁 났던 곳에서 온 것 같다니까요?"

듣고 있다가 끼어들었다.

"혹시 그 새끼들 과학단체인가?"

"기본 베이스는 과학인데 사설 군대도 갖추고 있어요. 사실 보더랜드나 러시아가 맘만 먹으면 부술 수는 있는데, 인도주의 단체다 보니까 저기 털면 공공의 적이 되거든요."

약하지만 건드리면 위험해지는 녀석들, 골든 하플링과 비슷한 이치였다.

신 일본 개척지 내에는 마지막으로 남은 일본의 잔재들이 얼핏얼핏 보였다. 완전히 작살난 줄 알았거늘, 살아남아 있는 모습을 보니 의외였다.

"자, 그럼 여기서 방사능 보호복 사시면 됩니다."

용병들은 전부 한 벌씩 가지고 있었기에 지훈, 칼콘만 각자 한 벌씩 구입했다.

"으… 이 거죽 꼭 입어야 해? 갑옷 위에 입으니까 기분이 정말 이상해. 러시아 때는 안 입어도 괜찮다며, 지훈!"

칼콘은 방사능 보호복을 잡아당기며 투정을 부렸지만, 어쩔 수 없었다. 보호복은 필수불가결 요소였다,

입지 않아도 살아서 나올 수는 있으나, 의뢰 완료 후 심각

한 유전병은 물론 온몸에서 터져 나오는 내출혈에 고생을 해야 했다.

"그냥 입어, 새끼야."

방사능 보호복 다음은 지도였다.

아무리 반지 내에 정보가 있다고 한들, 그건 어디까지나 방향과 거리만 대강 알려줄 뿐이었다.

괜히 빌딩에 가로막혀 먼 거리를 돌아가다가 길을 잃어버릴 수 있었기에 지도가 반드시 필요했다.

가게에 들어가려는 찰나 길잡이가 만류했다.

"지도라면 제가 가지고 있어요. 아는 지도쟁이한테 구한건데, 방사능 수치랑 심각한 오염지대도 적혀있어서 잘 알 수 있어요."

사실 알음알음 얻는 정보가 굉장히 그럴 듯해 보이지만, 그만큼 신뢰도도 떨어졌다. 일부러 헛소문을 퍼트리는 사람은 물론, 일부러 정보를 흘려 피해자를 낚는 강도들도 있었다.

확인할 필요가 있어 보였다.

"한 번 봅시다."

길잡이의 지도를 슥 훑었다.

'생각보다 작다.'

한국 개척지도 타 국가와 비교하면 굉장히 작은 편에 속했지만, 일본은 그것보다 더했다.

몬스터 아웃브레이크로 인구가 엄청나게 줄어버리면서 개척민 역시 적을 수밖에 없었기 때문이다.

'단순 비교하면 동구 정도 크기인가.'

한국과 비교하자면 지방 도시 중 도심이 차지하는 면적 정도와 비슷했다. 차로 이동하면 끝에서 끝까지 약 30분. 걸어서 이동해도 쉬는 시간 포함 15시간이면 됐다.

지도를 샅샅이 뒤져 반지가 말하는 연구소로 보이는 장소를 찾았다. 정보에 따르면 연구단지는 분명 '군용 벙커' 속에 있다고 했다.

반면 지도에는 벙커는커녕 군부대도 그려져 있지 않았다.

"이 지도 제대로 된 것 맞아?"

"그럼요. 이 녀석이 제 목숨을 몇 번이나 구했는걸요?"

"아니 개척지면 분명 군부대도 주둔했을 텐데, 여기엔 군부대나 항공기지 연구소 같은 게 아무것도 없잖아?"

따지듯이 물었다.

대놓고 물어볼 수 없으니 돌려 말한 거였다. 아마 남들 눈에는 단순히 길잡이의 능력을 의심하는 것처럼 보이리라.

"이게 민간용 지도라서 테러나 전쟁 위협 때문에 중요 시설 위치는 전부 다 비어있습니다. 진짜예요!"

얼굴이 팍 찌푸려졌다.

길잡이의 말을 믿지 못한 건 아니었다. 애원하듯 말하는 투와 표정을 봤을 때 진실이 분명했다.

'빌어먹을, 그럼 군부대가 어딨는지는 알 수가 없잖아.'

정보가 더 필요했기에 조금 더 따져보기로 했다.

"그래서, 모른다는 얘기야? 아니 길잡이라는 사람이 개척지 내부 사정을 모르면 어떡하자는 건데."

혓바닥 잘못 굴리면 바로 놓고 갈 수 있다는 냄새 풀풀 풍기며 심사하듯 물었다.

여기다 놓고 간다고 해서 생명이 위험해지진 않지만, 다시 한국 개척지까지 가기가 엄청나게 까다로웠다.

기름값 비싼 건 물론이오, 대중교통이 다니는 것도 아니고, 길에는 몬스터와 강도가 미쳐 날뛰는 데 도대체 어떤 수단으로 돌아간단 말인가?

지훈 일행이야 무장하고 있으니 괜찮았지만, 홀로 이동하는 민간인에게 있어서는 죽음의 땅이었다.

길잡이는 제 능력을 증명하기 위해 최선을 다했다.

"다, 다 압니다! 보십시오! 여 주둥이처럼 튀어나온 게 북문입니다. 그리고 그 옆에 아주 자그마한 공터 보이시죠?"

일본 개척지는 마치 수류탄 같은 모양이었다.

전체적으로 둥근 구조에 북쪽만 툭 튀어나와 있는 게 꼭 안전핀이 뽑힌 수류탄 같아 보였다.

길잡이가 가리킨 곳은 마치 빈 땅처럼 회색 네모만 그려져 있을 뿐이었다.

"여기가 북문 지키던 부대입니다!"

"아아, 그래. 계속해 봐. 말 못할 것 같으면 그냥 지도 가지고 꺼지면 된다. 알겠지?"

친절한 사형선고를 내리자, 길잡이가 희번덕거렸다.

"아닙니다, 자 보십시오! 중앙에 있는 게 관리국이고, 거기보다 조금 더 남동쪽에 있는 게 바로 연구소와 군부대가 합쳐진 곳입니다!"

연구소와 군부대가 합쳐진 곳. 저 장소가 분명했다.

원하는 정보를 얻었기에 속으로 보이지 않는 미소를 지었으나, 겉으로는 계속 시큰둥한 표정을 지었다.

"그리고 또, 여기는…."

"그만. 듣고 있자니 시끄럽네. 초록색 동그라미는 뭐야?"

말을 돌려 지도에 형광펜으로 그려진 걸 물었다.

"아… 저기 방사능 위험 구역입니다. 외곽은 괜찮은데 중앙으로 가면 보호복도 뚫어버려요."

"그럼 노란색이랑 붉은색 그리고 검은색 선은 또 뭐야?"

"노란색은 개척지민들이나 리자드맨 서식지, 붉은색은 마법 오염지대, 검은색은…."

길잡이가 잠시 말을 멈췄다가 다시 뗐다.

"그 아래로는 가면 안 됩니다. 정보가 없어요. 소문으로는 그 아래로 가면 죄다 실종된다고 해서… 알 수 없는 몬스터가 있는 게 아닐까 생각만 하고 있습니다."

검은 선은 구청을 중심으로 남쪽으로 120도는 되어 보일법한 부채꼴처럼 그어져 있었다. 위험하다고 하니 굳이 들어갈 필요가 없다고 생각하는 것도 잠시.

문제가 하나 있었다.

목표 지점이 그 검은 선 안에 있었다.

'좆같네. 어떻게 쉽게 풀리는 일이 하나도 없나.'

운명의 신이 있다면 당장 멱살 붙들고 싶은 심정이었다. 그렇다고 포기할 수도 없었기에 이 꽉 깨물고 버렸다.

"후… 잘 아는 것 같네. 다들 장비 챙겨, 출발한다."

안도의 한숨을 내쉬는 길잡이의 어깨를 두드리곤, 차를 몰아 일본 개척지로 향했다. 얼핏 봐도 더는 그 누구도 관리하지 않는 게 분명한 도로가 펼쳐졌다.

그나마 러시아 개척지에서 여기까지 올 때는 드문드문 차가 다닌 까닭에 도로에 풀은 없었지만, 이제는 아예 도로가 반쯤은 풀밭이 되어 있었다.

갈라진 아스팔트 사이로 고개를 내밀고 있는 잡초는 꼭 '인간이 사라져도 우리는 계속 남아 이 장소를 지킬 것이다.'라고 외치고 있는 듯싶었다.

◆

그 시각, 일본 개척지 어딘가.

삐빅, 삑.

비프음에 그림자 하나가 움츠렸던 몸을 일으켰다.

그는 비프음을 낸 기계로 다가가 뭔가를 조작했다. 그러자 기계에 낯익은 밴 하나가 도로를 달리고 있는 장면이 나왔다.

바로 지훈 일행의 차량이었다.

치직 −

"여기는 오메가, 여기는 오메가. 전 분대에게 전한다. 신규 탱고가 차량을 타고 진입 중. 현재 개척지 내부 탱고 무리는 아홉, 아홉. 전 분대원 이를 숙지하여 임무 수행에 주의하며, 탱고에게 발각 시…."

그림자는 잠시 침묵했다가 말을 이었다.

"사살하라."

이후 무전기에서 차례대로 알아들었다는 대답이 들려왔다.

그림자는 끝까지 듣고는 창밖으로 고개를 내밀었다.

휘이이잉 –

고지에 있던 터라 날카로운 바람이 살을 에듯 스쳤다.

"후읍 – 하…."

그림자는 방사능을 음미하듯 크게 심호흡을 한 뒤 품에서 망원경을 꺼내서 주변을 둘러봤다.

– 치직.

"G 사이트 데드라인 너머로 헌터로 보이는 탱고 무리 접근. 사살하겠다."

– 치직.

– 알겠다, 오메가. 여기는 델타 스쿼드. 목표 지점에 접근 중. 5분 예정. 시체를 처리하겠다.

그림자는 옆에 뉘어놨던 바렛을 창문에 거치했다.

이후 조준경으로 헌터를 겨눈 뒤….

탕–

탕- 탕-

- 치직.

"남은 탱고 무리는 여덟, 여덟. G-9 지역에서 제일 가까운 스쿼드는 사체를 처리하라. 델타 스쿼드가 접근하고 있으나, 가까운 곳에 로취가 있다. 실험에 사용할 수 있을 것 같으니 무조건 확보하라."

권능의 반지

141화 방사능

NEO MODERN FANTASY STORY

밴은 일본 개척지 입구 가까운 곳에 댔다.

이후 타이어 잠금장치를 이용해 각각 앞, 뒷바퀴를 하나씩 묶어버렸다.

마음만 먹으면 언제든지 강도들이 훔쳐갈 수 있을 정도로 허술한 대비였으나, 일행 중 그 누구도 신경 쓰지 않았다.

일본 개척지까지 왔다면 다들 돈 좀 버는 헌터들일 텐데 차 하나 훔치려고 시간과 노력을 투자할 것 같지는 않았다.

뚜벅, 뚜벅, 뚜벅.

8명의 일행이 삼각형 대열로 이동했다.

맨 선두에는 칼콘이 섰고, 중간에는 지훈, 길잡이 그리고 민우, 후미에는 남은 네 명의 용병이 따라붙었다.

"근데 꼭 정문으로 가야 하나? 괜히 다른 헌터들 만나면 머리 아픈데."

보통 각성자들은 범죄를 잘 저지르지 않지만, 일본 개척지 같은 완전한 오지는 예외였다. 가장 가까운 국가와 7일 이상 떨어져 있기 때문에, 완벽한 무법천지가 펼쳐졌다.

돈 좀 있어 보이거나 만만해 보이면 습격을 당할 우려가 있기에 보통 다른 팀과 마주치는 걸 달가워하지 않는다.

"꼭 정문으로 가야 합니다. 스토커들이 지뢰랑 터렛들을 전부 다 해제해 놨거든요."

"스토커요? 변태 아니에요?"

민우가 고개를 갸웃거렸다.

보통 스토커라고 함은 상대방을 졸졸 쫓아다니는 사람을 의미했고, 언더 다크 소속인 시체 구덩이의 주인의 코드 네임 역시 이 의미를 뜻했다.

"다른 거야."

길잡이가 말했던 스토커는, S.T.A.L.K.E.R로 마법 오염 지대를 돌아다니며 전문적으로 디스톨팅 스톤을 헌팅하는 사람들을 말했다.

각 뜻은 다음과 같았다.

Scavenger – 폐품업자

Trespasser – 침입자

Adventurer – 모험가

Loner - 외톨이(괴짜)

Killer - 살인자

Explorer - 탐험가

Robber - 강도

　잘 보면 마법 오염 지대와는 별 상관없는 직종이 많아 보였으나, 다들 딱히 이상하다는 생각은 하지 않았다.

　원래는 우크라이나에서 처음 나온 개념이었으나, 어느 골빈 기자가 이 말을 신문에 실어버리면서 그냥 고유명사화되어 버렸다.

　"덕분에 지뢰 걱정 없이 편하게 전진할 수 있어서 좋죠."

　길잡이는 별것 아니라는 듯 픽 웃었다.

　그 모습에서 전직 관광 가이드의 모습이 묻어났다.

　"저거 지뢰 아니야?"

　칼콘이 바닥을 가리키며 말했다.

　그곳엔 살짝 깨진 자국과 함께 얼핏 지뢰가 보였다.

　"크기 보니까 대전차 지뢰다. 밟아도 안 터져."

　어차피 국가나 길드 아니고서야 장갑차를 몰고 오진 않을 테니 스토커들도 일부러 내버려 둔 모양이었다.

　말 끝나자마자 칼콘이 발로 꾸욱 눌러봤다.

　방패, 갑옷, 보호복까지 더해져 꽤 무거운 무게였음에도 지뢰는 요지부동이었다.

　칼콘은 신기한 듯 그 위에서 뛰었으나, 장난칠 시간이 없었기에 제지하고는 앞으로 이동했다.

방사능 보호복과 짐 때문에 체력이 빠른 속도로 고갈됐다.

특히 일반인인 마법사, 민우, 길잡이가 지쳐 보였다.

"걷는 속도 좀 잠시 늦추지."

"알겠습니다."

길잡이는 사막의 오아시스라도 만난 것처럼 웃었다.

느린 속도로 걸어가며 주변을 슥 훑어봤다.

분명 방사능 때문에 보호복이 없으면 서서히 썩어가는 죽음의 땅이었으나, 눈으로 보기엔 별 이상이 없어 보였다.

인간의 손에서 벗어난 도시.

망가지고 뒤틀어졌지만 그게 다였다.

갈라진 도로에서 뻗어난 풀과 나무는 도시를 서서히 침식시키고 있었고, 이름 모를 짐승들은 주인이 떠난 도시를 제 둥지마냥 신나게 뛰어다녔다.

"겉모습만 보면 보호복 없어도 될 것 같네요."

"그래."

물론 완벽하게 평화로운 건 아니었다.

지지직— 지직, 직 !

길잡이가 들고 있던 가이거 계수기가 소음을 냈다.

"앞에 방사능 있네요. 안개 낀 것 보니까 독소도 조금 있는 것 같으니까, 다들 필터 확인하세요."

몇 번이나 확인했으나 사건은 언제나 아차 싶을 때 터진다는 걸 너무나도 잘 알았기에 한 번 더 확인했다.

꾸욱, 꾹.

역시나 잘 들어가 있었다.

다 끝냈기에 일행을 슥 훑었다.

그러다 문득 민우에서 눈에 멈췄다.

끼익, 끼익, 끼익.

"어, 어… 왜 이래?"

자세히 보니 필터 어귀가 잘못 맞아 있었다.

가벼운 독소야 저걸로도 괜찮았지만, 짙은 독소를 들이마실 경우 어떻게 될지 몰랐기에 조치가 필요했다.

"필터 뽑는다, 숨 참아."

"네, 네?"

얼타는 민우를 무시하곤 그대로 필터를 뽑았다가 다시 끼워줬다. 아무래도 미필인지라 방독면을 처음 낀 까닭이었다.

"푸하!"

"준비 끝, 다시 출발하지."

스읍- 하, 스읍- 하.

뚜벅, 뚜벅.

지지지직-

가이거 계수기가 마치 빨리 움직이라고 재촉하는 것처럼 계속해서 노이즈를 뿜어냈다.

"이제 곧 마법 오염 지대가 나옵니다. 원하신다면 지금 여기서 샛길로 빠져도 되고, 아니면 더 내려갈 수도 있습니다."

길잡이가 이제부터 헌팅을 할 수 있다고 말했다.

"더 갈 것 없이 여기부터 수색합시다. 서서히 파고 들어가도 될 것 같은데."

"나도 그거 좋다입니다."

기관총이 의견을 내놓자 마법사가 거들었다.

"그것도 좋긴 한데, 저희 말고 다른 팀들도 중앙대로 이용한다는 걸 잊지 말아야 합니다. 아마 가봐야 이미 털렸을 가능성이 커요."

맞는 말이었다.

아무래도 스토커들이 길을 전부 뚫어놨고, 그 정보가 일파만파 퍼진 까닭에 모든 헌터들이 전부 중앙대로를 이용했다.

디스톨팅 스톤 생성주기는 한 달.

한 달이라는 시간 동안 적어도 60팀은 왔을 게 분명했다.

운이 좋다면 한두 개쯤은 건질 수 있을지 몰랐지만, 단순 복불복에 지나지 않았다.

게다가 애초에 지훈의 목적은 연구 시설 잠입이지, 디스톨팅 스톤이 아니지 않던가.

"여기서 샛길로 빠지면 얼마나 걸리지?"

그래도 일단은 용병들을 데리고 가기 위해 연기했다.

"오염지대까지 2시간 정도 걸어야 합니다. 중간에 심한 방사능 지대가 있어서 돌아가야 하거든요."

갔다가 돌아오는 데만 4시간.

이동과 탐색은 아침에만 할 수 있었기에, 있을지 없을지도 모를 디스톨팅 스톤을 위해 금쪽같은 4시간을 할애하기는 무리에 가까웠다.

"더 남쪽으로 간다. 우리는 심부로 들어갈 거야."

"얼마나요?"

"관리국 반 지점에서 한 번 헌팅하고, 그다음은 관리국 주변에서 한 번, 그다음은 위험지대 바로 옆에서 할 거야."

길잡이가 얼굴을 구겼다.

"깊이 들어가면 들어갈수록 위험할 건데요."

"그 말은 곧 다른 놈들도 잘 안 갈 거라는 말이지."

길잡이와 D등급이 불만을 표시했으나, 묵살했다.

어차피 여기까지 온 순간 같은 배를 탄 꼴이었다.

죽으나 사나 무조건 동행해야 했기에 딱히 반발은 없었다.

단순히 걸어서 15시간이면 끝에서 끝까지 갈 수 있을 거라는 생각은 오산이었다.

보호복 때문에 체력 소모도 심하거니와, 방사능과 온갖 방해물(건물 잔해, 차량) 때문에 직선으로 움직이지 않고 지그재그로 움직였다.

덕분에 3시간이면 갈 수 있을 거로 생각했던 헌팅 플레이스 까지는 아직 눈에 보이지도 않았다.

"잠시 정지. 혹시 저거 보이세요?"

길잡이가 갑지가 멈추더니 건물 사이를 가리켰다.

자세히 보니 콩크리트를 뜯어내고 그 위에 수박처럼 생긴

옥수수가 일정한 간격으로 박혀있었다. 짙은 방사능으로 인해 변이된 식물 같았다.

"밭?"

아무리 봐도 밭이었다.

"단순 거주자면 괜찮은데, 리자드맨 일 수도 있어요."

같은 인간이라면 가벼운 냉대로 끝날 테지만, 리자드맨은 인간을 '식량'으로 인식했다. 당연히 보자마자 사격부터 할 테고, 그 과정에 방사능 보호복이 찢어지면 난처했다.

"저기 지나가야 하나?"

"다른 길로 갈 수도 있긴 한데, 어디에 지뢰가 있을지 몰라서… 될 수 있으면 이쪽으로 가는 게 좋습니다."

지뢰 밟았다가 발목 버리는 것보다는 정체 모를 적 쪽이 나아 보였기에 결국 강행돌파 하기로 했다.

말이 발목만 날아가는 거지, 의사와 항생제도 없는 상황에서 사지절단은 곧 사망을 의미했다.

"대열 바꿔. 2종대. 선두에 칼콘과 샤오핑, 그 뒤로 나와 D등급, 민우와 길잡이, 후미 기관총과 마법사가 선다."

순식간에 대열을 바꿔 전진했다. 방패가 있는 둘이 그나마 기습을 방어하기에 알맞기 때문이었다.

밭에 가까워질수록 모두 긴장했다. 언제라도 싸울 수 있게 준비하며 모퉁이 돌자….

"ちくしょう!?(젠장!?)"

넝마를 입은 상태로 밭을 갈던 여자가 보였다.

보호복도 없고 무장도 조악한 상태를 보아 일본 개척지 거주민으로 보였다.

"君たち誰！(너희 뭐야!)"

이에 길잡이가 앞으로 나서서 그냥 지나가려고 설명하려는 찰나, 여자가 품에서 권총을 꺼냈다.

콜트였다.

군이 철수하며 채 수거 하지 못한 총기 중 하나.

"それ…. (그거….)"

길잡이는 싸움을 막기 위해 대화를 시도했지만, 그보다 D등급이 더 빨랐다.

한 치의 망설임도 없이,

소총이 여자에게 향하더니….

탕!

D등급의 소총이 불을 뿜음과 동시에 여자가 픽 쓰러졌다.

복부에 맞았기에 즉사는 아니었지만, 병원이 없는 이 장소에선 얼마 가지 못해 죽을 치명상이었다.

"아직 살아있는데, 어쩔까요?"

D등급은 사람이 아닌 쥐를 잡은 것처럼 물었다.

이에 표정을 확 굳어졌다.

상대방은 강도가 아닌 비무장에 가까운 일반인이었다. 게다가 총 역시 자기방어 차원에서 겨눈 일종의 몸짓 부풀리기겠지.

우리의 목적이 단순 통행이라는 걸 알리면 아무런 문제 없이 지나갈 수 있었을 게 분명했다.

"앞으로 내 명령 없이 방아쇠 당기지 마, 개새끼야."

D등급에게 대기하라고 말하곤, 여자에게 다가갔다.

여자는 일본어로 뭐라 뭐라 저주의 말을 쏟아냈지만, 알아들을 수 없었다. 단지 아스발을 여자의 머리에 겨누고는….

표!

그녀의 고통을 끝내줬다.

여자가 늘어지자 가까운 건물에서 아이가 튀어나왔다.

뭐라 뭐라 고함을 지르며 달라붙었지만, 혹시 몰라 손으로 떼어냈다.

"길잡이, 애 뭐래?"

길잡이가 작게 입맛을 다셨다.

"들으셔야 기분만 나쁘실 텐데요…."

"닥치고 통역해."

"악마랍니다. 엄마를 죽인 악마. 죽으라는군요."

목에 가시가 낀 듯 불편했다.

정당방위고, 이블 포인트에 변동이 없다고 한들 상관없었다. 죽일 거 없이 평화롭게 해결할 수 있는 사건이었다.

꿈자리가 사나울 것 같은 기분이 들었다.

"이봐요 의뢰인. 저거 내버려둘 겁니까?"

기관총이 끼어들어 손가락으로 아이를 가리켰다.

"내버려 두면 네가 어쩔건데?"

"보니까 10살은 되어 보이는데, 저 정도면 총 쏠 수 있는 나이입니다. 쫓아왔다가 등에 갈기면 큰일 나요."

"그래서."

"뭐… 애 죽이는 건 안 내키지만, 뭐 어쩌겠습니까. 내버려 뒀다가 내가 죽을지도 모른다고요."

어이가 없어졌다.

어찌 성인 입에서 애를 죽이자는 말이 저리 쉽게 나온단 말인가. 아무리 개차반에 오늘만 보며 살았던 지훈도 애는 죽이지 않았다.

"거 이쪽 일 한두 번 해보신 분도 아니고… 어차피 죽여봐야 경찰이나 가디언도 안 붙잖아요. 그리고 따지자면 쟤네 애미가 먼저 총 들이밀었고요. 정당방위입니다, 정당방위."

조용히 듣고 있다가 말을 잘랐다.

"너 원래 이렇게 말이 많았나?"

무표정 속에 짙은 살기를 담아 말했다.

"아니, 그게…."

"내 앞에서 말 많았던 녀석들이 어떻게 됐는지 알려줄까?"

기관총은 고개를 돌리고는 말을 흐렸다.

"다, 다음에 들을게요…."

"다음에도 좆같은 소리 지껄이면 그 잘난 혓바닥 잘라버릴 줄 알아."

자존심을 짓뭉개는 말이었으나 기관총은 찍소리도 못하고 고개만 돌렸다. 애초에 지훈은 B등급 각성자였고, OTN탄도 무시하는 강력한 존재였다.

싸워봐야 지니 그냥 꼬리를 말아버릴 수밖에 없었다.

지훈은 다시 일어나 덤벼드는 아이를 바닥에 메치고는, 여자가 흘린 콜트의 슬라이드를 뽑아버렸다.

"출발한다."

일행이 다시 대열을 만들려는 찰나 지훈이 낮은 목소리로 말했다.

"전투 명령 떨어지기 전까지 함부로 싸우지 마라. 다음에도 이딴 일 벌어지면 제일 먼저 움직인 놈 대가리에 총알 박을 테니까 그렇게 알아."

일행은 다들 공포에 질려 고개를 끄덕였다.

아무리 용병들이 거칠다고 한들, 그건 어디까지나 동급 혹은 자기보다 약한 사람한테나 그랬다.

들개가 호랑이 앞에서 짖을 수 없듯, 저들은 지훈 앞에서는 얌전한 고양이가 됐다.

아니 되어야 했다.

죽고 싶지 않으면.

권능의 반지

142화 짙은 녹색 안개.

NEO MODERN FANTASY STORY

폐허가 된 도시 속.

안개 대신 딱 봐도 유해해 보이는 짙은 녹색 안개가 사람 머리 높이에 둥둥 떠 있었다.

"저건 또 뭐야?"

보통 매체에서 방사능을 녹색으로 표시하지만, 그건 어디까지나 보는 이의 직관성을 높이기 위한 배려일 뿐이었다.

현실 속의 방사능은 눈에 보이지도 않고, 냄새도 나지 않으며, 본인이 피폭되고 있다는 사실도 모른다.

"리자드맨 마법사가 뿌려놓은 독성 구름이에요. 아직까지 남아있어서 조심해야 합니다. 다시 한 번 필터 확인하세요. 건너가야 해요."

끼릭, 끼릭, 끼릭.

"전원 이상 무. 출발."

마치 늪 속에 들어온 느낌이었다.

안개 때문에 시야가 극도로 좁아진 상태.

일행은 아주 작은 소리에도 방아쇠를 당기기라도 할 듯 날카로워져 있었다.

사각, 사각, 사각!

귀에 뭔가 움직이는 소리가 들렸다.

당장 왼손을 들어 멈추라는 수신호를 보냈다.

'뭐지? 분명 소리가 들린 것 같았는데.'

확인을 위해 주변을 둘러봤으나 눈에 보이는 거라곤 100M도 보이지 않을 정도로 짙은 독구름 밖에 없었다.

"이봐, 여기 혹시 거대한 곤충 같은 것도 있나?"

"예, 있습니다. 듣기로는 거대한 곤충들이 산다고는 들었는데, 최근에 방사능 때문에 더 커졌다는 얘기가 있어요."

보통 휴머노이드의 발은 짐승과 달리 굉장히 넓으므로, 걸을 때 턱턱 거리는 소리나 바닥을 쓰는 소리가 난다. 저런 소리라면 다리가 엄청나게 얇은 생물체라는 얘기였기에, 안심했다.

"주변에 거대 곤충이 있는 것 같으니 주의해."

용병 일행에게 알려주고는 다시 앞으로 걸었다.

공지가 끝나자 마치 곤충이 말을 알아듣기라도 한 것 마냥 이상하게 소리가 뚝 끊겼다. 이에 이상한 기분이 들었으나 단순 기분 탓이려니 하고 넘겼다.

같은 시각. 일행의 50M 뒤.

회색 비늘을 가진 이족보행 도마뱀이 길이가 4M는 될 법한 사마귀 위에 올라타 있다.

기병 같은 분위기와 달리 어깨에는 일본 자위대의 제식 소총은 89식 소총을 매고 있었다.

"이- 쉬…."

리자드맨이 사마귀의 머리를 쓰다듬고는 품에서 피리를 꺼내 코에 꽂았다. 구강 구조상 볼이 없으므로 입으로는 불 수 없기 때문이었다.

이후 있는 힘껏 숨을 들이쉬더니 힘차게 내뿜었다.

삐이이이이이 -

인간의 귀를 들을 수 없는 소리가 폐허가 된 도시 속을 뛰어다녔다. 이후 리자드맨은 호흡을 짧게 끊어 8번 더 불었다.

독구름 속으로 들어온 지도 벌써 반 시간이 지났다.

"도대체 얼마나 더 가야 하는 건데?"

D등급의 투덜거림에 길잡이가 한숨을 내쉬었다.

"이제 5분 정도만 더 가면 됩니다. 조금만 더 참으세요. 10M 앞에 해제 안 된 대인지뢰 보이니까, 조심들 하시구요."

지뢰가 있다는 말에 일행 모두 바닥을 조심스럽게 살피며 걸었다.

"근데 지뢰는 흙 같은 곳에 안 보이게 묻지 않아요?"

민우가 길을 가다 궁금한 듯 물었다.

"맞아. 근데 여기는 흙이 없지."

애초에 숨길 수 없다면 그냥 많이 뿌리자는 심보였다.

과거에 일일이 손으로 묻던 것과 달리, 현대에 들어서는 굳이 그럴 필요가 없었다. 차량에 타서 스위치 하나면 사방에 초당 10개씩 잔뜩 뿌려댔기 때문이다.

러시아 퇴각 당시 리자드맨에 의해 개척지가 반쯤은 점령당한 상태였기에, 이를 이용해 사방에 지뢰를 뿌렸다.

물론 대피 중이던 일본인 사상자가 상상을 초월할 정도로 많이 발생했지만, 러시아는 식민지민 따위는 안중 밖이었다.

이후 러시아는 퇴각 이후 리자드맨이 개척지를 요새화할 것을 우려, 개척지에 핵미사일까지 꽂았다.

가지지 못할 바에는 부숴버리겠다는 생각이었다.

이에 많은 리자드맨들이 폐허가 된 개척지를 떠났으나, 소수의 부족만 남아 아직까지 개척지를 들쑤시는 중이었다.

길잡이 말 대로 5분 정도 더 걷자 귀신같이 녹색 안개가 사라졌다. 자연적인 구름이라면 바람에 따라 이동했어야 했지만, 마법에 의한 것이었기 때문이었다.

이 괴랄한 지속시간에는 시전자가 고등급이고, 오염으로 인한 잔류 마나 등 여러 가지 이유가 있었으나, 중요한 건 아직까지 남아 생명체들을 죽이고 있다는 거였다.

'빌어먹을 전쟁.'

직접 개척 전쟁을 겪어본 지훈은 전쟁이 낳은 기형아들을 보자 역겨움이 몰려왔다.

담배를 피우고 싶다는 생각이 절실했으나 안타깝게도 보호복 때문에 그럴 수 없었다.

녹색 안개가 다음엔 거대한 크레이터가 나타났다.

"지훈, 나 이거 알아. 미사일 꽂힌 장소지?"

"그래. 여기에 핵미사일이 떨어진 모양이군."

눈앞에는 몸을 던졌다간 까마득히 굴러야 바닥에 도착할 수 있을 것 같은 커다란 구덩이가 보였다.

그 와중에 독특하게도 중앙 약 5M 주변만 땅이 정상적으로 남아있었다.

"신기하죠? 소문에 따르면 저게 바로 리자드맨 마법사가 핵미사일을 막고 남은 흔적이라고 하더라구요."

실제 소말리아에서도 오우거 강습부대 헬레이저(지옥 면도날 부대)가 핵미사일을 막을 수 있는 주술사를 대동한다는 소문이 있었다.

말로만 들었던 얘기였거늘, 실제로 보니 마법사라는 존재가 새삼 대단해 보였다.

핵을 막을 수 있는 마법사였다면 여태까지 지훈이 봤던 어중이떠중이 마법사와는 차원이 다른 존재일 게 분명했다.

고개를 돌려 슬쩍 마법사 용병을 쳐다봤다.

"아뇨, 나 못합니다. 저런 거 불가능 합니다."

"총알이나 수류탄은 막을 수 있어?"

"나 혼자 딱 그 정도. 오래는 못 막습니다."

'그러면 그렇지.'

그마저도 혼자서만 막을 수 있다니, 있으나 마나였다.

"근데 이 길 말고는 다른 길은 없나?"

"몇몇 헌터들이 다른 길 뚫었다는 소문이 있긴 한데, 정보가 돌지를 않아서요. 저는 몰라요."

둘레를 따라 걷는다니 길을 잃은 걱정은 없겠지만, 그 외에 문제가 하나 있었다.

외길이기 때문에 포위당할 우려가 있다는 거였다.

항상 혹시 모를 위험에 신경을 곤두세우고 있는 지훈으로서는 이런 외길이 영 못마땅했다.

평원이나 정글 같은 자연에서는 지형이 그렇게 중요하지 않았지만, 시가전 같은 경우 매복을 당하면 일방적으로 두드려 맞을 수밖에 없었다.

"주변에 일본인이나 리자드맨이 있을 가능성은?"

"이 주변에서 만났다는 얘기는 못 들어 봤습니다. 제가 알기에 리자드맨 부족은 시청 남서쪽에 있거든요."

맘 같아서는 다른 길을 찾고 싶었지만, 안타깝게도 남아있는 선택지가 없었다.

어쩔 수 없이 둘레를 타고 이동하기로 했다.

얼마나 걸었을까.

자꾸 귀에 거슬리는 소리가 났다.

사각, 사각, 사각.

사각, 사각, 사각.

사각, 사각, 사각.

마치 귀속에 바퀴벌레라도 들어간 것 마냥 불쾌한 소리가 끊임없이 이어졌다.

"이봐, 여기 포미시드 같은 거 없지?"

포미시드.

만드라고라를 상대했을 때 만났던 문명을 가진 개미 종족을 뜻했다. 크기가 매우 작아 얼핏 보면 별 위협이 되지 않을 것 같지만….

해당 문명이 전차나 총기를 개발했거나, 강력한 마법사를 가지고 있다면 얘기가 달라졌다.

포미시드와 싸우면 기본이 만 이상을 상대해야 했다.

총으로 쏴봐야 숫자 줄이기도 어렵거니와, 밟아 죽이는 것도 정도껏이었다. 숫자에 밀려 개미 밥이 된다.

"아마 없을 거예요, 형님. 포미시드 여왕은 주변 환경에 굉장히 민감해서 척박한 환경에는 둥지를 틀지 않아요."

이에 민우가 대답했다.

포미시드가 없다는 얘기를 듣자 조금은 안심할 수 있었다.

"푸하하, 의뢰인 이제 보니까 겁이 너무 많으시네. B등급은 도대체 어떻게 찍은 거요?"

D등급은 그런 지훈을 보며 비꼬듯 얘기했다.

기분이 나빠져 한마디 하려는 순간….

쐐액- 퍽!

D등급의 오른쪽 가슴에 괴상하게 생긴 창이 틀어박혔다.

"어, 어… 씨발 이거 뭐야…."

D등급은 믿을 수 없다는 듯 자기 가슴을 매만졌다. 그런 그의 몸이 옅은 회색으로 일렁거렸다.

살기 위해 무의식적으로 변이계 이능이 발동한 듯싶었으나, 이미 치명상을 입은 상태인지라 무용지물이었다.

"매복! 엄폐해!"

소리를 지르자마자 일행이 각자 몸을 숨겼다.

가까운 건물, 무너진 잔해, 엎어진 차 등으로 몸을 숨겼다.

기관총은 엎어진 차 옆에 들러붙었고,

마법사는 그런 기관총을 따라갔으며,

칼콘은 건물 사이로 들어가 방패로 틈을 막았고,

틈을 막기 직전 샤오핑이 칼콘에게 착 달라붙었으며,

지훈은 공황상태에 빠진 민우와 길잡이를 질질 끌어 가까운 건물로 들어갔다.

"씨발!"

언제나 그렇듯 불길한 느낌은 절대 그냥 지나가는 일이 없었다. 속에서 욕지거리가 잔뜩 뿜어져 나왔으나 참았다.

어차피 다른 길이 있던 것도 아니었기에, 무조건 강행 돌파해야 하는 상황이었다.

'일단 고개를 숙이고 기다려야 한다. 섣불리 나갔다가는 움직이는 표적이 될 뿐이다.'

D등급이 물었던 말, 그에 대한 답변은 간단했다.

지훈이 여태까지 살아남을 수 있었던 이유.

그건 언제나 죽을 수 있다는 걸 염두에 뒀기 때문이었다.

아무리 날고 기는 헌터여 봐야, 죽으면 끝이다.

반면 조금 조심하더라도 살아남는다면, 꾸준히 헌팅을 계속할 수 있었다.

이는 결국 살아남는 놈이 강하다는 반증이기도 했다.

"후욱… 후욱… 후욱… 후욱…."

민우는 필사적으로 숨을 몰아쉬고 있었다. 바로 코앞에서 동료였던 사람이 죽었으니 속이 울렁거리는 모양이었다.

"정신 차려, 새끼야!"

민우의 보호복 안면 유리를 들이받았다. 날카로운 소리와 동시에 흔들리던 민우의 동공이 진정됐다.

"총 들고 엄폐 똑바로 해. 적 보이면 쏴라, 알겠어?"

"아, 알겠어요…."

이번에는 길잡이를 쳐다봤다.

길잡이는 이런 일을 여러 번 겪어봤지만 적응할 수 없다는 듯, 몸을 수그린 채 끔찍한 일이 끝나기만 기다렸다.

"당신은 대가리 잘 숙이고 목숨 챙겨."

길잡이가 죽으면 연구소까지 가지도 못함은 물론, 퇴로까지 끊겼다. 무조건 살려둬야 했다.

둘을 챙긴 뒤 지훈은 본격적으로 전투 준비를 했다.

제일 먼저 한 행동은 건물 1층에 있던 전신 거울을 깨뜨린 거였다.

쨍─!

아스발의 개머리판에 맞은 거울이 산산조각이 나며 파편

들을 잔뜩 떨어뜨렸다. 그중 큼직한 녀석을 집어 건물 입구 주변에 바싹 달라붙었다.

"사, 살려… 줘…."

아스팔트 색깔처럼 변해버린 D등급의 몸에서 연신 붉은 피가 흘러나왔다. 그 모습이 꼭 아스팔트가 피를 흘리고 있는 것 같았다.

"……."

지훈은 그런 D등급을 바라만 볼 뿐, 아무것도 하지 않았다.

비꼰 것에 앙금이 남아서 그런 건 아니었다.

어차피 끌고 와 봐야 가슴이 관통된 치명상이었다. 챙겨온 응급치료용 도구로는 무슨 짓을 해도 살릴 수 없었다.

건물 밖으로 거울을 내밀어 주변을 살폈다.

'전방 건물 3층에 창잡이 하나, 2층에는 소총수 둘.'

그뿐만 아니라 도로 위에는 마갑처럼 보이는 철편을 잔뜩 두른 사마귀 위에 리자드맨이 타고 있었다.

손과 등에는 투창으로 보이는 물건이 보였다.

얼핏 잡담 중 주워들은 얘기로는, D등급은 꽤 품질 좋은 방어구를 입고 있었다. 최소 E등급은 되리라.

그 말은 곧 창 역시 꽤나 고품질의 물건이라는 뜻이었다.

'빌어먹을….'

현재 지훈의 저항 능력치는 D에, 몸에 입은 갑옷은 C등급.

VGC 탄환은 막을 수 있을지는 모르겠으나, 시속 100km

이상으로 날아오는 무게 5kg짜리 투창까지 막아낼 수 있을지는 장담할 수 없었다.

본디 힘이란 무게에 비례하는 법이었기 때문이다.

'일단 칼콘과 합류해야 한다.'

칼콘의 방패라면 완벽한 방어까지는 아니더라도, 적어도 창이 방패에 박혀 아주 잠시나마 시간을 벌 수 있으리라.

언제 나갈지 타이밍을 보고 있는 찰나….

2층에 있는 투창수가 움직이더니 창이 날아왔다.

쐐애액- 퍽!

D등급의 다리에 다시 한 번 창이 틀어박혔다. 끔찍한 비명과 함께 죽고 싶지 않다는 말이 연신 쏟아져 나왔다.

아마 리자드맨들은 낙오된 동료를 미끼로 이용함과 동시에, 일부러 살려 둬 일행의 사기를 꺾으려는 심보 같았다.

더는 고민할 시간 따위는 없었다. 미끼는 죽어가고 있었으며, 리자드맨 기수는 느릿느릿 다가오고 있었다.

뭔가 해야 했다.

"기관총, 엄호사격 갈겨!"

명령이 떨어지자마자 기관총이 차 위로 총을 거치하곤 그대로 갈겨버렸다.

명중률 따위는 상관없었다.

중요한 건 상대방을 아주 잠시나마 엄폐물에 몸을 숨기게 만든다는 사실이었다.

타타타타타타타타타탕!

지훈은 그 소리를 신호로 건물 밖으로 튀어나갔다.

권능의 반지

143화 죽을 사람은 죽고, 살 사람은 산다.

NEO MODERN FANTASY STORY

굵은 탄두들이 순식간에 쏟아져 내렸다!

마치 짧게 끊긴 레이저가 여러 번 날아가는 것 같은 착각!

목표는 그 누구도 아니었다, 단지 아주 잠시나마 적들의 반응 사격을 막을 수 있으면 그걸로 충분했다!

탄환 소모 및 총열 온도를 생각했을 때, 엄호 사격의 지속 시간은 약 10초 내외.

기지개 한 번 펴면 끝날 짧은 시간.

하지만 지훈에게는 아니었다.

'이능 발동, 가속.'

우으으으응―

왼손에 낀 AMP 반지와 양 하완이 진동했다.

타타타타탓!

영화에서 나오는 화려한 움직임 따위 없었다.

그딴 짓 해봐야 노출 시간을 늘려 화망에 노출될 뿐이다.

단지 엄청난 속도로 칼콘에게 달렸다.

타타타타탕!

- 타타타탕!

엄호 사격에도 불구하고 2층에 있던 소총수가 반격을 개시했다. 보통 총만 내밀어 사격하는 것과 달리, 리자드맨은 엎드려 쏴 자세로 정확하게 지훈을 겨냥했다.

그 모습에서 잘 훈련된 군인이 비쳐 보였다.

'저 개 같은 새끼가…!'

총을 얼마나 잘 쏠지는 몰랐으나, 혹시 안면 보호용 유리가 깨질까 싶어 양손으로 머리를 감싸고 달렸다.

갑옷 C 피부 D.

VGC로도 관통할 수 없는 방어력. MN탄을 사용한 스나이퍼 라이플이 아니면 절대 뚫을 수 없었다.

물론 국가 제재 물건인 MN을 일개 리자드맨 따위가 가지고 있을 리도 없었다.

그 말은 곧 리자드맨의 총으로는 절대 지훈을 제압할 수 없다는 말이었다.

팅!

팔목에 뻐근한 충격과 함께 총알이 도탄 된다.

입으로 미소를 지으며 칼콘에게 당도하려는 순간, 적도

반격을 개시했다.

타타타타탕!

소총수는 지훈을 쓰러뜨릴 수 없다는 걸 깨닫자 바로 총구를 돌려 기관총 사수에게 제압 사격을 시작한 것!

"으아아아! 씨발!"

이에 기관총 사수가 고개를 푹 숙이고 사격을 멈췄다.

그렇게 엄호 사격이 사라졌다.

소총수의 사격이 다시 지훈에게로 향하고… 그와 동시에 3층의 투창수가 온몸을 비틀기 시작한다.

뻐근한 느낌과 함께 심장이 무겁게 내려앉는다.

송곳으로 척추뼈를 쑤시는 것 같은 섬뜩함.

죽음이 가까워졌다는 신호였다.

'이능 발동, 집중!'

우으으으으웅-!

AMP가 아까보다 두 배는 더 강렬하게 진동한다.

그와 동시에 주변 시간이 느려지기 시작하며, 투창수가 비틀었던 몸을 원상태로 돌리며 창을 던진다!

쐐- 애- 애- 액!

시속 150km로 날아오는 창.

초속 40M. 적과의 거리 50M.

피격까지 1.2초밖에 걸리질 않는다는 뜻.

만약 집중 이능이 있었다면 날아오는 걸 보고도 피하지 못할 죽음의 속도였다. 하지만 현재 지훈의 집중 이능은 E랭크.

반 이상 느려진 창과 약 2.5배 빨리 움직이는 육체는 창을
그 죽음을 피할 수 있게 만들었다.

'적중 위치는 우측 상완. 대단한 실력이군.'

단순 투창으로 가속을 쓴 상대를 맞춘다는 것에 놀라워하
기도 잠시.

피격 직전에 달리던 몸을 그대로 반전한다.

이후 좌측 상단에 날아오는 창을 숙여서 피한 뒤,

그 창을 집어 그대로 다시 반전,

사마귀 기수에게 집어 던졌다.

"개 좆만도 못한 도마뱀 새끼야!"

사자후 같은 함성과 함께, 창이 엄청난 속도로 날아간다!

되잡아 던질 줄은 몰랐는지 사마귀 기수가 멍하니 있다가
창을 맞고 풀썩 쓰러졌다.

"캬아아아아악!"

동료를 잃은 리자드맨이 포효한다.

복수를 위해 창 2개가 동시에 날아왔지만, 이번에는 되받
아내지 않고 그대로 바닥을 굴러 피했다.

퍽, 퍽!

창은 그대로 아스팔트 바닥을 뚫고 들어갔고, 지훈은 그 사
이 칼콘이 막아놓은 장소에 도착했다.

"지훈!"

"열어, 씨발!"

방패가 들리며 틈이 드러났다. 바로 들어갔다.

안전지대에 도착했기에 잠시 이능을 풀고 숨을 돌렸다.

방독면 때문에 호흡이 어려웠지만, 이내 진정할 수 있었다.

"지훈! 괜찮아?"

"아직은."

살짝 손을 들어 보호복을 살폈다.

아까 받은 충격으로 인해 작은 구멍 3개가 뚫려있었다.

피폭의 위험이 있었지만, 어쩔 수 없었다.

이번 임무가 끝난 뒤 병원에서 방사능 좀 빼야겠다는 생각을 하며 칼콘에게 말을 걸었다.

"저 창 막을 수 있겠냐?"

"잘 모르겠어. 리자드맨이면 분명 창은 좋은 거 쓸 거야."

칼콘 역시 장담할 수는 없었는지 고개를 가로 지었다.

작전을 생각하고 있자니 샤오핑이 끼어들었다. 서툰 한국어였지만 그럭저럭 알아들을 만했다.

"저 투창은 못 막아. 장기전으로 가거나, 미끼를 줘야 해."

미끼를 준다는 말에 고개를 갸웃거렸다.

"저 녀석들 지금 사냥 나온 거야. 아마 필요한 양이 충족되면 그냥 돌아갈 거야."

교섭이 가능하다면 나쁘지 않았다.

분명 리자드맨 들은 시간을 이용해 조금씩 전진하며 싸운다면 이길 수 없는 상대는 아니었으나, 중요한 건 다른 적이 기습을 할 수도 있다는 거였다.

만약 다른 리자드맨 부대가 후방을 기습한다면?

중간에 껴서 커다란 손실을 볼 가능성이 컸다.

"저 녀석들 인간 말 알아듣나?"

"아마 일본어는 알 거야."

현재 유일한 일본어 가능자는 길잡이였다.

소리 지르면 알아들을 위치였기에 바로 실행했다.

– 길잡이. 교섭을 하고 싶다고 말해라!

돌아오는 대답이 없었기에, 재촉하듯 고함쳤다. 이에 대답
이 돌아왔다.

– 지, 진심입니까!?

리자드맨과 전투 경험이 있는 샤오핑과 달리, 길잡이는 말
그대로 길만 안내하는 사람이었다. 아마 몬스터와 교섭이 될
거라고는 생각조차 하지 못한 듯싶었다.

– 하라면 해, 개새끼야!

결국 길잡이가 일본어로 뭐라 뭐라 소리를 질렀다. 그러자
귀신같이 총소리가 멈추더니 대답이 돌아왔다.

– 뭐래!

– D등급을 달라고 했어요!

본인이 교섭용품으로 쓰인다는 말에, D등급이 발광하며
소리를 질렀다.

– 개, 개새끼들아! 안 돼! 안 된다고! 살려줘!

무시하고 진행하라고 시켰다. 어차피 죽을 놈이라면 다른
일행의 안전을 도모하는 게 더 옳은 일이었다.

피도 눈물도 없는 선택이라 욕한다고 한들 상관없었다.

어차피 D등급과 지훈은 거래 관계였다.

위험에 처하면 서로가 서로를 버릴 거라는 사실 따윈 이미 계약과 동시에 인지했을 게 분명했다.

– 으, 으… 진짜 그렇게 말해요!?

– 다 뒤지고 싶어!?

– 아, 안 돼! 나는 안 돼! 안 된다고!

결국 길잡이가 뭐라 뭐라 소리를 질렀다.

D등급은 미친 듯이 절규했지만, 그나마도 창 날아가는 소리가 나더니 뚝 끊겼다.

리자드맨 측에서 소리를 질렀다.

– 물러나면 시체를 챙겨서 사라지겠다고 합니다!

함정일 수도 있었지만, 어차피 전면전 하려면 몸을 밖으로 내밀어야 했기에 교섭에 응했다.

칼콘이 리자드맨 쪽을 경계하며 서서히 움직였고, 샤오핑과 지훈은 그 뒤에 찰싹 달라붙어 이동했다.

이후 마법사와 기관총을 챙겨 사거리 밖까지 이동, 민우와 길잡이를 챙겨 100M 정도 멀어졌다.

"저, 정말 괜찮을까요?"

"어차피 뒈질 놈이었고, 어차피 싸워야 할 적이었어. 녀석들이 시체 챙기고 다시 싸움 걸어도 변하는 건 없다."

사마귀 기수가 조심스럽게 D등급에게 다가갔다.

이후 거대한 사마귀가 앞발로 D등급을 잡았고, 리자드맨은 주변을 돌아 박혀있던 창을 회수했다. 기수가 사라지자 투창수가 마지막으로 고함을 지르곤 자취를 감췄다.

"약속 지키겠다고 했습니다."

다들 믿을 수 없다는 듯 동요했으나, 지훈의 감각은 분명 적이 사라졌다고 말하고 있었다.

칼콘을 선두로 다들 몸을 웅크려 뒤에 찰싹 달라붙었다.

불편한 자세로 느리게 이동하느라 힘들었지만, 다들 습격 에서 안전할 수 있다는 생각에 불평하지는 않았다.

리자드맨들의 말대로 다시 한 번 습격을 당하는 일은 발생 하지 않았다.

크레이터를 지나자 다시 폐허가 된 도시가 나타났다.

습격을 당한 전례가 있었기에 선두를 칼콘으로 바꿨다.

"음… 슬슬 헌팅해도 될 것 같습니다. 이렇게 깊게는 잘 안 들어 오거든요."

마음 같아서는 디스톨팅 스톤이고 나발이고 바로 연구소로 향하고 싶었지만, 그럴만한 명분이 없었다.

일단은 헌팅을 하며 용병들에게 신뢰를 줘야 했다.

'결국 갈 수 밖에 없겠군.'

슬쩍 고개를 들어 하늘을 확인했다.

노을이 지고 있었다.

"헌팅은 이 지점부터 시작하지만, 오늘은 쉰다. 야간 헌팅 은 위험해."

"훌륭한 선택입니다."

방사능이 가득한 곳에서 쉴 수는 없었기에, 일행은 안전한 장소를 찾아 빌딩 안으로 들어갔다.

상업 빌딩이었는지 넓은 홀이 인상적이었다.

과거였다면 홀 안에 사람이 넘쳐났겠지만, 지금은 단지 방사능으로 큼지막해진 바퀴벌레와 그걸 잡아먹고 사는 쥐밖에 보이질 않았다.

먼지를 잔뜩 머금은 계단을 올라 15층에 도착했다.

사무실로 쓰였는지 안에는 파티션이 가득 들어있었다.

"안전 확인한다. 길잡이랑 민우는 여기 있고, 나머지는 진입해서 벌레나 몬스터 확인해."

다행히 위협이 될만한 요소는 없었다.

사무실 유리도 아직 멀쩡하게 붙어있었고, 단지 드문드문 사람 머리통만 한 바퀴벌레가 보일 뿐이었다.

모조리 쏴 죽인 후 파티션을 치워 공간을 만들었다.

그다음엔 천장에 붙어있는 형광등을 20개 정도 뽑아낸 뒤, 사무실로 들어올 수 있는 복도와 계단에 모조리 흩뿌렸다.

아마 침입자가 들어온다면 소리로 알 수 있을 터였다.

"이제 방독면이랑 보호복 벗으셔도 돼요. 조금은 피폭될 테지만, 그 정도는 병원에서 뽑아낼 수 있습니다."

길잡이의 말에 모두 보호복을 벗고 숨을 들이마셨다.

좋은 공기는 온데간데없이 먼지와 쥐똥 가득한 냄새가 났지만, 방독면 없이 숨을 쉴 수 있다는 사실에 감사했다.

주변에 너부러진 서류와 가구들을 부숴 모닥불을 만들었다.

파티션으로 할까 했지만, 유독가스를 우려해 그만뒀다.

불침번은 샤오핑, 기관총, 마법사, 길잡이가 섰다.

왜 지훈 일행은 안 하냐는 불만이 있었지만….

"일 끝나고 돈 주는 사람이 누구라고 생각해?"

자본주의 논리에 짓눌려 찍소리도 하지 못했다.

새벽 4시경.

불침번인 마법사를 제외한 모두가 깊은 잠에 빠져 있었다.

누군가는 고된 이동에 지쳐 코를 골기도 하고, 누군가는 악몽에서 숨으려는 듯 몸을 말아 웅크리기도 했다.

반면 마법사는 멍한 표정으로 주변을 훑었다.

일행이 도착하기 전 사무실을 차지하고 있던 곤충들은 이미 전부 시체가 되어 있었고, 이 높디높은 건물에 누군가가 올라올 것 같지도 않았다.

아무리 위험천만한 존재들이 돌아다닌다고 한들 일본 개척지는 인구 밀도가 엄청나게 낮은 장소였다.

들쑤시고 다닐 때나 적과 마주치는 거지, 고층 건물에 캠프 치고 가만히 있으면 모두 죽은 듯 고요하기만 했다.

'심심하다 입니다.'

마법사는 이내 스태프를 만지작거리며 작은 불꽃을 피웠다 껐다 하며 시간을 죽였다.

그러다 문득….

콰과과과광!

드드드드…

마법사가 실수를 한 건 아니었다.

단지 유리 너머로 거대한 화염이 솟구쳤고, 그 반동으로 인해 유리가 겁먹은 듯 오들오들 떠는 거였다.

일행은 깊은 수면상태인지라 깨어난 사람은 없었지만, 마법사는 온몸에 소름이 돋은 듯 입만 어버버거렸다.

단순 화마만 솟구쳤다만 현대병기라고 생각할 수도 있었지만, 안타깝게도 아니었다.

화마 다음에는 푸른 빛이 일렁거리며 하늘에 전기 꽃이 피어나갔고, 다음으로는 짙은 녹색 독구름이 솟아올랐다.

다행히 그 독구름이 일행에게까지 오지는 않았기에 마법사는 조용히 그 모습만 지켜봤다.

마법은 약 5분 정도 번쩍거리다 끊어졌다.

권능의 반지

144화 욕심과 욕망.

NEO MODERN FANTASY STORY

다음 날 아침.

일행은 고된 하루를 대비해 식량을 까먹었다. MRE가 조리되길 기다리고 있자니 문득 마법사가 입을 열었다.

"나 어제 새벽 봤습니다. 강력한 마법."

뭉뚱그린 단어들 때문에 정확히 뭘 말하려는 지 알 수 없었다. 다들 별생각 없이 무시하고는 식사를 했다.

딱 마법사가 다음 말을 꺼내기 전까지만.

"내 생각, 소문의 리자드맨 마법사. 위험하다입니다."

일행 중 지훈과 길잡이의 눈만 초승달처럼 휘었다.

"언제 봤지?"

"새벽 4시. 저쪽입니다."

길잡이는 MRE를 내려놓고는 바로 방향을 살폈다.

"서쪽이네요. 저쪽이면 아마 리자드맨 부족이 순찰하는 장소일 텐데… 아마 다른 헌팅 팀이 운 나쁘게 소문의 마법사와 마주친 것 같군요."

"우리와 마주칠 가능성은?"

"저번에 매복하고 있었던 걸 봤을 때, 최근 들어서 순찰 범위를 늘린 것 같습니다. 없다고는 말 못 하겠는데요."

가능성이 있다는 말에 마법사가 희번덕거렸다.

"What the hell are you talking about! That's a bullshit! If we meet the fucking lizard magician, we be a fucking dead man. Hua!? (뭘 개 같은 소리 하는 건데! 만약 우리가 그 좆같은 도마뱀 마법사 만나는 순간 우린 다 뒈진 목숨이라고!)"

한국어가 서투르니 영어로라도 돌아가자는 걸 피력하고 싶은 듯했으나, 안타깝게도 이미 나가려야 나갈 수 없었다.

"가고 싶으면 가. 혼자서."

"Are you kidding me? (장난해?)"

"왜 돈 많이 쳐준다고 할 때는 발정 난 개처럼 달려들더니, 왜. 조금 위험하다 싶으니까 잘 섰던 좆이 죽었나 보지? 애새끼처럼 징징대지 마라. 오래 살고 싶으면."

마법사는 구시렁거리며 물러났다.

어차피 여기까지 온 이상 무조건 디스톨팅 스톤을 챙겨서 나가야 한다는 사실을 알기 때문이었다.

식사를 끝낸 뒤 일행은 다시 보호복을 입고 이동했다.

"오늘은 디스톨팅 스톤을 찾으러 간다. 이 주변에서 4시간 수색하고, 그다음엔 해가 지기 전까지 다음 포인트까지 이동한다."

당연히 다음 포인트 방향은 남쪽이었다.

"그럼 일단 동쪽으로 가죠. 서쪽은 리자드맨이랑 마주칠 위험이 있습니다."

성큼 움직이는 길잡이를 따라 일행이 걸음을 옮겼다.

많은 스토커와 헌터들이 오갔던 만큼 지뢰를 걱정할 필요는 없었지만, 이제부터는 다른 문제가 튀어나왔다.

바로 마법 오염이었다.

"잠시 정지. 앞에 마법 오염이 있는 것 같네요."

길잡이는 일행은 세우고는 앞을 가리켰다.

육안으로 식별하기는 어려웠지만, 뭔가 이질감이 느껴지는 공간이 보였다. 마치 그 장소에만 불투명한 필터가 낀 느낌이랄까?

길잡이가 보호복에 달려있던 주머니를 집었다.

안에는 동글게 말린 알루미늄이 들어있었는데, 캔 음료를 구겨서 만든 것 같았다. 도대체 저게 왜 필요할까 싶은 생각도 잠시.

길잡이가 그 알루미늄 덩어리를 마법 오염으로 집어 던졌다.

우- 으- 으- 으- 웅-!

불투명한 공간 주변에 바람이 휘몰아치더니, 순식간에 알루미늄 덩어리를 삼켜버렸다. 이후 마치 토네이도처럼 빙글빙글 돌아 하늘로 솟구치듯 올라가서는….

퍽!

섬뜩한 소리와 함께 터져버렸다.

알루미늄 덩어리라서 저 정도였지, 사람이었다면 그대로 피 분수가 됐을 게 분명했다.

"빨려 들어가는 순간 끝입니다. 터지고, 터져서 고기 한 점 남지 않을 때까지 반복돼요."

마법 오염은 강력한 마법사가 마법을 남용할 시 지면에 남는 뒤틀린 잔류 마나를 말했다.

보통 술사가 어떤 마법을 사용하느냐에 따라 생성되는 마법 오염도 천차만별이었고, 그만큼 대응하기 어려웠다.

"방금 본 오염은 토렌트(급류)라고 불립니다. 중력에 관련된 마법을 쓰면 남는다고 알고 있습니다."

"잠깐만, 설마 종류가 여러 개라고?"

"예. 들어가면 불이 붙거나, 녹아내리거나, 심지어 전류가 통하는 오염도 있습니다. 저도 정확하게는 알 수 없어요."

민우가 얘기를 조용히 듣다가 끼어들었다.

"보니까 푸른색으로 희미하게 외곽이 보이는데, 저게 마법 오염인가요?"

일행의 눈이 전부 민우에게 향했다.

"보인다고요?"

"예. 용트림하듯 하늘로 솟구치고 있네요."

보일 수밖에 없는 게, 현재 민우에게는 마나 감지 안경을 씌워놨다. 혹시 몰라 챙겨왔기에 준 것인데 다행히 효과가 있는 듯했다.

"에이, 기우겠죠. 저걸 어떻게 사람 맨눈으로 봅니까."

길잡이는 믿을 수 없다는 듯 찌푸리곤 이동을 재개했다.

스슥, 스슥, 스슥.

토렌트 오염은 사람 허리 높이부터 있었기에 다들 기어서 통과했다. 이후 잠시 길잡이가 멈칫거렸다.

"잠시만요. 앞에 뭐 보이는데… 어디 있는지는 잘…."

버벅이는 사이 민우가 슬쩍 손가락으로 어딘가를 가리켰다.

"저기 아니에요?"

이에 길잡이가 바로 알루미늄을 던지자 퍽 소리가 났다.

정답이었다.

"아니 어떻게… 저게 진짜 보여요?"

민우는 어색하게 웃고는 말았다.

괜히 마력 감지 안경 같은 걸 얘기했다가 문제를 일으킬 수 있다는 걸 알기 때문이었다.

"돈 벌고 싶으면 잡담 그만하고 주변이나 잘 훑어. 어디에 디스톨팅 스톤이 있을지 모른다."

약 30분 정도 수색했을까?

샤오핑이 구멍이 숭숭 뚫린 돌덩이를 가리켰다.

얼핏 보기엔 구멍 크기가 좀 큰 현무암처럼 보였다.

"저거 같군."

디스톨팅 스톤이 발견되자마자 길잡이가 물었다.

"채집은 어떻게 하실 거에요?"

디스톨팅 스톤은 마법 오염지대 가운데에 생성됐다.

이후 바람이나 외적인 요인에 의해 굴러오거나 튕겨 나가기도 했지만, 그럴 일은 거의 없었기 때문에 거의 오염 주변에 있다고 봐야 옳았다.

이에 대부분의 스토커나 헌터들은 목숨을 건 외줄 타기를하며 조심스럽게 가져왔지만, 팀에 마법사가 둘이나 있다면얘기가 달라졌다.

"양키, 저기다 볼트계 마법 하나 써 봐."

볼트(Bolt, 석궁 화살)계 마법이란 상대방에게 직접 피격해야 효과가 나타나는 공격 마법을 말하는 단어였다.

좋은 예로 화살 시리즈 마법과, 화염구 등이 있었다.

"Zargon' Th Nool magada!(자르곤의 수면 화살!)"

마법사가 영창을 하자 스태프 끝에서 짙은 보라색 화살이나타나 디스톨팅 스톤 쪽으로 날아갔다.

우으으응─!

키이이이이잉!

퍽, 퍽, 퍽, 퍽!

공명음과 함께 날아간 마법이 오염에 적중, 오염 속에 남아있던 잔류 마나와 공명하기 시작하며 오염이 미쳐 날뛰기 시작했다.

"씨, 씨발 저거 뭐야!"

기관총은 허공에서 공기 터지는 소리가 나자 깜짝 놀라 뒷걸음질을 쳤지만, 지훈은 재빨리 정신을 집중했다.

"kitkuma.(당기기.)"

총알에 집어넣을 마법 중 prantsatama(밀치기)를 배우는 과정에 습득한 마법으로, 원하는 물건을 시전자 쪽으로 끌어당기는 마법이었다.

이이잉- 턱!

영창이 끝남과 동시에 디스톨팅 스톤이 미끄러지듯 움직이더니, 어느 순간 공중에 붕 떠 지훈의 손에 딱 들어왔다.

"채집 별거 없네."

마법을 이용해 오염을 뒤흔든 뒤 끌어당겨 채집하기.

이론으로만 알고 있었기에 살짝 긴장했었지만, 실제로 해보니 너무 쉬워서 김이 픽 새버렸다.

물론 쉽다는 건 지훈 일행에게만 한정된 얘기였고, 다른 헌팅 팀에게는 꿈같은 채집이 아닐 수 없었다.

보통 마법사는 헌팅 아니더라도 돈 벌 일 많았기에 데려오기도 힘들거니와 그런 마법사가 둘이나 필요했다.

덤으로 어떻게 데려왔다고 쳐도 이동이나 헌팅 중 살아남을 가능성은 매우 희박하다고 봐야 옳았다.

하지만 지훈에게는 가능한 얘기였다.

지금이야 마력을 아끼기 위해 첫 마법은 용병에게 시켰지만,

수틀리면 가속 이능 쓰고 마법을 연이어 영창하면 그만이었다.

"오, 오오… 의뢰자 분은 마법도 쓸 줄 아셨습니까?"

길잡이가 눈을 반짝반짝 빛내며 물었다.

"B등급 괜히 찍은 줄 아쇼?"

퉁명스럽게 대꾸하고는 민우에게 디스톨팅 스톤을 건넸다. 용병들 모두 그 모습을 멍하니 지켜봤다.

"시간 없으니까 빨리빨리 움직여. 해 지기 전까지 많이 캐야 각자 받는 돈 늘어날 거 아냐?"

맞는 말이었기에 용병들이 재빨리 움직였다.

아무리 일 싫어하는 놈이래도 일하는 만큼 돈이 나오면 없던 열정도 생기는 법이었다.

오전까지 정오까지 탐색한 결과 디스톨팅 스톤을 추가로 2개 더 건질 수 있었다.

현 디스톨팅 스톤의 시세는 평균 1억.

5시간 남짓 노동해서 3억을 벌었다는 얘기였다. 게다가 원래 디스톨팅 스톤 채집에 수집되는 위험도 없이 찾기만 하면 되니 더더욱 편했다.

"이거 정말 너무 쉬울 정도로 잘 찾는데?"

기분이 좋았는지 기관총이 헤죽 웃었다.

"너무 쉬운 것 같으면 정산금 5%로 깎아도 되겠네."

"아, 아! 의뢰인, 이보쇼. 거 농담도 못 하겠네!"

쩔쩔매는 기관총을 보고는 픽 웃고 말았다.

여자에 환장하는 모습이 영 못마땅하긴 해도, 명령에 군말 없이 바로 반응하는 건 쓸만해 보였기 때문이었다.

일행 앞에 벽처럼 커다란 오염이 나타났다. 그 모습이 거대한 비눗방울 같아 절대로 뚫고 지나갈 수 없어 보였다.

길잡이는 오염에 알루미늄을 몇 번 던져봤지만, 전부 퍽 퍽하고 터져나갈 뿐이었다.

"이제 이 주변에는 없는 모양이네요. 되돌아가죠."

되돌아가는 길에는 수색할 필요가 없었기에, 1시간쯤 걷자다시 대로에 도착할 수 있었다.

다시 남쪽으로 이동했다.

'시청까지 대충 얼마나 남았지?'

대강 추측하기엔 약 5시간 정도 남았다.

'때를 봤다가 더 깊은 곳으로 가자고 얘기를 꺼내야겠군.'

다음 헌팅은 남쪽으로 3시간 더 이동한 뒤 실시했다.

서쪽에는 리자드맨 부족이 있었기에 역시나 동쪽으로 향했으며, 결과적으로 디스톨팅 스톤을 2개 더 찾을 수 있었다.

"이야… 지금 하루 만에 5억 번 거야?"

기관총은 신이 나서 당장 춤이라도 출 듯 말했다.

의뢰 대금은 정산금의 7%니 현재 적립금은 3,500만 원.

F등급 각성자로 헌팅 팀에 들어가면 벌 수 있는 돈이 1,000만 내외였기에 엄청난 돈을 벌었다고 봐야 옳았다.

"위험에 비하면 비루한 수익이지."

사오펑은 그것도 적다는 듯 눈가를 비틀었다.

그 모습에서 돈에 대한 욕심이 스쳐 지나갔고, 지훈은 그 욕망을 귀신같이 알아챘다. 동시에 지금이 그들의 마음을 뒤흔들 적기라는 것을 알 수 있었다.

"솔직히 목숨 걸고 왔는데 5억은 너무 적지 않나, 적어도 15억은 챙겨가야지. 안 그래?"

15억이라는 말에 일행의 눈이 전부 지훈에게 향했다.

다른 사람이 말했다면 푸념 혹은 허세로 들렸겠지만, 지금 저 말을 입에 담은 사람은 B등급 각성자였다.

그 말은 곧 15억을 현실로 만들어 줄 수 있을지도 모르는 사람이라는 얘기였다.

"하… 정말 15억 챙겨갈 겁니까?"

정산금이 15억이라면, 용병에게도 1억 원이 돌아간다. F등급 용병으로서는 상상도 못 할 거금이었다.

"왜? 못할 거 없잖아."

길잡이는 그 말에 프흐흐 웃었다.

"의뢰인님, 패기는 좋지만 불가능한 얘기입니다. 헌팅 팀이 우리만 있는 것도 아닌데 어떻게 디스톨팅 스톤을 10개나 더 찾는다는 말입니까?"

솔직히 2번 수색해서 5개나 찾은 것도 엄청난 거였다.

"이미 거의 다 털려서 찾기 힘들 겁니다."

"그래, 길잡이 말이 맞아. 찾기 힘들겠지. 이 주변에서는."

끝에 붙은 말에 길잡이가 머리 위로 물음표를 띄웠다.

"그게 무슨 말씀이십니까?"

"관리국을 넘어 남쪽으로 내려간다."

헌터들이 실종된다는 검은색 선이 그어져 있는 부분 안으로 들어가자는 얘기였다.

용병들은 주저했다.

"의뢰인님… 저기는 정보가 하나도 없습니다. 게다가 헌터들이 사라지고 있다는 소문도 있다고요!"

특히 길잡이는 절대 안 된다는 듯 고개를 저었다.

"이봐, 길잡이. 원래 이쪽은 소문을 너무 믿어서는 안 돼. 당신 그게 진짜 정보라고 확신할 수 있어?"

당연히 없다.

본디 위험에 관련된 정보는 70% 이상 맞았으나, 그게 거짓 정보일 30%도 절대 무시할 수 없었기 때문이다.

"그래도… 가서 죽으면…."

"잘 들어. 만약 저기 들어갔는데 디스톨팅 스톤이 넘친다면? 크게 한탕 하는 거야."

크게 한탕 하자는 말에 기관총과 마법사 그리고 샤오핑의 눈이 흔들렸다. 그 모습에서 지훈은 확신을 얻을 수 있었다.

'조금만 더 흔들면 된다.'

"언제까지 쫄보처럼 웅크리고 있을 거냐, 바로 앞에 금덩이가 굴러다니는데 저걸 놓고 가자고? 너희 다 돌았냐?"

무거운 침묵도 잠시.

기관총이 제일 먼저 입을 열었다. 그걸 신호로 샤오핑, 마법사도 동의했다.

"갑시다."

"가지."

"나도 가십니다."

길잡이만 홀로 하얗게 질려 절대 안 된다며 거절했지만, 그나마도 잠시였다.

"봐봐, 길잡이 양반. 당신이 저쪽 정보를 가지고 있잖아, 그럼 다른 헌팅팀이 당신한테 얼마나 떼어줄 것 같아?"

더 말할 것도 없었다. 결국, 머지않아 길잡이도 울며 겨자 먹기로 관리국을 넘어가기로 마음먹었다.

돈을 잔뜩 벌 생각에 한껏 들뜬 용병 일행과 달리, 지훈 일행은 도리어 위험에 대비한 표정을 지었다.

디스톨팅 스톤은 곁가지 임무였고, 실제 임무는 연구 자료 탈환이라는 걸 알기 때문이었다.

'이제부터 진짜 시작이다.'

지훈 역시 이를 꽉 깨물었다.

권능의 반지

145화 오메가 그리고 탱코

NEO MODERN FANTASY STORY

일본 개척지 중앙, 관리국 시계탑 정상.

원래 있어야 할 시계는 폭격으로 사라졌고 지금은 둥글게 뻥 뚫린 공간밖에 없었다.

그 위로 인영이 하나 올라왔다.

몸에 쫙 달라붙는 검은 색 타이즈를 입고 있었는데 그 모습이 꼭 그림자처럼 보였다.

삐빅, 삐빅, 삐빅.

손에 들린 기계장치가 끊임없이 비프음을 냈다.

그림자는 기계장치를 살피곤 무전기로 손을 옮겼다.

– 치직.

"여기는 오메가, 여기는 오메가. 전 분대에게 전한다. 현재

D-15지점에서 한 무리의 탱고 무리를 발견. 숫자는 일곱이 며, 둘은 비무장. D-15 주변에서 임무를 수행 중인 분대는 주의."

무전기에서 차례대로 알아들었다는 대답이 들려왔다.

– 치직.

"탱고 무리 진행 방향 남서쪽. 곧 데드라인을 지날 예정. 플랜 A로 진행."

대답을 기다리고 있자니 문득 이상한 무전기 끼어들었다.

– 치직.

– 잠깐만, 아아. 이거 되는 건가? 이봐?

군인과는 전혀 거리가 먼 목소리였다.

– 치직.

"여기는 오메가, 여기는 오메가. 수신상태 양호."

– 치직.

– 실험체가 떨어졌어. 살아있는 각성자가 필요해. 고등급 이면 고등급일수록 좋아.

– 치직.

"명령 수행. 탱고 분석 후 보고."

그림자는 이후 탱고 무리를 주의하라는 무전을 보낸 뒤, 눈 에 끼고 있던 광학 장치를 매만졌다.

배율이 늘어나며 지훈 일행이 리자드맨과 전투를 하는 게 눈에 생생히 들어오기 시작했다….

타타타타탕–!

리자드맨이 잔해에 엄폐한 체, 손만 꺼내 AK를 난사했다.

아무리 눈먼 총알이지만 대책 없이 맞았다가는 넘어질 위험이 있었기에 섣불리 몸을 움직이지 않았다.

반면 일행은 건물 속에 숨어 상황을 지켜봤다.

"이보쇼 의뢰인, 어떻게 할 거요!?"

기관총이 다급하게 외쳤다. 얼마 전 리자드맨에게 D등급이 어이없이 당한 걸 봤기에 불안한 것 같았다.

"씨발, 씨발! 내가 가지 말자고 했잖아! 가면 뒤진다고!"

길잡이는 정신이 나갔는지 지훈을 붙잡았다.

떼어내려는 찰나 칼콘이 먼저 움직였다.

퍽!

복부 깊숙이 꽂히는 육중한 일격에 길잡이가 허리를 굽히고 꺽꺽댔다.

"조용히 해, 그런 얘기는 싸움 끝나고 하자. 지훈, 그래서 어떻게 할 거야?"

사실 총알을 맞아봐야 방호복 조금 찢어지는 거 말고는 별다른 피해가 없었지만, 문제는 투창이었다.

D등급이 한 방에 죽은 걸 봤을 때 무조건 아티펙트란 얘긴데, 그딴 게 동시에 네 방 씩 날아오면 칼콘도 버틸 수가 없다.

'칼콘에게 숨어서 천천히 전진하는 것도 무리다.'

현재 리자드맨 부대의 전력은 여섯.

사마귀 기수가 둘에, 투창수 넷, 소총수 둘이었다.

전면전을 해서는 절대 이길 수 없는 숫자다.

그렇다고 거리를 벌려서 저격하자니 엄폐와 지원 병력이 무서운 상황.

어쩔 수 없이 뚫고 지나가야 했다.

"기관총, 연막탄 몇 개나 있어?"

"세 개. 지금 까면 되겠소?"

기관총은 자기 조끼를 두드리며 언제든지 던질 수 있다는 몸짓을 보였다.

"건물 앞에 까."

팅—

톡, 토르르르…

푸시시시시시시!

연막탄이 콘크리트 위를 덮어버리길 기다렸다.

도중 마법사에게는 다른 명령을 내렸다.

"연막의 온도를 높여야 해, 가능하겠나?"

리자드맨에 대해서 잘 알지는 못했지만, 적어도 몇몇 파충류가 눈으로 열 감지를 할 수 있다는 건 알았다.

만약 리자드맨이 열 감지를 할 수 있다면 연막이 무용지물이 되기에 또 다른 경우의 수를 생각해 둬야 했다.

마법사는 잠깐 눈알을 굴리는가 싶더니 고개를 끄덕였다.

"grorila ths väike pliit. (그로릴라를 위한 작은 난로.)"

마법을 부렸음에도 아무런 소리도, 효과도 없었다.

"잘 된 거 맞아?"

"맞습니다. 저기 뜨겁습니다."

뜨겁다고 말은 하나, 보호복 때문에 전혀 느낄 수 없으니 답답하기만 했다.

'씨발, 환장하겠네.'

의심에 망설임도 잠깐. 이대로 있어 봐야 포위망만 좁혀지는 꼴이었기에 움직이기로 결심했다.

"잘 들어. 거울로 적당히 살펴보다가 저 도마뱀 새끼들이 총구나 창 돌리면 바로 튀어 나가. 칼콘이 선두에 서서 최대한 창 막고, 기관총은 제압 사격 갈겨."

말이 끝나자마자 전속력으로 달렸다!

목적지는 건너편 건물이었다.

다행히 연막이 성공한 건지 달리는 도중 총을 맞는 일은 발생하지 않았다.

어느 정도 달리자, 눈앞에 유리문이 나타났다.

고민할 것 없이 바로 들이받았다.

뻐억!

와스스스스!

눈앞으로 영화에서나 볼 법한 아찔한 광경이 펼쳐진다.

다행히 강화유리인지라 깨지지 않고 그대로 부서져 내렸다.

"후으… 후…."

방독면 때문에 호흡이 힘들었기에, 최대한 숨을 고른 뒤 계단을 타고 옥상까지 올라갔다. 이후 몸을 낮춰 난간까지 이동한 뒤 앞에 있는 건물들의 높이를 살폈다.

'뛰어서 넘을 수 있다.'

더 고민할 것도 없었다.

바로 몸을 내밀고 AS VAL을 내밀었다.

적과의 거리 120, 투창수는 건물 3층에서 사무실 책상을 엎어서 만든 거로 보이는 엄폐물에 숨어 있었다.

손톱보다도 작게 보일 정도였지만, 각성과 날카로운 감각으로 무장 된 지훈의 눈에는 아주 잘 보였다.

'저 새끼 먼저 조져야겠다.'

거리와 탄도를 계산했다.

대충 어디쯤 쏴야 맞겠다고는 알 수 있었으나, 안타깝게도 측정 불가능한 게 하나 있었다.

바로 바람이었다.

아무리 총알이 빠른 속도로 날아가고, 크기가 작아 바람의 영향을 적게 받는다고 해도 바람은 충분히 위협적이었다.

거리가 늘어나면 늘어날수록 작은 힘으로도 피탄 지점이 크게 바뀌기 때문이었다.

'맞을까?'

확신할 수 없었지만, 더 이상 계산할 수도 없었기에 바로 숨을 멈추고는 방아쇠를 당겼다.

표!

방아쇠를 당김과 동시에 투창수 머리 뒤에 있던 바닥이 퍼석거렸다. 투창수는 저격을 알아채고는 몸을 숨겼지만….

표, 표, 표!

그것보다 지훈의 추가 사격이 더 빨랐다.

목표 투창수가 쓰러지며 몸을 전부 드러냈다.

명중이라는 뜻이었으나, 기뻐할 틈 따위 없었다.

소총수와 투창수들의 눈이 이쪽으로 향했기 때문이었다.

타타타타탕–

쐐애애액– 퍽!

굴러서 피하자마자 하늘로 총알 날아가는 것과 함께, 딱 지훈이 서 있던 부분에 창이 틀어박히는 걸 볼 수 있었다.

'미, 미친 새끼들… 소리도 안 났는데 어떻게 안 거야.'

인간 기준으로는 알 수 없는 게 당연했으나, 리자드 맨은 달랐다. 공기 진동을 감지해 총알이 날아온 방향을 알 수 있음은 물론, 열 감지가 가능한 시각으로 지훈이 숨어있는 곳을 바로 포착해냈다.

타타타타타타타타탕!

아까와는 다른 총소리가 울려 퍼졌다.

기관총이 엄호 사격을 하는 게 분명했기에, 바로 몸을 움직였다.

타타타탓!

큼직큼직하게 달려 도움닫기를 한 후, 난감을 밟음과 동시에 바로 옆 건물로 뛰었다.

후우웅!

보호복 너머로 바람 갈라지는 소리와 함께 날아올라, 바로 착지했다. 일반인이었다면 오는 충격을 최소화하기 위해 낙법을 쳐야 했지만, 지훈은 그딴 거 할 필요 없이 바로 달렸다.

타타타탓- 턱!

후으웅!

이제 한 번만 더 뛰면 리자드맨들이 매복해 있던 건물에 도착할 수 있었다.

잠시 멈춰 손에 들고 있던 아스발을 대각선으로 맨 뒤, 방향을 바꿔 리자드맨들이 있는 건물 쪽으로 달렸다.

'이능 발동, 가속.'

이능으로 인해 폭발적으로 가속된 속도 그대로….

하늘을 날았다.

낙하하는 건지, 날아가는 건지 모를 상태.

발아래로 미친 듯이 날아가는 총알과, 입을 쩍 벌린 리자드맨 투창수가 보였다.

'개같은 새끼들, 기다려라."

도착 예정 지점은 리자드맨들이 있는 건물의 5층이었다. 충돌에 대비해 몸을 말았고, 그대로 사무실 유리에 부딪혔다.

와장창!

몸을 추스를 새도 없이 바로 업을 짊어지는 자를 꺼내 들고 비상계단으로 질주했다.

"갸아악- 캭!"

2층이나 차이가 났음에도, 벌써 리자드맨들이 당황하는 소리가 들려왔다.

'투창수의 눈만 돌려도 압승이다.'

리자드맨들이 가진 총기는 분명 헌터들에게 노획했거나, 일본 개척지에 남아있던 물건일 터였다.

그 뜻은 곧 아무리 강해 봐야 OTN 탄이란 얘기였고, OTN 탄으로는 무슨 짓을 해도 칼콘의 방패를 뚫을 수 없었다.

타타타탓!

순식간에 한 층을 내려가자, 계단 아래쪽에 리자드맨 투창수가 나타났다.

녀석은 소리를 듣고 지훈의 속도를 계산했는지, 눈에 보였을 땐 이미 창을 던진 후였다.

'쌍!'

바로 집중 이능을 킨 뒤 벽에 부딪히듯 달라붙었다.

퍼억!

온몸에 소름이 돋았다.

뒤통수로 창이 훅 지나가는 느낌.

창이라는 무기는 매우 무거운 만큼 던졌을 경우 압도적인 파괴력을 낼 수밖에 없지만, 단점도 분명했다.

크기 때문에 재장전 시간이 길다는 거였다.

바로 밀착했던 몸을 되돌린 뒤 검을 휘둘렀다.

도검류는 단검밖에 써 본 적이 없어서 무식한 일격이었으나, D등급이라는 능력치와 B+등급이라는 아티펙트가 합쳐지자 어마어마한 위력이 나왔다.

스걱!

도로 표지판을 가공해서 만든 갑옷을 입고 있던 리자드맨이 그대로 사선으로 양단됐다.

죽음이 확실한 일격이었기에 바로 몸으로 밀쳐내고는 3층으로 진입했다.

'남은 건 둘인가.'

안으로 들어가자 투창수들이 창을 고쳐잡고 근접전에 들어갈 준비를 했다. 아마 기다렸다가 찌를 생각인 모양이었다.

많은 경험이 묻어나는 대응이었지만, 안타깝게도 상대가 좋지 못했다.

훅 –

챙!

내지르는 창을 쳐올린 뒤, 그대로 슬라이딩!

위로 올라갔던 검을 되돌린 뒤 그대로 바닥을 쓸며 리자드맨의 발목을 베어버렸다.

이후 몸을 일으킴과 동시에 반전해, 리자드맨이 놓친 창을 공중에서 낚아챈 뒤 그대로 창을 들고 있던 녀석에게 던져버렸다.

퍽!

마무리였다.

한 녀석은 다리가 잘렸기에 행동불능이고, 다른 한 녀석은 창에 박혀 즉사했다.

"좆같은 새끼들, 어디 도마뱀이 사람 무서운 줄을 몰라."

"끼게끽! 끽! 꼊! お願い, お願い!"

쓰러진 리자드맨은 되지도 않는 일본어를 지껄이며 목숨을 구걸했지만, 동정 따위 베풀어 봐야 복수로 돌아온다는 걸 너무나도 잘 아는 지훈이었다.

투창수를 마무리하고 밖을 내다보니 칼콘이 사마귀 기수와 힘 싸움을 하고 있는 게 보였다.

표, 표!

기수 머리에 깔끔하게 한 방씩 박아주고는, 건물 아래로 내려가 숨어있던 소총수를 처리했다.

◆

다시 일본 개척지 관리국 시계탑.

그림자가 무전기를 조작했다.

– 치직.

"여기는 오메가, 여기는 오메가. 베이스에 전한다. 실험체에 적합한 탱고 무리 발견. 각성자 넷에 그중 하나는 A등급으로 보인다."

– 치직.

– 잡아 와. 딴 놈은 죽어도 되는데 A등급은 죽이지 마.

– 치직.

"저항이 심할 경우 불가능."

– 치직.

– 팔다리 잘라내도 괜찮으니까, 꼭 잡아와라.

그림자는 작게 욕설을 내뱉고는 무전기 만졌다.

– 치직.

"전 분대에게 전한다. 탱고 무리를 포획한다. 플랜 D."

권능의 반지

146화 위험한 곳에 더 큰돈이 있다.

NEO MODERN FANTASY STORY

리자드맨과의 전투가 끝난 뒤 계속 남쪽으로 향했다.

길잡이는 점점 더 사지로 들어가고 있다는 생각에 얼굴을 찌푸렸으나, 기관총, 마법사, 샤오핑은 연이은 승리에 헤죽헤 죽 웃기만 했다.

"방금 의뢰인 봤어? 나 무슨 진짜 영화 찍는 줄 알았다니 까? 존나 하늘을 날아서 쨍하고 들어가는데…!"

"경공을 보는 것 같았다. 멋지더군."

"나 의뢰인 다시 봤다입니다."

조용히 듣고 있다가 한마디 했다.

"닥치고 걸어, 새끼들아."

되지도 않는 칭찬 듣기도 거북했거니와, 잡담으로 소음 뿜어봐야 벌레만 낄 것을 알기 때문이었다.

한마디 하자 다들 찍 하고 입을 다물었다.

적당히 걷고 있자니 칼콘이 슬쩍 다가와서 물었다.

"Jah see läheb tööle?(제대로 가고 있는 거야?)"

내용 유출을 우려해서인지 고대어로 묻는 칼콘이었다.

방법 자체는 훌륭했으나 개인적으로 해당 언어를 좋아하지 않았고, 실제로 마법을 쓸 때 말고는 될 수 있으면 입에 담지 않았던 터라 얼굴부터 찌푸렸다.

"저쪽에 안 들리니까 그냥 말해."

"이러다 진짜 디스톨팅 스톤만 잔뜩 주워다 가는 거 아닐까 싶어서."

절대 그럴 일 없었고, 또한 그러고 싶지도 않았다.

디스톨팅 스톤은 분명 부수적인 임무일 뿐, 지훈의 최우선 목표는 연구자료 획득이었다.

"걱정하지 마. 내가 알아서 잘 한다."

"응, 알겠어. 지훈만 믿을게."

칼콘은 고개를 끄덕이며 자리에서 멀어졌다.

잘 걷던 중 길잡이가 갑자기 멈췄다.

"이 앞은 저도 아무런 정보를 모릅니다. 정말 길 가다 지뢰 밟고서 죽을 수도 있고, 우리도 모르는 사이에 방사능에 피폭돼서 죽을 수도 있다고요!"

"그래서, 되돌아가자고?"

길잡이의 머리가 세로로 두어 번 흔들렸다.

"이건 정말 미친 짓입니다. 자살이라고요!"

"너 말이야 참 재밌는 얘기를 하네. 일본 개척지에 용병 길잡이 하는 게 장난인 줄 알았나 봐?"

헌팅.

IHA(국제 헌팅 협회)는 작년에만 헌팅으로 인한 사망 및 실종자(지만 보통은 죽었다고 생각한다)가 25만 명을 넘었다고 발표했다.

지훈이 하는 일마다 아무런 희생 없이 잘 마무리해서 그렇지, 보통 용병이든 헌터든 뭐든 필드에 나가는 순간 목숨 버릴 각오하고 나가는 게 보통이었다.

"지금 여기서 지금 더 아래로 내려가면 위험하다는 거 모르는 사람 없어. 다 알고 있다고, 알간?"

"그, 근데 어째서…."

길잡이는 이해할 수 없다는 표정을 지었다.

아마 전투와는 연이 없던 까닭에 '도대체 위험한 거 알면서 왜 들어가는 겁니까?' 하는 생각밖에 들지 않았다.

그에 대한 답은 간단했다.

위험한 곳에 더 큰돈이 있으니까.

어차피 목숨을 저당 잡힌 상태라면, 그 목숨을 이용해 최대한 많은 돈을 뽑아내야 했다.

길잡이야 용병들과 지훈 일행이 기를 쓰고 보호해 주니 몰랐겠지만, 길잡이를 제외한 사람은 전부 개척지에 들어오면서부터 피부가 아릴 정도로 짙은 생명의 위협을 느끼고 있었다.

"돈."

길잡이는 결국 할 말을 잊고 고개를 숙였다.

"이번 일 끝나면 각자 1억씩 챙겨 가자고, 응?"

물론 일이 잘 끝났을 경우에야 그럴 수 있겠지만.

잘 다독이자 결국 길잡이가 다시 앞으로 나섰다.

지도에 표시된 정보는 없지만, 여태까지 이 방사능 덩어리를 누비고 다닌 짬밥은 어디 가질 않았다.

"근데… 뭔가 이상한데요."

"뭐가?"

"여기 주변 너무 깨끗한 것 같습니다."

길잡이는 슬쩍 가이거 계수기를 살펴봤다.

여태껏 고장 난 라디오마냥 계속해서 지직, 지직 거리는 소음을 내뱉었거늘 어째 그 소리가 작았다.

방사능이 옅다는 소리였다.

그뿐만 아니라 눈에 띄는 마법 오염도 현저하게 줄었으며, 누가 왔다 가기라도 한 것처럼 지뢰가 전부 해제되어 있었다.

"거봐, 여기 어떤 새끼들이 지들끼리 처먹으려고 헛소문 퍼뜨린 거라니까?"

기관총이 헤벌쭉 웃으면서 말했다.

"아마 여기는 잘 안 뒤졌을 테니까, 분명 디스톨팅 스톤이 잔뜩 있을 거라고! 우린 부자가 될 거야!"

이는 또한 연구실에 가까워지고 있다는 뜻도 됐기에 남들이 보지 못할 미소를 지었다.

본디 연구실은 제 혼자서 자립이 가능한 시설이 아니었다.

전력까지는 어떻게 될지는 모르겠으나, 연구물품이나 식량 같은 건 무슨 수를 써도 해결할 수 없었다.

'그 말은 곧 누군가가 길을 뚫어놨을 거란 말이지.'

아마 그 길은 현재 일행이 걷고 있는 검은 선, '데드라인'일 가능성이 컸다. 실종됐다는 헌터들 역시 연구실의 정체를 숨기기 위해 사살했을 게 분명하겠지.

'언제 어디서 뭐가 튀어나올지 모른다.'

온몸의 털을 곤두세울 정도로 감각을 날카롭게 벼려놓고 이동하기도 잠시….

갑자기 일행 주변으로 작은 쇳덩이들이 치솟았다.

"씨발!?"

전혀 예상치 못한 상황에 눈동자가 커다랗게 부풀어 올랐다. 뭔가 해야 한다는 생각이 들어 움직였으나….

파지지지지직!

일행을 원형으로 감싼 쇳덩이에서 전류가 흘러나왔다!

"으거거거꺽!"

이를 꽉 깨물고 버텨보려고 했으나, 근육을 강제로 비틀고 인간의 신호체계를 뒤흔드는 전기에는 버틸 수 없었다.

결국 하나둘 픽픽 쓰러지기 시작했다.

'니미… 이번엔 전기냐….'

지훈은 마지막까지 이를 악물고 버텼지만, 신경계까지 강화할 수는 없었기에 결국 머지않아 쓰러졌다.

오로지 길잡이만 우뚝 서 있었을 수 있었다.

번 돈을 모조리 보호복에 투자할 수 있었기에 전기에도 저항이 있는 보호복을 마련했던 것이다.

"이, 이봐요! 어떻게 된 거에요!"

길잡이는 깜짝 놀라 지훈을 흔들어 깨웠지만, 방금 기절한 사람이 도로 일어날 리는 만무했다.

철컥, 철컥.

일행이 모두 쓰러지자 가까운 건물에서 검은 인영 여섯 개 튀어나왔다. 개 중 하나가 각성자 검사기로 보이는 물건으로 멀찍이서 길잡이를 슥 훑었다.

삐빅―

"확인 결과 보고. 비각성자. 사살할까요?"

분대장으로 보이는 그림자가 고개를 끄덕이자, 표 하는 소리와 함께 길잡이가 바닥이 쓰러졌다.

1초, 2초, 3초…?

기억이 뚝 끊어졌다가 다시 붙었다.

"흐어어어억!"

죽었다가 깨어난 시체처럼 소리를 질렀다. 온몸이 바싹 익는 고통에 비명도 못 질렀으니, 뒤늦은 비명이 나온 것 같기도 했다.

"끄어억!?"

두 번째 비명이 울렸다.

한 번으로는 시원하지 않아서 한 번 더 지른 걸까?

당연히 아니다.

눈앞에는 하얀 가운을 입은 남자가 깜짝 놀라 바닥에 엎어졌다. 손에는 바늘이 노란색인 주사기를 들고 있었다.

'메가 나이트?'

메가 나이트, 줄여서 MN.

C등급 합판을 관통하는 강력한 금속.

저게 주사기에 박혀있다면 분명 병원 아니면 연구소 둘 중 하나였고, 지훈이 쓰러진 장소가 일본 개척지라는 점을 생각해 보면….

'씨발, 연구소라고!?'

들어온다는 계획 자체는 성공했으나, 예상치 못한 방법으로 들어오게 됐다.

"경비, 경비! 실험체가 깨어났다!"

상황을 파악하느라 잠깐 시간을 지체한 사이 연구원이 사람을 불렀다.

치이익-!

우주선에나 달려 있을 법한 두꺼운 철문이 세로로 열리며 경비가 나타났다. 푸른색 야광봉 같은 걸 들고 있었다.

뭔가 해야겠다는 생각이 들었으나 그러기에 전에 경비가 다가와 푸른색 야광봉을 지훈의 목덜미에 가져다 댔다.

파지지지지지지직-!

강렬한 전류가 온몸을 가로지른다!

"으거거거걱! 꺽! 거어어어억! 이 개… 새끼…가!"

온몸을 비틀며 저항했으나, 그나마도 잠시. 경비가 제압봉 스위치를 만지작거리자 얼마 후 하체가 뜨뜻한 느낌과 함께 의식이 끊어졌다.

마지막으로 든 생각은 분노도, 복수도 아니었다.

어째서 경비가 보사가 만든 사설 경비 업체 BSS(BOSA Security Service)의 유니폼을 입고 있는가였다.

연구원은 멀찍이서 지켜보다 말했다.

"이, 이봐. 저거 죽은 거 아냐? 몸에서 연기 나잖아!"

"각성자는 이 정도로 죽지 않습니다."

"고기 타는 냄새는 또 뭐고, 저 새끼 오줌까지 지렸잖아! 제압하랬지 누가 죽이라고 했어! 저 실험체가 얼마나 귀중한 자원인지는 알아!?"

"죽지 않았습니다."

짧은 단답에 연구원 이마에 힘줄이 돋아났다. 그리고 그 힘줄은 머지않아 폭언을 불러왔다.

"어디 집 지키는 개가 주인한테 말대답이야! 개새끼가, 우리가 너 그러라고 월급 주는 줄 알아!?"

"죄송합니다."

경비는 표정 하나 바꾸지 않고 말했다. 약간은 로봇 같은 모습이 연구원의 화를 더 북돋웠다.

"이미 헬레이저 강습 부대로 만든 강화 약품을 투여했단 말이다! 저 새끼 뒤지면 중요 자료가 날아간다고! 알겠어!?"

"죄송합니다."

경비는 다시 한 번 무표정하게 사과했다.

연구원은 그 모습을 보고는 포기했다는 듯 고개를 저었다.

"됐다, 됐어. 씨발… 임플란트 잔뜩 박아서 이제 인간이라고 부르기도 민망한 새끼랑 무슨 얘기를 하겠냐고…."

연구원은 이후 주사기로 지훈 안에 이상한 약물을 주사하고는, 지훈을 실험체 보관소로 옮기라고 지시했다.

◆

비슷한 시각, 연구 2동.

마치 도마 위에 기절한 생선이 올라가 있는 것 마냥, 칼콘이 차가운 철제 의자에 축 늘어져 있었다.

연구원은 칼콘을 조용히 지켜보다 기계를 작동했다.

"연구 일지 149번. 실험체 중 오크가 들어왔다. 현 실험 상황으로는 인외종에게 약물 투여 시 강력한 부작용이 보였다. 특히 리자드맨의 경우 투여 후 48시간 후에 사망했다. 하지만 리자드맨은 포유류가 아닌 파충류로 분류되기 때문에, 같은 포유류인 오크에게 같은 실험을 해 볼 필요성이 있다."

연구원은 칼콘에게 이상한 약물을 주사했다.

"등급 강화제 샘플 32 주입 완료."

비슷한 시각, 연구 1동.

연구원 둘이 민우를 고민스럽다는 듯 쳐다봤다.

"이거 인간 같죠?"

"생긴 건 아무리 봐도 인간이군."

"근데 인간이 아니라뇨, 거 참 우습네요."

늙은 연구원이 턱을 긁적였다.

"비각성자인데 이능력 사용이 가능하다라…."

"아마 인간으로는 최초겠죠?"

"인간이라면 최초겠지."

그 말이 꼭 인간이 아니라는 것 같아 말투가 묘했다.

"사람으로도 변신할 수 있는 괴물이 있다고는 들었습니다."

"천면귀(千面鬼)? 아니야. 그 녀석은 의식을 잃으면 본래의 흉측한 모습으로 돌아간다."

"그럼 도대체 뭐란 말입니까?"

"이제부터 알아봐야지."

젊은 연구원이 눈을 반짝거렸다.

"해부하는 겁니까!?"

"거 젊은 놈이 이상한 것만 배워서는… 야만인도 아니고 무작정 째면 다 되는 줄 아나? 그 전에 작업할 게 산더미야!"

"살려둔 채로 연구하겠다고요? 이 실험체는 클레이보얀스를 가지고 있지 않습니까. 살려두면 곤란할 텐데요. 일단 눈부터 뽑죠. 그럼 보질 못할 겁니다."

"하… 내 조수로 들어온 새끼가 이렇게 멍청한 놈이라니. 한 번만 더 되지도 않는 소리 지껄이면 가만 안 두겠다."

젊은 연구원은 어깨를 움츠리며 입을 다물었다.

"일단 대화부터 한다. 마음만 먹으면 언제든지 제압할 수 있으니까 직원 숙소에서 재워 둬. 우리 팀은 이 실험체를 최우선으로 연구한다."

늙은 연구원은 경비를 불러 민우를 직원 숙소로 옮겼다.

남은 시간 – 128시간 (5일 8시간)

권능의 반지

147화 클레어보얀스

NEO MODERN FANTASY STORY

제일 먼저 정신을 차린 건 민우였다.

"아…?"

기절한 적이 많지 않았던지라 기분이 멍했다.

심플하지만 푹신한 침대와 생활하기에 딱 알맞은 온도 그리고 사람이 산다는 증거로 보이는 생활 잡화들이 보였다.

'어디지?'

일어나서 더 훑어보려고 했지만, 왼팔에 꽂혀있는 링거 때문에 그럴 수 없었다.

'도대체 무슨 일이 일어났던 거야.'

마지막 기억은 분명 이상한 기계에 감전된 거였다. 그를 통해 민우는 현재 이 장소가 연구소라는 걸 알 수 있었다.

'일단 여기서 나가야 한다.'

당장 팔에 꽂힌 링거를 뽑아내고는, 무기가 될만한 도구를 찾았다. 주변을 훑다 액자를 발견할 수 있었다.

안에는 행복해 보이는 가족사진이 들어있었다.

쨍!

액자를 깨고는 그중 길고 뾰족한 유리 조각을 집었다. 이후 책상에 올려져 있던 잡지 한 페이지를 죽 찢어 유리에 돌돌 말아 손잡이를 만들었다.

꽈악!

민우는 유리 칼날을 쥐고는 작게 심호흡을 했다. 그런 그의 다리가 미세하게 떨려왔다.

'진정해라 우민우. 다 잘 될 거야… 나도 이제 헌터다. 내 밥값은 내가 해야 해.'

오금이 저려와서 잘 걸을 수는 없었지만, 애써 용기를 내 출입구 옆에 찰싹 달라붙었다.

'기회는 딱 한 번이야. 누가 들어오면 바로 습격해야 해.'

시도는 좋았지만 안타깝게도 그가 놓치고 있는 게 있었다.

바로 카메라였다.

◆

경비실.

화면을 훑던 경비의 눈동자가 빠른 속도로 이동했다.

직원 숙소 중 한 방의 불이 갑자기 꺼졌기 때문이었다.

경비는 잠시 행동을 멈췄다가 무전기를 잡았다.

– 치직.

"실험체 52번 기상. 담당자에게 통보 요망."

◆

암흑 속에서 오감을 날카롭게 세워서 기다리길 30분.

밖에서 삑삑 하고 다이얼 누르는 소리와 함께 문이 열렸다.

치이익–!

본디 사람의 눈은 밝은 곳에서 어두운 곳으로 이동할 때 빛을 조절하기 때문에 잠시 시각을 잃었다.

민우는 이를 이용해 기습할 생각이었다.

아주 짧다 해도 상관없었다. 딱 2초만 있어도 유리 칼날이 목을 파고들기엔 충분한 시간이었다.

훅!

유리 칼날이 날아들었고…

쨍!

뭔가에 막혀 깨졌다.

"아아아악!"

유리를 쥐고 있던 손등에 깨진 유리가 잔뜩 박혔다.

무슨 일인지 확인하기 위해 상대를 훑자, 민우는 그제야 왜

유리가 깨졌는지 알 수 있었다. 방 안에 들어온 사람은 전신 방검복을 입고 있었기 때문이었다.

파지지지직!

경비가 들고 있던 제압봉이 푸른 스파크를 뿜었다.

흰색 방에 탁자와 의자밖에 없는 살풍경한 공간.

그 안에 늙은 연구원과 민우가 앉아있었다. 그런 민우의 오른손에는 붕대와 함께 수갑이 채워져 있었다.

"어쩔 수 없다는 걸 이해해 주시길 바랍니다."

민우는 아무 말 없이 연구원을 쳐다봤다.

과거의 민우였다면 멋모르게 입을 나불거렸겠지만, 지금은 달랐다. 가끔은 웅변보다 침묵이 더 귀할 때도 있음을 알기 때문이었다.

"당신은 누구십니까?"

연구원은 언어를 바꿔가며 물었다.

그 어느 언어에도 민우는 입을 열지 않았다.

결국 연구원은 고개를 절레절레 젓고는 그나마 공용어에 가까운 영어로 말하기 시작했다.

"현재 상황에 대해 불만이 있을 수 있다고 생각합니다. 매우 불합리하다고 생각하시겠죠. 하지만 저희 역시 비밀 유지를 위해 어쩔 수 없는 선택이었음을 알아주시길 바랍니다."

이후에도 연구원은 상황을 부드럽게 바꾸기 위한 자기변명을 늘어놓았다. 조용히 듣고 있다가 한마디 했다.

"좆 까."

연구원은 욕을 들었음에도 미소를 지었다.

"한국 분이셨군요. 한국인을 데려오겠습니다."

늙은 연구원이 나가고 머지않아 젊은 여자가 들어왔다.

"반가워요."

"좆이나 까 잡숴, 이 발정 난 창녀 같은 년아."

젊은 여자 연구원의 얼굴이 꿈틀거렸다. 이후 그녀는 슬쩍 벽에 달린 거울을 쳐다봤다. 그 모습이 본인을 살핀다기보다는 그 너머에 있는 다른 무언가를 보는 것 같았다.

여자 연구원은 이내 한숨을 내쉬고는 다시 입을 열었다.

"원래 그렇게 입이 험한가요?"

"전기로 사람 지지고 보는 미친년이 더 병신 아닌가?"

여자는 다시 거울을 쳐다봤다가 말했다.

"배고프죠? 우리 같이 밥 먹을래요?"

민우는 조용히 자기 복부를 쳐다봤다. 얼마나 굶었는지 알 수 없었지만, 적어도 배가 고프다는 것은 알 수 있었다.

메뉴는 따뜻한 쌀밥에 겉절이 그리고 미역국이었다.

연구소에는 한국인만 있는 게 아니라 여러 국가 사람들이 모여있었다.

그 상황에 김치?

김치가 너무 맛이 좋고 몸에도 좋아 순식간에 세계화가 됐을 리는 없다. 딱 봐도 비위 맞추려고 준비한 음식이겠지.

여자 연구원은 식사를 시작했다.

"덕분에 그리운 음식을 먹네요. 우리 회사 식당은 전부 양식이라 한식은 먹을 수 없거든요. 고마워요."

고맙다는 말을 들었음에도 민우의 표정은 변하지 않았다.

대신 밥을 한 움큼 퍼서는 입에 넣고 씹은 뒤….

퉤!

여자 연구원의 얼굴과 음식에 뱉어버렸다. 연구원은 차가운 몸짓으로 얼굴을 닦고는 거울을 쳐다봤다.

덜컹.

여자 연구원이 말없이 일어서더니 밖으로 나갔다.

이후 경비가 들어와 민우를 제압하더니, 다시 늙은 연구원이 들어왔다.

"원래 자네 이능력자들은 다 그런가? 그렇게 날뛰는 모습을 보니 꼭 광견병 걸린 개 같군."

민우가 꿈틀거렸다.

모욕 때문이 아닌, '이능력자'라는 단어 때문이었다.

"이능력자라니, 씨발 그게 무슨 말이야!"

무슨 말인지 모르겠다는 반응에 늙은 연구원이 재미있다는 미소를 지었다.

'본인도 모르고 있었나. 일이 쉽게 풀리겠군.'

연구원이 ESP 테스트용 카드를 들고왔다.

ESP 카드는 물결, 별, 더하기, 사각형, 원이 5개씩 들어있는 카드 뭉치로, 투시 능력을 검증하기 위한 도구였다.

"개소리 집어치워, 내가 천리안을 가지고 있다고?"

"뭐 한국어로는 그렇게 부를 수도 있겠군요. 저희는 클레이보얀스(Clairvoyance, 투시)라고 부르지만요. 그뿐만 아니라 마인드 링크(Mind link, 정신 감응)도 아주 미미하게나마 가지고 계시더군요."

민우는 이해할 수 없다는 듯 얼굴만 찌푸렸다.

'이 녀석들이 지금 거짓말을 하는 걸까?'

거짓말이라기엔 연구원들이 이렇게까지 정성을 들이는 걸 이해할 수가 없었다. 결국 민우는 현 상황을 이해하지 못하고 조금 더 지켜보기로 마음먹었다.

"그래서?"

"현 상태를 보니 당신께선 아직 이능을 제대로 사용하지 못하시는 것 같군요. 저희가 능력 개화를 도와드리겠습니다."

능력 개화. 이능력.

그 얼마나 갖고 싶었단 말인가!

민우의 눈에 잠시 감정의 쓰나미가 지나갔다. 하지만 그것도 잠시, 이내 짙은 의심이 채워졌다.

"해 봐, 어울려 주지."

늙은 연구원은 씩 미소를 지었다.

"처음에는 간단하게 가죠."

ESP 테스트에 대해 간단하게 설명한 뒤, 테이블 위에 25

장의 카드가 올라왔다.

"속임수나 트릭 같은 건 없습니다. 별을 찾아보시지요."

"지금 장난해? 이걸 나보고 어떡하라고?"

"실패해도 좋습니다. 어차피 간단한 실험이니까요. 단지 감을 이용해서 찾으시면 됩니다."

민우는 카드를 쳐다봤지만, 내용을 알 수는 없었다.

'뭐 어쩌라는 거지, 역시 거짓말인가.'

될 대로 되라는 심보로 아무거나 뒤집었다.

별 모양이다.

민우는 놀란 표정을, 연구원은 재밌다는 표정을 지었다.

"계속하시지요."

민우는 잠시 고민하다가 다음 카드를 뒤집었다.

역시 별이었다.

'경우의 수를 따져봤을 때 충분히 있을법한 우연이야.'

이번에는 고민하지 않고 연달아 세 장을 뒤집었다.

별.

별.

그리고 마지막도 별이었다.

25장의 카드 중 단 한 번에 같은 카드를 모조리 찾아낼 확률은 만분의 일도 되질 않았다. 민우 역시 그 사실을 알았기에 현 상황을 받아들일 수 없었다.

'미친…!?'

"개소리 집어치워, 이거 다 별 모양이지!?"

버럭 소리를 질렀음에도 연구원은 어깨만 으쓱했다.

"정 의심스러우면 직접 뒤집어 보시지요."

팔랑, 팔랑, 팔랑, 팔랑, 팔랑!

이번에는 정확하게 원 모양 5개가 나왔다.

"이게 뭔… 이 카드 전자기기 아냐? 내가 돌릴 때마다 표시되게끔 되어있는 거 아니냐고!"

그 말에 연구원이 무작위로 카드를 5장 뒤집었다. 각기 다른 카드들이었다. 이로는 증명하기 어렵다고 판단했는지, 연구원은 이후 카드를 세로로 찢어버렸다.

절대 전자기기는 아니라는 절대적 증명이었다.

"다른 실험을 준비하죠."

다른 실험을 해도 결과는 똑같았다.

민우는 인식하지 못했지만, 실험 결과는 전부 100%였다. 운으로 따지자면 로또를 100번도 더 맞았을 확률에, 결국 민우도 인정할 수밖에 없었다.

"하지만 눈에는 보이지 않는데?"

"이능은 사용자마다 그 특징이 달라서 저희도 어떻게 설명해 드릴 수는 없습니다. 일종의 식스 센스 같은 거죠. 인간의 오감으로는 판단할 수 없는 것입니다."

그 말이 맞았다.

지훈 같은 경우 속으로 이능을 외쳐야 발동할 수 있지만, 파이로는 손만 뻗어도 불을 뿜어낼 수 있었다.

"현재 당신께선 이능을 가지고 있지만, 정확하게 활용할 수 없는 상태입니다. 저희가 그 능력 개화를 도와드리죠. 어떻습니까, 저희와 협력하시겠습니까?"

민우는 잠시 망설였다.

'섣불리 손을 잡아도 괜찮을까?'

매력적이었지만, 그만큼 찔리는 부분도 있었다.

"생각할 시간을 줘."

"어차피 시간은 많으니까요. 마음대로 하시지요."

늙은 연구원은 목걸이형 키카드를 민우에게 건넸다.

"주거동과 식당을 오갈 수 있는 카드입니다. 일단 몸이 피곤하실 테니 푹 쉬시지요."

늙은 연구원은 경비에게 이끌려 주거동으로 향하는 민우의 등을 쳐다봤다.

"이제 실험체 52호는 어쩌실 겁니까?"

"이능력 사용이 확실해 지면 바로 자백제 넣고 정보부터 뽑아낸다. 진짜 인간인지부터 확인해야 해."

"다음에는요?"

"나중에 클론 만들 수 있게 생체 데이터 백업한 뒤, 생체 연구를 시작한다. 저 녀석에게는 분명 비각성자가 이능을 사용할 수 있는 비밀이 있을 거다."

젊은 연구원은 클론이라는 말에 고개를 갸웃거렸다.

"클론이요? 벌써 됩니까?"

"아마 5개월 정도면 연구 끝날 거다."

"하하… 제가 생각해도 정말 미친 연구 속도네요."

늙은 연구원은 얼굴에 짜증을 드러냈다.

"한가한 모양이지? 가서 녹화 데이터나 분석해."

민우는 일단 주린 배부터 채운 뒤, 숙소 침대에 걸터앉아 생각에 잠겼다. 여러 가지 복잡한 내용이 머릿속을 미친 듯이 뛰어다녔다.

'도대체 어떻게 된 거야… 내가 이능력자라니….'

처음엔 본인에 대한 것부터 시작했다.

'내가 원하면 볼 수 있는 건가?'

눈을 감았다가 뜨며 벽을 투시하려 노력했지만, 그 무엇도 볼 수 없었다.

'단순 운이었던 걸까?'

볼 수 없으니 그렇게 생각할 수도 있었지만, 민우는 가벡 같은 야만인이 아니었다. 조작하는 것도 한두 번이지, 수없이 많은 실험을 모조리 조작했을 리가 없었다.

'그리고 그 녀석들이 그렇게까지 시간과 노력을 투자하면서까지 나를 속일 이유도 없다.'

민우는 단순한 일반인이었다.

돈이 많은 것도 아니고, 정치나 외교적으로 유용한 인물도 아니다. 결국, 모든 내용이 민우가 이능력을 사용할 수 있다는 것으로 모였다.

'근데 왜 안 보이는 걸까?'

몇 번이나 시도해도 결과는 똑같았다.

숙소 벽만 보일 뿐이었다.

머지않아 포기하고는 침대에 몸을 뉘었다.

푹신함에 피로가 몰려왔지만, 꾹 참고는 생각을 돌렸다.

'그나저나, 지훈 형님이랑 칼콘은 어떻게 됐을까?'

분명 같이 납치됐거늘 어떻게 한 번을 볼 수가 없었다.

많은 생각이 스쳤다.

기절하지 않고 도망간 건 아닐까?

D등급처럼 버리고 간 걸까?

다른 연구실에서 같은 대우를 받고 있을까?

이상한 실험에 연루되진 않았을까?

'위험한 상황은 않았겠지?'

한숨을 푹 내쉬고는 눈을 감은 그 순간….

슈슈슈슈숙!

수없이 많은 이미지가 머릿속에 들어왔다.

'이, 이게 뭐야!?'

마치 MRI가 사람 몸을 훑듯, 머릿속에 순식간에 연구실
전체 이미지가 빠른 속도로 지나갔다.

민우는 순간 저게 '투시' 이능이라는 걸 깨달았다.

'지훈 형님이랑 칼콘은 어디 있지!?'

정신을 집중해 주변을 살폈다.

잠시 후 민우는 지훈이 정신병원 같은 공간에 지훈이 고치
처럼 묶여있는 걸 발견할 수 있었다.

'젠장, 역시 위험한 장소였어! 여기서 나가야 해!'

마음은 먹었으나 민우로써는 아무런 방법이 없었다.

구해주길 기다려야 할까?

잘 알 수 없었다.

권능의 반지

148화 신체 능력 강화

NEO MODERN FANTASY STORY

온몸이 끓는 것 같은 불쾌한 느낌에 의식을 되찾았다.

"으…"

눈알이 바싹 익었다가 다시 재생된 탓일까?

꼭 갓 태어난 신생아마냥 앞이 뭉개져서 보였다.

시력이 엄청나게 떨어지진 않을까 싶은 우려가 흘렀다. 다행히 얼마 지나지 눈앞을 생생히 분간할 수 있었다.

'어디지?'

보이는 거라곤 에어백이 잔뜩 연결된 것 같은 외벽 그리고 구석에 달린 작은 카메라가 다였다.

지이이잉 –

꿈틀거리자 카메라가 지훈을 향해 움직였다.

그 모습을 보자 무슨 일을 당했는지 모조리 떠올랐다.

연이은 전기 충격 그리고 이름 모를 약물을 주사 당했다.

흐릿하게나마 헬레이저라는 이름을 들은 것 같았지만 정확하진 않았기에 미뤄뒀다.

'어떤 미친놈들이 폐허에다가 연구소를 차렸나 싶었더니, 개 같은 보사 새끼들이었나.'

보사.

세상에서 제일 유명한 연구 단체임과 동시에, 돈이 되는 연구라면 그 무엇이든 손을 대는 미친 과학자들이었다.

도덕성이 결여 된 과학.

자본주의에 영혼을 판 과학.

보사에 관한 설명으로 딱 들어맞는 두 마디였다.

'일단 여기서 벗어나야 한다.'

현재 전신이 고치처럼 돌돌 말려 있었기에 움직임이 힘들었다. 처음부터 과격하게 할 필요는 없었기에 손가락, 발가락부터 시작해 온몸을 점검했다.

'고장 난 곳은 없군.'

어떻게 탈출할까 고민했다. 아마 이렇게 구속당해 있는 걸봤을 때 절대로 장비를 차고 있는 상태 같지는 않았다.

'맨몸인가. 일단 이것부터 끊어볼까.'

온몸에 힘을 줘봤다.

으드드드드득!

몸에 묶여있던 천 덩어리가 비명을 지른다.

한 번에는 불가능하더라도 몇 번 반복하면 될 것 같았다.

힘을 줬다가 쉬었다가를 반복하고 있자니, 문득 머릿속에 이상한 소리가 들려왔다.

– 지훈 형님이랑 칼콘은 어디 있지!?

민우의 목소리였다.

화들짝 놀라 방안을 훑어봤지만 그 어디에도 민우의 모습도, 스피커 비스름한 물건도 보이질 않았다.

'이건 또 뭐야… 환청인가?'

재생으로 인해 청각에는 문제가 없을 테지만, 만약 뇌 쪽에 손상을 입었거나 정신적인 문제라면 또 몰랐다.

'산 넘어 산이네, 씨발.'

환장할 것 같은 마음으로 입술을 씹고 있자니, 다시 한 번 민우의 목소리가 들려왔다.

– 젠장, 역시 위험한 장소였어! 여기서 나가야 해!

환청이라기엔 뭔가 어귀가 맞지 않은 내용이었다.

뭔가 싶어 곰곰이 생각하고 있자니 익숙한 목소리, 반지가 끼어들었다.

– 정신계 이능 마인드 링크(Mind link)입니다. 저등급에서는 자기 생각을 전하는 것밖에 할 수 없지만, 등급이 높아지면 상대를 조종하거나, 짧은 시간에 본인의 생각을 전할 수 있는 이능입니다.

정신계 이능?

그딴 거 듣도 보도 못한 이능이었다.

'정신계 이능은 또 뭐야, 전이계 비슷한 건가?'

정답이었다.

정신계 역시 전이계처럼 단순 각성으로는 가질 수 없는 이능으로, 현존 휴머노이드 중에는 가진 자가 없었다.

과거 FS들이 정신계 이능을 가지고 있긴 했지만, 그들은 이미 멸종한 상태. 한 마디로 '이 세상에서 오로지 민우 하나만' 가지고 있는 이능이라고 봐야 옳았다.

'저 새끼는 또 뭔 짓을 한 거야….'

각성 전 증후군을 앓고 있으려니 했거늘, 이딴 이능력을 개화할 줄은 꿈에도 몰랐다.

'이봐 내가 민우에게 연락할 수단은 없나?'

- 없습니다. 마인드 링크 사용자의 등급이 높다면 일방적으로 상대방의 마음을 읽는 게 가능하지만, 타인이 사용자에게 마음을 전하는 건 불가능합니다.

무용지물이라는 얘기였다.

무조건 민우를 기다리고 있자니 그게 언제가 될지도 몰랐고, 남은 임무 시간은 약 4일 남짓이었다.

세월아 네월아 기다리고 있다가는 반지도 뺏기는 것은 물론, 영원히 모르모트 신세가 될 게 분명하다.

'내가 직접 해야 하는 건가.'

머릿속으로 계획을 세웠다.

단순히 몸에 채워져 있는 구속구를 푼다고 해서 모든 게 끝나는 건 아니었다.

맨몸으로 제압봉을 든 경비들을 제압해야 했고, 칼콘과 민우를 구출하는 것은 물론 장비도 되찾아야 했다.

'용병들은 살아 있을까?'

확신할 수는 없었다.

민우는 마인드 링크를 사용했기에 생존이 확실했지만, 용병뿐만 아니라 현재 칼콘의 생존도 불확실했다.

머리가 지끈지끈 아파졌다.

'장비 없이 나갔다간 얼마 못 가 죽는다.'

아마 이 위험한 곳에 연구소를 차려 놓았다면, 분명 VGC는 분명하고 심하면 MN탄을 지급할지도 몰랐다.

그것만으로도 머리가 깨질 듯 아파지는데, 만약 MES(반자동 외골격 강화복)까지 있다면?

뭔 짓을 해도 탈출할 수 없었다.

BSS 소속 경비야 인간이니 맨손으로 어쩔 수 있다고 쳐도, MES나 터렛같은 기계가 있다면 절대 이길 수 없었다.

맨손으로 콘크리트를 부수는 주먹이라지만, 딱 콘크리트까지가 한계인 주먹이기도 했다. 강화합금을 사용한 장갑은 절대 뚫을 수 없다.

'씨발…'

이를 꽉 깨물고 있자니 반지의 목소리가 들려왔다.

– 능력 변동이 있었습니다. 확인해 주십시오.

분명 연구 때문에 이상한 약물을 주사 당한 터였다.

빠른 확인을 위해 바로 정보창을 열었다.

[정보]

이블 포인트 : 59

등급 : B 등급 7티어 (+3)

보너스 포인트 (3)

근력 : D 등급 (23)

민첩 : D 등급 (21)

저항 : D 등급 (24)

마력 : E 등급 (16)

이능 : E 등급 (15+10)

잠재 : S 등급 (?)

신체 변이 – 약한 재생, 화염 속성, 날카로운 감각,

흡수 (!) – 각성자의 시체 및 추출물을 흡입할 경우 그 능력과 이능을 일정 부분 흡수합니다. 반인반묘의 광합성이나, 스프리건 종족의 영구 가속 같은 종족 특성에는 적용되지 않습니다.

하지만 자의적인 흡입(특히 동족)을 할 경우 이블포인트가 상승하며, 잦은 흡입은 종족 변이를 가져올 수 있으니 주의해주십시오.

이능력 – 집중 E(+1)등급, 가속 D(+1)등급, 마력 부여

E(+1)등급, 주문 주입 E(+1)등급

신체 능력 강화 E(+1)등급 (!)- 신체 능력(근력, 민첩, 저항)을 증가 시킵니다. 세 능력을 동시에 강화하는 만큼 지속 시간이 짧으며, 5분 이상 사용 시 근육 영구 파손, 골절, 심정지, 혈액 역류, 내출혈, 내장 파열 등의 강력한 부작용이 동반됩니다.

타 이능과 섞어서 사용할 시 그 지속 시간이 줄어듦은 물론, 부작용 역시 강력해지니 주의해 주십시오.

해당 이능은 정상적인 방법으로는 인간이 얻을 수 없는 이능입니다. 어떠한 이유에서든 위에 적혀있지 않은 부작용이 동반될 수 있으니 사용에 매우 큰 주의를 요구합니다.

이해할 수 없는 정보들이 머릿속에 들어왔다.

자고 일어났는데 티어가 3개나 올랐음은 물론, 새로운 변이와 새로운 이능까지 생겨났다.

'도대체 내 몸에 뭘 주사한 거야….'

무의식중에 들려온 내용 중에 분명 '헬레이저' 라는 이름이 있었다. 헬레이저는 소말리아에서 나타나는 강력한 오우거 강습부대로, 전원이 각성자로 이뤄진 무자비한 녀석들이었다.

'설마 헬레이저 추출액을 내 몸에 주사한 건가?'

그게 아니라면 이해할 수 없는 상황이었다.

특히 '신체 능력 강화' 이능에 적혀있는 내용 중, 정상적인 방법으로는 인간이 얻을 수 없는 이능이라는 내용이 적혀있는 것을 봤을 때 확실하다고 봐야 옳겠지.

자고 일어났더니 능력이 엄청나게 강해졌지만, 기쁜 마음은 전혀 들지 않았다.

'이 개새끼들이 사람을 실험 자료로 써?'

이득을 줬다고 해서 모두가 좋은 사람은 아니듯, 동의도 없이 제 몸을 실험체로 쓴 것에 분노가 솟아올랐다.

'이능 발동, 신체 능력 강화.'

우으으웅─!

왼손에 껴놨던 AMP 반지는 연구원들이 빼 갔는지, 양팔만 작게 진동했다. 마치 온몸에 흐르는 피가 약 3배 정도 빠르게 흐르는 것 같은 착각!

피 대신 쇳물이 흐르기라도 하는 양 온몸이 뜨거웠다.

가속과는 비교도 안 될 정도로 큰 고통. 하지만 그 고통에 대한 보상으로 지훈의 몸은 그만큼 강해졌다.

근력 : C 등급 (23+10)

민첩 : C 등급 (21+10)

저항 : C 등급 (24+10)

직접 전투 능력치 3개가 전부 C등급.

맨몸으로 전차에 육박할 정도로 강력한 힘이었다.

"끄아아아아아!"

악을 쓰며 힘을 주자, 온몸을 구속하던 천 덩어리가 비틀어지기 시작했다. 보사도 나름대로 신경을 썼으니 분명 강력한 소재로 만든 천일 텐데도, 마치 휴지처럼 찢어졌다.

"흐아… 허어… 꺽…."

고통에 몸을 내려다보자, 온몸에 있는 혈관이 꿈틀거리고 있었다. 강력한 힘을 얻은 만큼 부작용이 크다는 증거였다.

'이럴 시간 없다… 어서 밖으로 나가야 한다.'

문으로 보이는 곳으로 다가갔다. 그리고는….

쾅, 콰쾅, 쾅!

주먹이 강화 합금을 우그러뜨리는 기괴한 일이 발생했다.

눈으로만 봐서는 마치 점토를 때리는 것 마냥 쉽게 우그러졌지만, 실제로는 엄청난 일이 아닐 수 없었다.

"흐어… 흐어어억!"

마치 헐크처럼 문 중앙 부분을 때려 작은 틈을 만든 뒤, 그 안에 손을 집어넣어 그대로 세로로 벌렸다.

끼기기기기긱!

쇠가 비명을 지르며 길을 터주기도 잠시. 사람 하나가 지나갈 구멍이 생겼기에 지훈은 바로 밖으로 향했다.

"흐아아!"

바로 반격이나 제압이 들어올 거란 생각과 달리, 주변에는 아무도 없었다. 단지 사이렌 울리는 소리와 함께 붉은 불빛이 빙빙 돌 뿐이었다.

상황이 어찌 됐든 일단은 보초가 없다는 게 중요했기에, 바로 옆에 있는 문을 부수기 시작했다.

'칼콘, 칼콘을 찾아야 한다!'

쾅, 쾅, 쾅!

끼기기긱!

약 1분 정도 힘을 소모하자 안으로 들어갈 수 있었다.

"Huaaa! Don't kill me!"

안에는 마법사가 쳐다도 보지 않고 비명을 지르고 있었다.

"흐아… 흐… 허…."

더 이상 고통에 견디지 못해, 신체 강화를 풀어버리고는 마법사에게 다가갔다.

"정신 차려, 이 새끼야."

따귀를 한 대 때리자 마법사가 초점 없는 눈을 돌렸다.

"의, 의뢰인? 의뢰인입니까!?"

"칼콘 어디 있어."

"사, 살려주세요… 이 사람들 미쳤다입니다. 샤오핑을 믹서기에 넣고 갈았다입니다!"

마법사가 지훈의 어깨를 붙잡고 눈물을 토해냈다.

샤오핑이 죽었다는 얘기가 들려왔지만, 현재 상황에서는 그딴 게 중요한 게 아니었다.

"칼콘 어디 있냐고, 이 개새끼야!"

있는 힘껏 벽을 후려치자 풍선 터지는 소리와 함께 에어백 같았던 외벽이 푹 주저앉았다.

"나, 나 봤습니다… 우리랑 다른 곳으로 갔습니다! 민우도 봤습니다! 그 사람도 다른 곳으로 갔습니다!"

"따라와, 찾으러 간다."

"주, 죽습니다! 상대방 무장 했습니다! 나 장비 없습니다!"

마법사가 얼굴을 감싸며 싫다고 저항했다. 이에 가볍게 마법사의 다리 사이, 정확하게는 녀석의 물건 바로 앞에 주먹을 내리꽂았다.

퍼어억!

순식간에 고자가 될 뻔한 마법사는 눈동자를 마구 굴렸다.

"닥치고 따라와. 안 오면 여기서 죽는다."

"아, 알겠다입니다! 진정입니다! 나 간다입니다!"

마법사를 이끌고는 칼콘이 있다는 연구소 쪽으로 이동하려는 찰나, 마법사가 지훈을 붙잡았다.

"여, 여기 기관총 있습니다! 데려가야 합니다!"

"열 수 있냐?"

지훈은 조금 전까지 신체 강화 능력을 사용했던 터라, 잠깐 휴식이 필요했다.

"모, 못합니까? 의뢰인?"

"시간 없다. 버려."

마법사가 얼굴에 형용할 수 없는 표정을 지었지만, 이내 자기라도 살았다는 것에 안도하는 듯했다.

– 이블 포인트가 2 올랐습니다. 현재 포인트는 61입니다.

머릿속에 불쾌한 소리가 울렸으나 애써 무시했다. 지금은 저런 사소한 문제로 발목 잡혀 있을 시간이 아니었다.

'그나저나, 왜 아무도 없는 거지? 불이라도 난 건가?'

복도를 걷다 문득 시끄럽게 울리는 사이렌 소리를 들으며 난 생각이었다.

권능의 반지

149화 발아

NEO MODERN FANTASY STORY

약 15분 전. 정확하게는 지훈이 깨어나서 한참 작전을 생각하고 있을 무렵.

"Siinsamas? Ükskõik kui varemed otsida sõltuma? (여기 맞아? 그냥 폐허잖아?)

"Täpselt. Ta on teinud suuri asju sinna taha seda. (정확해. 저 아래 위대하신 그분께서 원하는 물건이 있다.)"

하즈무포카의 하수인들이 일본 개척지 아래에 숨겨져 있는 연구 벙커를 가리키며 대화를 나누고 있었다.

한 녀석은 과거 지훈과 붙었던 거대화와 전이계 이능을 쓰는 남자였고, 다른 하나는 무기질 느낌이 짙게 나는 인섹토이드(곤충 인간)이었다. 성별은 알 수 없었다.

"Nii et on ka midagi seal, poisid? (그럼 저곳에 그 녀석도 있겠네?"

"Tahad teada, teisel päeval ja nägin mitu gin? Kuigi hindamatu. (저번에 졌던 걸 복수하고 싶나 보지? 한심하긴.)"

"Ole vait. Sa tead, mis midagi on, ilma minu sekkumiseta oli ülekaaluka võidu! (닥쳐. 너 따위가 뭘 알아, 방해만 없었다면 나의 압승이었어!)"

"Pea meeles, et praegune missioon on koguda mitte pealt kuulata. Suur lase teda Ta ei taha, et ma suren veel helisema kasutaja. (현재 임무는 요격이 아닌 수집임을 명심해. 위대하신 그 분 께서는 아직 반지 사용자가 죽는 걸 원치 않으셔.)"

남자는 이를 꽉 깨물고는 연구 벙커로 향했다.

15분.

길지도 짧지도 않은 시간.

식사 시간 남짓한 시간 안에 수 없이 많은 포탑과 터렛은 물론, BSS 측 경비들이 수도 없이 죽어나갔다. 이에 연구소는 진행 중이던 작업을 정지하고 모든 경비 인력은 입구 쪽으로 밀어 넣었다.

딱 지훈이 실험체 보관실에서 밖으로 나온 시점이었다.

다시 15분 후, 현재.

에에에에에엥 −

시끄럽게 울리는 사이렌 소리가 계속됐다.

감각을 늦추지 않고 걸어가길 잠시, 문득 코너 저편에서 누군가 달려오는 소리가 들렸다.

타다타다다타다!

보폭이 일정치 않은 게 2인 이상인듯싶었다.

− 멈춰.

수신호로 마법사를 멈춘 뒤, 빠른 속도로 달려가 코너에 찰싹 달라붙었다.

'빨리 와라, 이 개 좆만도 못한 니미 씨부랄 새끼야.'

심호흡을 하며 귀에 정신을 집중했다.

소리가 굉장히 가까운 거리까지 다가온다.

몸을 돌리는 회전력에 몸무게까지 싫어 팔을 휘둘렀다.

주먹을 이용한 점 공격이 아닌 팔 전체를 이용한 횡 공격이었다. 레슬링 기술의 일종인 크로스 라인. 보통은 적의 목에 걸어 넘어뜨리는 용도로 사용됐다.

꾸욱− 퍽!

인영의 쇄골에 팔이 정확히 걸리며 풀썩 쓰러졌다.

엄청난 소리가 난 걸 봤을 때 머리부터 떨어져 뇌진탕에 시달릴 게 분명했다.

몸을 던져 나머지 하나를 확인했다.

흰색 보호복을 입은 남자가 영어를 지껄였다.

단지 무장을 하지 않은 것을 보아 연구원 같았다.

도망을 가든 말든 무시하고는 쓰러져 있는 경비의 턱을 싸커킥으로 차 마무리했다.

'총은 없는 건가?'

자세히 보니 등에 멘 상태였다.

꺼내보니 처음 보는 총이다. 아무래도 보사에서 직접 만든 차세대 총기인 모양. 조종간을 단발로 놓은 뒤 집중 이능을 발동해 연구원의 허벅지를 겨눴다.

탕- 퍼억!

"마법사, 너 영어 할 줄 알지?"

"하, 합니다. 잘 합니다!"

바로 맨손으로 사람 조지는 걸 봤기 때문인지, 마법사는 조곤조곤 말을 잘 들었다.

"민우, 칼콘 그리고 장비 있는 곳 물어봐."

마법사는 연구원에게 다가가 죽이지 않는다고 약속하고는, 원하는 정보를 물어봤다. 고문과 공포에 익숙하지 않은 자들이었기에 손쉽게 술술 털어놨다.

'칼콘은 연구 2동, 민우는 연구 1동인가.'

연구소 구조는 크게 경비동, 주거동, 연구동, 창고로 나뉘었다. 유일한 입구이자 출구 주변에 경비동과 대부분의 병력이 있었고, 그다음으로 주거동, 연구동 순서였다.

그중 지훈이 있던 곳은 연구 3동으로 연구실에서 제일 깊숙한 곳이었다.

'장비는 각 연구동 창고에 나뉘어 있는 건가.'

머릿속으로 이동 동선을 그렸다.

"여기 담당자 새끼 누군지 물어봐."

마법사는 얼마 후 연구 1동에 있는 안드레이라는 늙은 러시아인 연구원이라고 답했다.

'이 난리 속에서 그 녀석을 찾기는 어려울 것 같다. 비상사태라면 연구원들을 안전한 주거공간 속에 밀어 넣었을 터.'

칼콘이 있다면 모를까 혼자서는 절대로 뚫을 수 없었다.

총알 맞는다고 해서 뚫릴 C등급(강화 포함) 육체와 C등급 갑옷이 둘 다 뚫리진 않겠지만, 세게 두드리는 운동 에너지를 이기지 못할 게 분명했다.

집중포화를 맞았다가는 내장이 걸레가 될 게 분명했다.

"자료 백업 있냐고 물어 봐."

"있다 합니다. 근데 엑세스 조건 대장만 있다입니다."

아마 방대한 양이니 메인 프레임 내지는 슈퍼 컴퓨터에 넣어 놨을 터, 그 거대한 물건을 뜯어갈 수도 없는 노릇이었기에 결국 어쩌나 저쩌나 안드레이라는 담당자가 필요했다.

정보는 다 얻었기에 연구원에게 총을 겨눴다.

"You said promise to me! (살려준다고 약속했잖아!)"

"That's him, not me. motherfucker. (나는 안 했는데?)"

보호복 유리에 총구를 딱 붙여서 발사했다.

탕 소리와 함께 탄두가 머리에 박히는 동시에 터져버렸다.

당연히 그 반동으로 지훈은 피범벅이 됐으나, 불쾌한 감정 말고는 딱히 아무것도 느껴지지 않았다.

'구경이랑 총알이 도대체 뭐길래 이따구로 터져?'

보통 유탄류는 관통 없이 착탄과 함께 폭발한다. 하지만 이 탄환은 분명 표적을 '관통'하고 나서 폭발했다.

폭발 마법탄일 가능성이 있었지만, 일개 경비에게 발당 가격이 입 떡 벌어지는 물건을 쥐여줄 리 없었기에 절대 그럴 리 없었다.

'일단 중요한 건 화력이 좋다는 거다.'

애초에 칵톨레므도 원격으로 조종하고, 주사 몇 방으로 없던 이능까지 만들어내는 놈들이었다. 이해하는 걸 포기하고는 바로 앞으로 나아갔다.

경비 하나에 연구원 대여섯쯤 되는 무리와 마주쳤다.

"Subjuect 51? how…. (실험체 51? 대체 어떻게….)"

연구원이 말을 채 끝나기도 전에 풀오토로 갈겼다.

전기톱 긁듯 탄환들이 가로로 연구원 무리를 양단했다.

가속 이능을 사용했기에 경비가 채 반응하기도 전에 모조리 처리할 수 있었다. 지체할 시간이 없었기에 바로 이동하려는 찰나….

욱신!

누군가 뇌에 침을 놓는 것 같은 날카로운 편두통과 함께 왼쪽 얼굴이 욱신거렸다. 반사적으로 손을 올려 막자, 손등에 뭔가 얕게 퍽 하고 박히더니 쾅하고 터져버렸다.

BSS 경비의 총알이었다.

'살아있다고? 어떻게? 즉사해야 정상인데?'

호기심보다 제압이 먼저였기에, 양손으로 머리를 보호한 뒤 그대로 경비 쪽으로 달렸다.

타타타타탕!

콰콰콰콰쾅!

수없이 많은 탄환이 몸을 흔들고, 터졌다.

다행히 몸에 박히지는 않은 터라 가볍게 살점이 떨어져 나가는 것으로 끝났다.

퍼억!

턱을 발로 차자 기괴한 소리가 나며 고개가 돌아갔다. 그걸로도 혹시 몰랐기에 머리를 밟아 두개골을 뭉개버렸다.

맨발에 물컹한 느낌과 동시에 날카로운 뭔가가 밟혔다.

뇌 속에 날카로운 것.

뭔가 싶어 보니 컴퓨터 같은 게 부서져 있는 게 보였다.

'임플란트?'

보통 한국에서 임플란트라고 하면 '인공 치아'를 생각하지만, 실제로는 인공장기에도 쓰이는 말이었다.

하지만 차원 왜곡 이후 생체 공학이 엄청나게 발전하기 시작하면서, MES의 대안품으로 나온 게 바로 임플란트였다.

팔다리를 잘라내지 않고도 비각성자를 저등급 각성자만큼 강하게 만들 수 있게끔, 장기는 전부 인공으로 교체하고 뇌에는 제어 및 연산 가속 부품을 집어넣었다.

'미친 새끼들…'

몇몇 헌터들이 부상으로 인한 장애를 극복하기 위해 임플란트를 넣는다는 얘기는 들었지만, 이 정도는 아니었다.

아마 복부가 터져나가고도 생존했다면 아마 거의 모든 장기가 임플란트인 것은 물론, 통각도 느끼지 못했으리라.

기본 골자가 인간인지라 척추(목)를 작살 내거나 머리를 잘라내면 죽지만 굉장히 까다로운 상대였다.

힘든 전투가 이어질 것 같았기에, 쓰러뜨린 경비에게서 탄띠 및 예비 탄창을 노획했다.

창고를 찾기 위해 연구 3동을 헤집던 중 적과 마주쳤다.

이번에는 리자드맨… 같이 보이는 녀석이었다.

변이 계통으로 실험을 당한건지, 비늘은 모조리 벗겨져 있었고 등에는 손바닥 2개 만한 작은 날개가 돋아 있었다.

"쉬이익! 쉬익!"

리자드맨은 꺼지라는 듯 손짓했다.

옷이 같았기에 같은 실험체라는 사실을 알아채고 불필요한 싸움을 하고 싶지는 않은 것 같았다.

물론 그건 리자드맨 얘기였고, 이쪽은 아니었다.

탕!

리자드맨이 풀썩 쓰러졌다. 아무리 전투 의지가 없다고

한들 살려뒀다가 나중에 괜한 변수가 될 수도 있기 때문이었다.

평소였다면 살려 보내줬겠지만, 지금은 아니었다.

강적이 넘쳐남은 물론, 조금이라도 삐끗하면 바로 황천 가는 상황에서 괜히 위험을 남겨 둘 필요는 없었다.

창고는 연구 3동 구석에 있었다.

연구원을 죽이고 노획한 카드키를 단말기에 긁었다.

삐빅-

쉬이이이익.

언제 봐도 우주선 같은 문이 열리며 창고가 드러났다.

방사능 오염을 우려해서인지 장비들은 전부 비닐로 밀봉해놓은 상태였다. 몇몇 물품은 소각 예정이었는지, 불꽃 그림이 그려진 메모가 붙어 있기도 했다.

빠르게 주변을 훑었다.

얼핏 보기에 겉에 힘을 잔뜩 줘 등급이 높은 아티펙트가 보이는 것 같기도 했지만, 모조리 무시했다.

'좋은 물건이었다면 아마 노획해서 사용하고 있을 거다.'

지훈의 물건은 비교적 바깥쪽에 있었다.

창고가 컸던 까닭에 슥 훑고 지나가야 했으므로 못 찾을 법도 했지만, AS VAL이 워낙 특이하게 생긴 총기라서 쉽게 발견할 수 있었다.

철컥, 철컥!

보호복을 제외한 모든 장비를 착용했지만, 경비에게서 노획한 총은 여전히 들고 다니기로 했다.

탄약 때문에 밖에서는 전혀 사용할 수 없는 총이지만, 연구소에는 넘쳐났기에 걱정할 것 없었다.

"저, 저는 어떻게 하나 입니까?"

마법사가 제 장비를 찾지 못하고 버벅였기에, 그냥 바로 옆에 있는 상자를 뜯어서 건네줬다.

안에는 AR-15(아말라이트-15) 계통 M16A1과 함께 투박한 가죽 갑옷이 들어 있었다.

"저, 저는 마법사입니다!"

마법사가 불만을 토로했지만, 무시했다.

"실전에서 쓸모 있는 마법은 단 한 번도 못 쓴 새끼가 그딴말이 잘도 튀어나와? 내 손에 뒤지기 싫으면 총 들어."

어차피 개판 된 상황에서 칭얼거리는 용병을 달래 줄 여유와 시간 따위 없었다.

결국 마법사는 끙 소리를 내며 장비를 입었다.

"이제 우리 어디가냐 입니까?"

"연구 2동. 칼콘을 구하러 간다."

아스발은 사선으로 매고, 업을 짊어지는 자는 언제든지 꺼낼 수 있게끔 왼쪽 허리에 맸다.

'사람을 모르모트로 쓰면 무슨 일이 일어나는지 아주 똑똑히 보여주마.'

이를 꽉 깨물고는 창고 밖으로 나갔다.

오는 길을 전부 정리해 뒀기에 시체만 즐비해서 B급 고어 필름을 보는 것 같았지만, 지훈에게 있어서는 차라리 그편이 나았다.

　적이 가득 차 있는 것보다는 나았기 때문이다.

권능의 반지

150화 조우

NEO MODERN FANTASY STORY

칼콘이 눈을 뜬 건 지훈이 장비를 챙겼을 무렵이었다.

"어…?"

눈을 껌뻑거려 의식을 확인한 뒤, 칼콘은 제 몸이 거미 고치처럼 묶여있다는 사실을 깨달았다.

부으으윽- 찌직!

힘을 주자 간단하게 찢어졌다.

지훈조차 이능을 쓰고 나서야 찢은 구속구이거늘, 칼콘에게 있어선 그저 거치적거리는 천 그 이상 그 이하도 아닌 것 같았다.

그럴 수밖에 없는 게, 현재 칼콘의 왼손과 왼발은 아쵸프무자가 달아 준 특제 B등급 아티펙트였다.

'진짜와 다를 바 없는 가짜'였기에 보사 스캔 과정에서도 밝혀지지 않는 게 당연했다.

"어디지?"

칼콘은 머리를 긁적거렸으나 이내 생각하는 걸 포기했다.

경험상 머리를 굴리는 것보다 몸을 움직이는 편이 더 좋은 결과를 가져온다는 것을 알기 때문이었다.

'일단 탈출부터 할까.'

적이 강하다면 투항하면 그만이었고, 적이 약하다면 짓밟으면 됐다.

'그 전에… 오줌 마렵다.'

칼콘은 바지를 내려 보관실 구석에 볼일을 본 뒤, 그 위에 달려있는 카메라를 손으로 부숴버렸다.

"내 우람한 물건을 훔쳐 보다니! 죄가 무거워!"

뚜둑, 뚜둑.

목, 손, 허리, 골반, 허벅지, 무릎, 발목, 발.

순서대로 모조리 힘을 풀고는 날개뼈를 이용해 어깨를 몇 바퀴 빙빙 돌렸다.

'밖에 나가서 지훈부터 찾아볼까.'

준비 운동이 끝나자마자 왼팔을 휘둘렀다.

목표는 문이었다.

찌걱!

섬뜩한 소리와 함께 주먹이 문을 뚫고 나갔다. 이후 거미줄 뚫는 것마냥 직직 찢어 구멍을 만들어 탈출했다.

에에에에에에엥-!

보관실 안에서는 들을 수 없었던 사이렌이 들려왔다.

그게 꼭 신호라도 되는 듯, 여유롭던 칼콘의 얼굴이 싹 굳어지며 잘 훈련된 군인으로서의 모습이 튀어나왔다.

지훈과 함께하며 순한 말투를 자주 보여서 그렇지 그는 본디 사람을 잡아 죽이던 인간 사냥꾼이자 카즈가쉬 클랜의 잘 벼려진 군인이었다.

친구가 사라지고 혼자가 되자 그 모습이 얼핏 드러났다.

쿵, 턱, 쿵, 턱.

성난 걸음걸이가 지나갈 때마다, 특히 왼발이 꽂힐 때마다 바닥에 5mm짜리 발자국이 찍혔다. 본인은 인지하지 못했지만, 분노에 힘이 잔뜩 들어가서였다.

사건이 터지고 시간이 조금 지난 까닭일까?

연구동 안은 조용했다.

단지 칼콘이 지훈을 찾기 위해 열은 보관실 안에 있던 리자드맨들만 혼비백산하며 뛰고 있을 따름이었다.

'어디 있지? 지훈은 체취가 독특해서 금방 알 수 있을 텐데.'

가만히 서서 코를 킁킁거렸다.

냄새가 났다. 하지만 지훈은 아니었다.

기계 냄새가 섞였지만, 분명 인간이 내뿜는 냄새.

홱!

칼콘의 고개가 사냥감을 찾은 맹수처럼 돌아갔다.

쿵, 틱, 쿵, 틱!

방향은 연구 2동의 깊숙한 곳, 창고 방향이었다.

어느 정도 걸어가고 있자니 사람 목소리가 들려왔다. 영어였다. 잘 알아들을 수 없었지만, 대충 뜻은 알 수 있었다.

"위험하다. 실험체 탈출. 그림자를 부르는 게?"

"쉐도우 스쿼드 호출. 이미 오는 중."

"현재 우리 임무는 장비를 태우는 게 전부?"

"탈주한 실험체 제거 필요."

"알겠음."

칼콘은 숨죽인 채로 고개만 갸웃거렸다.

정확하게 이해할 수는 없었지만, 적어도 본인에게는 좋지 않은 상황이 분명했다는 건 알 수 있었다.

'저 녀석들을 죽여야 해.'

칼콘은 조용히 기대있던 벽을 손으로 두드렸다.

톡, 토톡, 톡, 토톡.

임플란트를 끼고 있던 까닭일까?

사이렌에 끼어 듣기 힘든 작은 소리가 분명했음에도 대화를 나누던 소리가 뚝 끊겼다.

칼콘은 그동안 수없이 많은 전장을 누벼온 감으로, 경비들이 경계자세로 다가오고 있음을 알 수 있었다.

경계 사격 위치는 정확하게 인간 기준 복부나 흉부.

섣불리 달려들었다간 경계사격에 벌집이 될 게 분명했기에 마치 네발짐승처럼 몸을 웅크렸다.

발 바로 앞에 손을 갖다 대고, 엉덩이는 들어 언제든지 튀어나갈 수 있게끔 준비했다. 거대한 덩치와는 어울리지 않는 고양잇과 맹수의 자세였으나, 어차피 상관없다.

본디 전장에서는 누가 더 멋지냐보다는 누가 더 효율적으로 상대방을 죽일 수 있느냐가 더 중요했기 때문이다.

'3초, 2초, 1초. 가자.'

들이마셨던 숨을 폭발적으로 내뿜으며 몸을 튕겼다.

경비들과의 거리는 약 1M.

타타타타타탕!

가속 이능이 없는 칼콘이었기에, 경비의 사격이 더 빨랐다. 하지만 몸을 낮추고 있던 터라 단 한 발도 맞지 않았다.

터더더덕!

칼콘은 네발로 빠르게 기어가, 몸을 일으키며 경비의 복부에 박치기를 꽂아 넣었다. 동시에 왼손으로는 좌측 경비의 얼굴을 농구공 집듯 잡고는 바닥에 꽂아버렸다.

뻑, 퍽!

왼팔로 짓누른 경비는 머리가 터져서 죽어버렸고, 박치기를 맞은 경비는 총을 쏠 수 없는 거리였기에 버둥거렸다.

꾸우우욱!

강력한 힘이 밀어냈으나 애초에 인간보다 머리 하나는 더 큰 칼콘에, 각성까지 한 상태였다. 겨우 임플란트 몇 개 박았다고 이길 수 있을 리 없었다.

머리를 밀어내는 손을 무시하곤, 경비의 어깨를 잡아 쑤욱

다가갔다.

경비와 칼콘의 눈이 마주쳤다.

경비가 손가락으로 칼콘의 눈을 찌르려 했지만, 칼콘은 바로 입으로 그 손가락을 물어버렸다.

으적, 으적.

인간과는 다른 전투 종족 특유의 톱니 이빨이 경비의 손가락을 순식간에 잘라버렸다.

겨우 손가락 2개로 만족할 수는 없었기에 바로 왼팔을 회수해 녀석의 이마에 내리꽂았다.

비명도 없이 그저 퍽 소리가 났다. 그게 끝이었다.

"그르르… 그르르…"

숨을 몰아쉬자 성대가 떨리며 짐승 소리가 튀어나왔다.

'장비를 찾아야 해.'

칼콘은 창고 쪽으로 두 걸음쯤 걷다가 되돌아왔다. 총을 방어할 대비책이 필요했기 때문이었다.

평소라면 방패를 들고 다녔겠지만, 지금은 없는 관계로, 축 늘어져 있는 시체를 들어 방패처럼 썼다. 오른손에는 총을 들었다.

뻑! 뻑! 지지직!

창고 문을 왼발로 찢어버리고 진입하자, 안에서 장비를 파기하던 경비들이 경계 사격을 시작했다.

타타타타타타탕!

퍼버버버버벅!

귀가 찢어질 것 같은 소음과 함께 왼손에 들고 있던 바디벙커가 터져나가는 소리가 들려왔다.

다행히 강력한 탄환은 아닌지 경비의 몸만 터져나갈 뿐 칼콘의 몸에는 단 한 발도 박히질 않았다.

칼콘은 최대한 몸을 돌려 사선에서 벗어난 뒤, 눈만 움직여 적을 훑었다.

'넷. 총기 무장. 방패 없음.'

위치가 파악되자 다음 행동은 간단했다.

탕, 탕, 탕, 탕!

회피?

그딴 건 칼콘과는 거리가 먼 단어였다.

그는 최전방에서 전진하던 방패병답게, 오로지 바디벙커 하나에 몸을 숨긴 채 총만 꺼내 갈겼다.

조준사격이 아니었기에 당연히 명중률은 낮았다.

경비들은 엄폐하기 시작했고, 칼콘은 미소를 지었다.

이미 적들이 어디로 숨었는지는 전부 파악했다.

그렇다면 이제 서서히 숨통을 조이면 됐다.

타다다다다당!

쿵, 쿵, 쿵, 쿵!

경비들은 재장전을 번갈아 하며 화망을 유지했지만, 칼콘은 이에 지지 않고 전진했다.

폭발성을 띈 탄환 때문에 바디벙커가 곧 뚫릴 것 같았지만, 어차피 그때쯤이면 새로운 녀석을 잡으면 됐다.

이윽고 칼콘이 첫 번째 엄폐물에 가까이 다가가서는, 총만 내밀어 풀 오토로 드르륵 긁었다.

고기 터지는 소리가 났기에 칼콘은 엄폐물 안에 들어가 바다 벙커와 총기를 교체했다.

바로 옆으로 탄환이 쏟아지는 정신 나간 광경이 펼쳐졌지만, 칼콘 머리에 드는 생각은 단 하나였다.

'인간의 무기는 너무 편리해. 어찌 이렇게 쉽게 죽을까? 우리 종족이 이런 기술을 가지고 있었다면, 인간 따위 상대가 되질 않았을 텐데.'

철컥.

장비 교체를 마쳤기에 칼콘은 다시 전장으로 나섰다. 같은 방법으로 둘 제거하니, 마지막 녀석은 백병전을 걸어왔다.

파지지지직!

지훈을 제압했던 전기봉이었으나, 가볍게 왼손으로 막아냈다. B등급 아티펙트라는 이름이 괜히 붙은 게 아니었기에 당연히 아무런 피해도 받지 않았다.

경비의 얼굴에 당황스러움이 묻어났으나, 칼콘은 무슨 일이 일어났는지도 몰랐다. 단지 왼발로 녀석의 몸을 뚫어버렸을 뿐이었다.

칼콘은 냄새로 제 장비를 찾아 재무장했다.

보호복을 입을까 말까 하는 문제로 한참을 고민했으나, 움직임을 방해받는 게 싫었기에 보호복은 내버려뒀다.

철컥, 철컥.

이후 칼콘은 방패를 진열대를 거치대 삼아 세워놓은 후, 멀찍이서 경비가 들고 있던 소총으로 갈겨봤다.

퍼버버벅!

폭발로 인해 흔들리긴 했지만 관통되진 않은 것 같았다. 칼콘은 그 모습을 보고 씩 미소를 지었다.

'지훈, 어디 있는지는 모르겠지만 금방 갈게. 기다려.'

창고에서 나와 밖으로 걸었다.

길을 몰랐다. 영어도 듣기만 조금 하지, 읽기나 말하기는 되지 않아 정보도 캘 수 없었다. 거의 헤맨다고 봐야 옳을 정도로 배회하길 잠시.

콰아아아앙!

큰 소리가 났기에 그쪽으로 달려갔다.

"Vaata, ma ei saa kütta veidi chill? (이봐, 좀 얌전하게 열 수 없어?)"

"If'm ei hakka kinni ja mind aidata. (도와주지 않을 거면 닥치고 있어.)"

본디 알아들을 수 없어야 하는 언어였거늘 이상하게 알아들을 수 있었다. 무슨 언어인지 곱씹기를 잠시, 칼콘은 저 언어를 반지에서 들었다는 걸 깨달았다.

그와 동시에 온몸에 소름이 돋았다. 마치 건물만 한 짐승이 자신을 핥고 있는 것 같은 기분이었다.

재빨리 이동해 복도 구석에 있던 짐덩이 안에 숨었다.

크기가 커서 숨기 힘들어 보이기도 했지만, 워낙 잡동사니 사이에 숨은 지라 그저 방패가 뉘어 있는 것으로 보이는 것 같기도 했다.

뚜벅, 뚜벅, 뚜벅.

"Ma ei tea, miks sa pead talle, et ta on teadus alamliiki sellest jamast? (어째서 그분께서 이딴 하위 종족의 연구자료가 필요하신 걸까?)"

"Ma ei tea. Ta ?tles, et ainult inimese hasyeoteo l?hedal v?idu parim edu. (나도 몰라. 단지 그분께서는 인간이 제일 성공에 가까운 종족이라고 말씀하셨어.)"

칼콘은 숨도 쉬지 않고 가만히 숨어있었다.

"Sa tõesti arvad, et nad on sellist laeva? (넌 정말 그들이 그만한 그릇을 가지고 있다고 생각해?)"

"Ma ei tea. See muidugi kogelemine. I ja ma olen rike. Uh, miks me saame aru oma isanda tahtmist? (난 몰라. 그게 당연한 거고. 너와 난 실패작이야. 우리가 어찌 높으신 그분의 뜻을 이해할 수 있겠어?)"

둘이 도대체 무슨 얘기를 하는지 알 수 없었다.

아쵸프무자에게 진실을 들은 것도 아니고, 그저 이 언어를 할 줄 아는 게 다인 칼콘이었다. 단지 이길 수 없을 것 같아 빨리 지나가기만을 기다리고 있자니….

대화와 발걸음 소리가 5초 뚝 끊겼다.

"Aeglane kiirenenud? (느꼈나?)"

"Jah, see heliseb kasutaja. (그래, 반지 사용자다.)"

발각됐다는 뜻이었기에 칼콘은 도망가려 했지만, 하즈무포카의 하수인이 더 빨랐다.

콰아아앙!

거대한 주먹이 잡동사니에 꽂혔기에, 기겁을 하고 튀어나와 방패를 들어 올렸다.

후속타가 날아올 거라는 생각과 달리, 하즈무포카의 하수인들은 이해할 수 없다는 말만 내뱉었다.

"Oak? Kuidas nii? Kus on see mees? (오크? 어째서? 저번에 그 인간은 어디 있지?)"

이미 헐크 같은 거인으로 변한 녀석이 물었다.

대답하지 않고 가만히 있자니, 멀찍이서 사람이 달려오는 소리 2개가 들렸다. 조심히 눈만 돌려 쳐다보니, 하즈무포카의 하수인들 너머로 지훈과 마법사가 달려오는 게 보였다.

권능의 반지

151화 후폭풍

NEO MODERN FANTASY STORY

칼콘, 하즈무포카의 하수인들, 지훈과 마법사.

결과적으로 복도에 세 일행에 차례로 서 있게 됐다.

수상한 움직임 하나에 바로 총성이 울릴 일촉즉발. 누구 하나 섣불리 움직이지 않았다.

"Kasutaja uuesti silm ring. (다시 보는군. 반지 사용자.)"

체구가 3.5M는 되어 보일법한 거인이 연신 이를 드러내며 짙은 공격성을 내비쳤다.

"Jah tore meelde iiveldus. (그래, 구역질 나게 반갑다.)"

지훈 역시 장비 없이 거인에게 일방적으로 두드려 맞았던 과거가 떠올라 이를 꽉 깨물었다.

"지훈, 이 녀석들 누구야!? 반지를 알고 있어!"

칼콘이 혼란스럽다는 듯 물었다. 처음 만나는 상대가 본인과 반지를 알고 있으니 그럴 수밖에 없었다.

정보야 둘째 치더라도 칼콘은 강한 상대와는 싸우고 싶지 않은 모양이었다. 아마 잘 벼려진 감이 '이 둘은 위험하다.'라고 외치고 있으리라.

"하즈무포카의 하수인. 적이다."

전투 회피를 기대하는 칼콘의 기대를 부응해 줄 순 없었다.

어차피 언젠가는 싸워야 하는 상대였고, 무너뜨려야 할 상대임에는 분명했다.

'내 손으로 직접 죽여주마.'

등에 메고 있던 AS VAL을 어깨에 걸었다. BSS 소총을 쓰는 데 굉장히 방해됐지만 상관없었다.

현재 AS VAL에 들어있는 탄환은 VGC(C등급 관통탄)다. 9mm 짜리 일반탄을 썼던 과거와는 달리, 어느 정도 효과가 있을 게 분명했다.

'폭발성이 있는 BSS 소총으로 저지한 뒤, 아스발로 마무리한다. 마법은 탄환의 저항력을 강화하는 쪽으로 사용하면 되겠군.'

마음을 다잡고는 언제든지 방아쇠를 당길 수 있게 온몸을 긴장시켰다. 보통은 이 상태로 기다렸다가 상대방이 입을 열자마자 발포하지만, 이번만큼은 그럴 수 없었다.

"See on teie ring teile. Kuulsin erinevas tempos näeb

erinevalt eelkäija, hagun värske. (네가 이번 반지 사용자인 가. 선임자들과는 다른 행보를 보인다고 들었는데, 신선하군. 게다가 사용자가 둘이라, 이런 경우는 또 처음이군.)"

솔깃한 정보였기 때문이다. 아쵸프무자가 어느 정도 정보를 제공하긴 했지만, 아직까지도 턱없이 부족한 상황이거니와 그 신뢰도가 낮았다.

더 알아볼 필요가 있었다.

"Eelkäija? (선임자라?)"

"See on õige. Achophumjah'th mänguasi. Me nimetame neid ring kasutajad. (아쵸프무자의 장난감. 우리는 그들을 '반지 사용자'라고 부른다.)"

인섹토이드가 머리에 달린 더듬이를 움직였다.

"See on kolmas asi, mida vaadata seda. (너와 보는 건 이번이 세 번째. 아주 흥미로운 행보를 보이더군.)"

세 번째라는 말에 얼굴을 찌푸렸다.

거인은 저번에 한 번 본 적이 있어 구면이지만, 앞에 있는 인섹토이드는 단 한 번도 본 적이 없었다.

"Jama fupck. (개소리 집어치워.)"

"Kui kanalisatsiooni Venemaa, kui Maal ja nüüd. Kahjuks oleme viivitada muutunud varemed. (러시아 하수도에서 한 번, 지구에서 한 번 그리고 지금. 안타깝게도 유적은 우리가 한발 늦어버렸지.)"

순간 머리가 멍해졌다.

러시아 하수도에서 하즈무포카의 하수인과 만났다고?

그 의문이 든 순간 잊혀졌던 기억들 속에서 차원 여행자가
꺼냈던 말이 떠올랐다.

- 감히 미천한 존재인 제가 위대하신 분의 이름을 입에 얹
자면… 하즈무포카님의 하수인들이었습니다. 점프잼을 원하
시는 것 같았나이다. 저는 거기에 저항하다 부상당했습니다.

분명 차원 여행자는 저렇게 말했다.

당시에는 워낙 정보가 주어져 있지 않았기에 신경 쓰지 않
은 말이었지만, 지금 들어보니 엄청나게 섬뜩했다.

'만약 러시아 하수도에서 저 녀석들과 만났다면?'

죽었다.

말할 것도 없었다.

그러고 보면 참 이상했다.

차원 여행자는 눈에 보이는 것을 모조리 비틀어버릴 수 있
는 아주 강력한 존재. 게다가 공간을 왜곡이라는 전이계 이능
역시 저항이 아무리 높아도 막을 수 없는 죽음의 일격이다.

그런 존재가 부상당한 상태였다.

툭 치면 금방이라도 쓰러져 죽을 것 같았던 빈사.

다행히 운이 좋아 차원 여행자를 포획하는 데 성공했지만,
만약 부상당한 상태가 아니었다면 지금과는 퍽 다른 이야기
가 진행됐을 터였다.

그뿐만이 아니었다.

아쵸프무자의 계약에는 항상 '하즈무포카'의 하수인에 대

한 애기가 분명 한 번씩은 스쳐 지나갔다.

"Achophumjha See on üsna vähe ilmunud hellitada. Keskmine tööstaaž ütleb meile, kui mitu korda ma surin es. (아쵸프무자가 널 어지간히 소중하게 생각하는 모양이야. 보통 선임자들은 우리한테 몇 번이나 죽었는데 말이지. 하지만 넌 아니었지.)"

저들의 말대로 아쵸프무자가 지훈을 편애한 걸까?

아니면 단순 지훈의 운이 엄청나게 좋았던 걸까?

정답을 알 수는 없지만, 적어도 일이 굉장히 진행된 지금에서야 마주쳤다는 건 확실했다. 그리고 지금 제일 중요한 건 머지않아 전투가 벌어질 것 같다는 사실이었다.

BSS소총을 잡고 있는 손에 힘을 줬다.

숨 쉬는 것조차 잊을 정도로 온몸을 긴장시켰으나, 인섹토이드는 픽 웃고 말았다.

" Ja jälle see angetji surra. Rosy roosa täitematerjaliks. (그리고 이번에도 죽지 않겠지. 천운이야.)"

인섹토이드는 말이 끝나자마자 전이계 이능을 사용했다.

– 전이계 사용 감지.

"엎드려!"

전이계 이능에는 왜곡 역시 포함되어 있었기에, 지훈은 일단 몸을 낮춰 회피 동작부터 취했다.

하지만 예상과 달리 공간이 뒤틀어지는 소리는 나지 않고 인섹토이드와 거인의 모습만 서서히 흐려질 뿐이었다.

"Ärge arvake, ring kasutajad. Pärast kogumist, ma kindlasti minna Venemaale tõmmata oma juukseid. (도망칠 수 있다고 생각하지 마라, 반지 사용자. 수집이 끝나면 난 반드시 네 머리를 뽑으러 갈 것이다.)"

거인이 짙은 살기를 드러내며 거친 숨을 내쉴 뿐이었다. 하지만 그것도 잠시. 머지않아 모조리 사라져 버렸다.

'공간 도약? 도대체 무슨 생각이지?'

하즈무포카의 하수인이 사라지자 칼콘이 주저앉았다.

"쟤, 쟤네 뭐야? 나 저런 녀석들은 처음 봐."

BSS 경비들을 양 떼마냥 도축하던 멧돼지는 어디 가고, 가련한 소녀 같아 보였다.

"아쵸프무자의 적이자, 나의 적이다."

"혹시 반지에 관련된 녀석들이야?"

고개를 끄덕여 대답해줬다.

"여기서 나가야 해. 저 녀석들 위험해 보였다고!"

도망. 본디 싸움이라는 건 기다리는 것부터 시작된다는 말도 있듯, 상대가 강할 때는 몸을 웅크려 적의를 보이지 않거나 회피하는 게 현명한 선택이었다.

하지만 저번과 달리 지훈에게는 장비가 있었고, AMP도 있었으며, 새로운 이능까지 생겼다.

'이번에는 절대 지지 않는다.'

지금이야말로 웅크렸던 몸을 일으켜야 할 때임을 깨달았

다. 물론, 당장은 민우를 구하는 게 급선무지만 말이다.

◆

민우는 초조해졌다.

'도대체 무슨 일이 생긴 거지?'

알 수 없었다. 그저 실험에 어울려 주다 갑자기 사이렌이 울리는가 싶더니 주거동 깊숙이 옮겨졌다.

웅성웅성…

연구원들도 무슨 일이 일어났는지 잘 알 수 없는지, 다들 불안한 표정으로 목소리를 낮췄다. 상황을 파악할 필요가 있어 보였기에, 옆에 있던 한국인 연구원에게 물었다.

"도대체 무슨 일이 일어난 겁니까?"

한국인 연구원은 싸늘하게 잠시 쳐다봤다가 고개를 돌렸다.

몇 번 더 물었지만 대답하질 않았다.

"씨발, 내 말 안 들려!? 지금 무슨 일 일어났냐고!"

폭발해서 소리를 지르자 주변에 있던 연구원들의 시선이 전부 민우에게 몰렸다. 같은 사람이었으나, 현재 민우는 실험체였기에 연구원들 사이에서 공포가 흘렀다.

정신 감응, 마인드 링크.

정신계 이능으로 보통 텔레파시 같은 걸 의미했지만, 능력이 강해지면 상대방을 조종할 수 있는 무서운 이능이었다.

연구원들의 눈에 공포와 적의가 묻어났다.

'개새끼들, 사람 쳐다보는 눈이 무슨….'

결국, 연구원 하나가 경비를 불렀으나 늙은 연구원이 손만 들어 제지했다. 이 연구실의 총 책임자이자, 민우를 연구하던 안드레이였다.

"불안한가 보죠?"

한국인 연구원이 비꼬듯이 물었다.

"사이렌이 미친년처럼 울어대는 데 안 불안하면 그게 더 이상한 거 아닌가?"

"말하는 거 하고는."

"그래서, 씨발 지금 무슨 일이 벌어진 거냐고!"

"왜요, 나보고 창녀라면서요?"

전혀 알려줄 것 같지 않은 태도였기에 포기했다.

대신 고개를 돌리고 있는 여자의 코에 이마를 들이받았다.

뻑!

"아아악! 악! 아아아아악!"

날카로운 비명과 함께, 민우의 얼굴에 피가 잔뜩 튀었다.

"아프냐? 아프겠지, 씨발년아. 그래. 내가 창녀한테 뭘 묻 겠냐. 좆이나 까 잡숴, 갈보 새끼야."

이후 민우는 무릎을 꿇은 여자의 얼굴에 무릎을 한 번 더 꽂아넣었다. 섬뜩한 소리와 함께 뼈 무너지는 소리가 들렸다.

철컥!

"Get down! (엎드려!)"

경비들이 소총을 겨누고 투항을 요구했다.

민우는 경비들에게 양 손바닥을 보여 줘 싸울 의지가 없다는 걸 보여주고는, 그대로 엎드렸다.

바닥에 얼굴을 착 붙인 체, 본인이 작살내 놓은 여자를 보자 민우의 얼굴에 비릿한 미소가 흘렀다.

'쌤통이다, 씨발년. 그냥 내 이능으로 보고 말지.'

하지만 그것도 잠시. 민우의 눈에 혼돈이 가득찼다.

'잠깐만… 내가 저 여자를 때렸다고?'

때렸다. 머리로 여자의 코를 들이받았음은 물론, 아무런 저항도 하지 않은 채 얼굴을 양손으로 감싸고 비명만 지르는 여자의 얼굴에 무릎까지 꽂았다.

'나, 난 이런 사람이 아닌데… 난….'

본디 민우는 싸움을 좋아하지 않음은 물론 피와는 거리가 먼 사람이었다. 헌팅을 하며 어느 정도 전투를 치르기도 했지만 그건 말 그대로 몬스터 내지는 강도가 전부였다.

절대 비무장한 사람이나 일반인은 건드리질 않았다.

아무리 화가 나도 그냥 참거나, 욕 몇 번 한 게 다였지 절대 때리거나 상해를 입히지는 않았다.

이에 대해서는 갑작스러운 이능 개화로 인한 신체의 변화와 함께 PTSD(외상 후 스트레스 장애)가 폭력성으로 나타난 경우였지만, 민우 본인은 알 수 없었다.

정신없는 사이 경비가 민우를 기둥에 묶어버렸다.

민우는 몸이 속박된 채로 생각을 정리한 뒤, 한숨과 함께 모두 털어버리고는 상황을 파악하기 시작했다.

'일단 밖을 보자….'

아직은 이능을 발동하는 법은 몰랐다.

그저 마음속으로 '보고 싶다'라고 강렬히 생각했을 뿐이었다. 그와 동시에 밖 모습이 어렴풋이 보이는가 싶더니….

푹!

뇌가 뒤집히는 것 같은 고통이 엄습했다.

"끄, 끄아아아아아악!"

이유는 알 수 없었다.

아니 생각할 수 없었다.

그저 세상이 빙빙 도는 것같이 아픈 와중에, 커다란 폭음이 들렸고… 터져 버린 문 뒤로 익숙한 가시 방패가 보였다는 것만 알 수 있었다.

'칼콘…?'

지훈 일행이었다.

"민우 어딨어, 이 개 좆같은 새끼들아!"

〈7권에서 계속〉